文學研究叢書・古典詩學叢刊

歷代竹枝詞選

李宏健　編注

自序

〈竹枝詞〉，樂府名，又名〈巴渝詞〉。本為巴、渝（今四川東部）一帶之民歌。唐貞元中，劉禹錫在沅、湘，以里歌鄙陋，於是模仿民歌改作〈竹枝〉新詞九章，歌詠三峽風光和男女戀情，盛行於世。後人所作也多詠當地山川文物、風土民情或兒女柔情。其形式多為七言絕句，語言通俗，音調輕快。

由下列之記載，吾人可約略瞭解〈竹枝詞〉風行之梗概：

唐朝劉禹錫〈洞庭秋月〉詩：「盪槳巴童歌〈竹枝〉，連檣估客吹羌笛。」

唐朝馮贄《雲仙雜記》：「張旭醉後唱〈竹枝曲〉，反復必至九回乃止。」

宋朝范成大〈夔門即事〉詩：「〈竹枝〉舊曲元無調，麴米新篘但有聞。」

明朝瞿佑《剪燈新話》〈聯芳樓記〉：「二女兒見之笑曰：『西湖有〈竹枝曲〉，東吳獨無〈竹枝曲〉乎？』乃效其體作〈蘇臺竹枝曲〉十章。」

清朝王士禎《池北偶談》〈談藝一〉：「金陵紀青……女名映准，字阿男，嘗有〈秦淮竹枝〉云：『棲鴉流水點秋光，愛此蕭疏樹幾行。不與行人綰離別，賦成謝女雪飛霜。』」

民國朱自清《中國歌謠》云：「〈竹枝〉之音，起于巴蜀唐人所作，皆言蜀中風景。後人因效其體，于各地為之。」

一千年來，〈竹枝詞〉累積之作品甚多，琳琅滿目，蔚然大觀，已成為一種敘述風土之特殊詩體。

歷代詩人詠〈竹枝詞〉之作品，唐朝除劉禹錫外，尚有李涉、顧況、白居易等人。宋朝亦有蘇軾、黃庭堅、賀鑄、范成大、楊萬里、孫嵩諸人。元朝復有楊維楨、虞集、馬祖常、張雨、黃公望、倪瓚、迺賢等人。其中之〈西湖竹枝詞〉和者數百家，佳作不下數百篇。明朝則有姚廣孝、楊本仁、唐堯官、汪廣洋、朱曰藩、何景明、袁宏道、李東陽、楊慎等人。清朝更有郁永河、林麟昌、王士禎、袁枚、林則徐、施瓊芳、施士法，吳子光、丘逢甲、許南英、梁啟超等人。至於民國時期，臺灣亦有蔡振豐、連橫、莊嵩、李騰嶽、賴惠川等人。賴惠川著有《悶紅墨屑》一書，專詠〈竹枝詞〉，達千首之多，後雖刪去一部分，仍存八四二首之多。

本書因篇幅所限，歷代及各地之〈竹枝詞〉不可能皆予網羅，然精華部分，則皆予網羅。又為使讀者領略及欣賞起見，對深奧之典故及詞句，均加予注釋。

筆者公私栗六，加以才疏學淺，掛一漏萬之處，殆所難免，敬請方家惠予斧正，實所殷盼。

李宏健 謹識

中華民國一〇四年二月於心無罣礙無瞋念時刻

目次

元朝

明朝

清朝

民國期間

附錄

唐朝與五代

唐朝〈竹枝詞〉

劉禹錫

詩人。字夢得，中山（一作彭城）無極人。登貞元進士、弘詞二科，初為杜佑管書記，後授監察御史，和柳宗元等同附王叔文，主張積極革新政，擢屯田員外郎。叔文敗，貶朗州司馬；後召還，又以作〈玄都觀詩〉譏刺時政，出為播州、和州刺史。不久以裴度力薦，由蘇州刺史遷太子賓客，官終檢校禮部尚書。居家後遂以詩文自適。晚年和白居易過從甚密，所作尤多。著有《劉夢得文集》傳世。

〈竹枝詞並序〉九首

四方之歌，異音而同樂。歲正月，余來建平，里中兒聯歌〈竹枝〉，吹短笛，擊鼓以赴節。歌者揚袂睢舞，以曲多為賢。聆其音中黃鐘之羽。卒章激訐如吳聲，雖傖儜不可分，而含思宛轉，有〈淇澳〉之艷焉。昔屈原居沅、湘間。其民迎神詞多鄙陋，乃為作〈九歌〉，到于今荊楚鼓舞之。故余亦作〈竹枝詞〉九篇，俾善歌者颺之，附于末，從之聆巴歈，知變風之自焉。

其一

白帝城頭春草生，白鹽山下蜀江清。

南人上來歌一曲，北人莫上動鄉情。

注釋

1 歲正月：唐穆宗長慶二年（822）正月。
2 建平：地名。唐時為夔州。作者時任夔州刺史。
3 里中兒：當地百姓。
4 赴節：參與節日慶典。
5 揚袂睢舞：舉手昂首歌舞。睢，音ㄏㄨㄟ。
6 為賢：為優。
7 黃鐘之羽：樂曲律調。燕樂羽聲七調之第五調。
8 激訐：激烈率直地揭發、斥責別人之隱私、過失。訐，音ㄐㄧㄝˊ。
9 傖儜：粗俗不雅之聲音。音ㄘㄤ ㄋㄧㄥˊ。
10 不可分：不可分辨。
11 〈淇澳〉:《詩》〈衛風〉〈淇澳序〉:「〈淇澳〉，美武公之德也。有文章，又能聽其規諫，以禮自防，故能入相於周。」舊時常用以稱頌輔佐國政之人。
12 迎神詞：祭祀神祇之頌詞。
13 鄙陋：庸俗淺薄。
14 〈九歌〉：古代樂曲。相傳為禹時樂歌。《楚辭》〈離騷〉:「奏〈九歌〉而舞〈韶〉兮，聊假日以媮樂。」
15 荊楚：荊為楚之舊號。略當古荊州地區，在今湖北、湖南一帶。
16 巴歈：蜀地民歌。歈，歌。音ㄩˊ。
17 變風：指《詩》〈國風〉中反映周政衰亂之作品。
18 白帝城：地名。在今四川省奉節縣東瞿塘峽口。本為魚腹縣地，東漢公孫述至魚腹，見白氣如龍出井中，以為瑞兆，因改名白帝。三國時蜀漢以此為防吳重鎮，昭烈帝征吳敗還至此，改名永安縣。
19 白鹽山：山名。即白鹽崖。在四川省奉節縣東。
20 蜀江：蜀郡境內之江河。

其二

山桃紅花滿上頭，蜀江春水拍山流。
花紅易衰似郎意，水流無限似儂愁。

注釋

1 儂：我。

其三

江上朱樓新雨晴，瀼西春山縠文生。
橋東橋西好楊柳，人來人去唱歌行。

注釋

1 瀼西：水名。在夔州。瀼，音ㄖㄤˋ
2 縠文：指水波紋。縠：細紗，音ㄏㄨˊ。

其四

日出三竿春霧消，江頭蜀客駐蘭橈。
憑寄狂夫書一紙，住在成都萬里橋。

注釋

1 駐：止住。停留。
2 蘭橈：小舟之美稱。橈，音ㄖㄠˊ
3 萬里橋：橋名。在四川省成都市南方之錦江上。

其五

兩岸山花似雪開，家家春酒滿銀杯。
昭君坊中多女伴，永安宮外踏青來。

注釋

1 昭君坊：即昭君村。在今湖北省興山縣南，相傳為王昭君之故鄉。

2 永安宮：在四川奉節。劉備歿於此。

其六

城西門前灩澦堆，年年波浪不能摧。

懊惱人心不如水，少時東去復西來。

注釋

1 灩澦堆：長江三峽瞿塘峽中之險灘。俗稱燕窩石。在四川省奉節縣東南五里。音ㄧㄢˋ ㄩˋ ㄉㄨㄟ。

2 摧：斷絕。

其七

瞿塘嘈嘈十二灘，此中道路古來難。

長恨人心不如水，等閒平地起波瀾。

注釋

1 瞿塘：瞿塘峽。長江三峽之一。

2 嘈嘈：眾聲喧雜的樣子。喻水聲。

3 等閒：平白地，無端。

其八

巫峽蒼蒼煙雨時，清猿啼在最高枝。

箇裡愁人腸自斷，由來不是此聲悲。

注釋

1 箇裡：這裡。

其九

山上層層桃李花，雲間煙火是人家。

銀釧金釵來負水，長刀短笠去燒畬。

注釋

1 銀釧：銀質的臂環。釧，音ㄔㄨㄢˋ

2 金釵：金質的婦女髮上飾物。

3 負：擔荷。

4 燒畬：放火燒野草，開墾旱田。俗稱火耕。畬，音ㄕㄜ。同佘。

〈竹枝詞〉二首

其一

楊柳青青江水平，聞郎江上踏歌聲。

東邊日出西邊雨，道是無晴卻有晴。

注釋

1 踏歌：用腳踏地作節拍而歌舞。

其二

楚水巴山煙雨多，巴人能唱本鄉歌。

今朝北客思歸去，回入紇那披綠蘿。

注釋

1 巴山：泛指四川省境內之山。
2 巴人：巴州（今四川省巴中縣）地方之人。
3 紇那：踏曲的和聲。音ㄏㄜˊ ㄋㄚˋ。
4 披綠蘿：喻隱居。

李　涉

自號清溪子。洛陽人。早年隱居廬山，後徙居終南山，憲宗元和年間為太子通事舍人。後貶為峽州司倉參軍。文宗大和中，任太學博士。旋被流放至桂林。《全唐詩》存其詩一卷，一〇九首。

〈竹枝詞〉五首選三

其二

巫峽雲開神女祠，綠潭紅樹影參差。
下牢戍口初相問，無義灘頭剩別離。

注釋

1 神女祠：神女廟。為巫山神女所立之廟。在四川省巫山縣東巫山飛鳳峰麓。
2 下牢戍：地名。即下牢關。
3 無義灘：險灘名。《入蜀記》：「晚次黃牛廟，山復高峻。其下即無義灘。亂石塞中流，望之可畏。」

其三

石壁千重樹萬重，白雲斜掩碧芙蓉。
昭君溪上年年月，偏照嬋娟色最濃。

注釋

1 昭君溪：溪名。在湖北興山縣昭君村，王昭君之故鄉。
2 嬋娟：形態美好貌。指美女。

其四

十二峰頭月欲低，空舲灘上子規啼。
孤舟一夜東歸客，泣向春風憶建溪。

注釋

1 十二峰：指巫山。山名，在四川省巫山縣東南，有十二峰。
2 空舲：空舲峽。《水經注》：「湘水北逕建寧縣，而傍湘水縣，北有空舲峽，驚浪雷奔，濬同三峽。」樂史《寰宇記》：「空舲峽在秭歸東一百二十五里。」《荊州圖副〉云：「此峽絕崖壁立數百丈，飛鳥所不能棲。」
3 子規：杜鵑鳥。
4 建溪：水名。閩江的北源。其地產茶，因以為茶之異名。

顧　況

字逋翁，號華陽真逸。蘇州海鹽人。至德進士，曾官著作郎。性詼諧，常以詩戲諷權貴，因而被貶為饒州司戶，後隱居茅山。善畫山水，又工真書、行書。其詩平易流暢。有詩文集及畫評，但已散亡。明人輯有《華陽集》。

〈竹枝詞〉

帝子蒼梧不復歸，洞庭葉下荊雲飛。
巴人夜唱〈竹枝〉後，腸斷曉猿聲漸稀。

注釋

1 帝子蒼梧不復歸：相傳堯之兩個女兒娥皇、女英，同嫁給虞舜為妃。後舜出外巡視，死於蒼梧（山名，又稱九疑，在今湖南省寧遠縣東南）之野，她們兩人奔喪到南方，投湘水而死。遂成為湘水之神。
2 洞庭葉下：《楚辭》〈湘君〉：「嫋嫋兮秋風，洞庭波兮木葉下。」
3 荊：古九州之一。
4 巴人：巴州（在今四川省巴中縣）人。
5 腸斷曉猿：《水經》〈江水注〉：「每至晴初霜旦，林寒澗肅，常有哀猿長嘯，屬引淒異，空岫傳響，哀轉九絕。故漁者歌曰：『巴東三峽巫峽長，猿鳴三聲淚霑裳。』」

白居易

詩人。字樂天。先祖太原人，後遷下邽。貞元年間進士，累遷左拾遺。因上表諫事，忤權貴，貶為江州司馬。累遷杭、蘇州刺史，後詔還授太子少傅。晚年居香山，與詩僧如滿結香火社，號香山居士。其詩淺顯平易，流布甚廣。早期所賦諷諭詩，尤為世重。主張「文章合為時而著，歌詩合為事而作」。與元稹並稱元白；又與劉禹錫並稱劉白。著有《白氏長慶集》。

〈竹枝詞〉四首

其一

瞿塘峽口水煙低，白帝城頭月向西。
唱到〈竹枝〉聲咽處，斷猿晴鳥一時啼。

注釋

1 聲咽：悲傷之聲音。咽，音一せ丶。

其二

〈竹枝〉苦怨怨何人？夜靜山空歇又聞。
蠻兒巴女齊聲唱，愁殺江南病使君。

注釋

1 蠻兒巴女：指忠州男女青年。
2 愁殺：愁極，愁甚。
3 病使君：作者自稱。

其三

巴東船舫上巴西，波面風生雨腳齊。
水蓼冷花紅簇簇，江蘺濕葉碧萋萋。

注釋

1 雨腳：密集蒼老之雨點。
2 水蓼：植物名。為一年生或多年生草本。
3 簇簇：一叢叢，一堆堆。簇，音ㄘㄨ丶。

4 江蘺：香草名。又名蘼蕪。
5 萋萋：草木茂盛貌。

其四

江畔誰人唱〈竹枝〉？前聲斷咽後聲遲。
怪來調苦緣詞苦，多是通州司馬詩。

注釋

1 通州：地名。在今四川省達縣。
2 通州司馬：指唐詩人元稹，字微之。洛陽人。元和十年（815）被貶為通州司馬。

五代〈竹枝詞〉

孫光憲

五代末宋初詞人。字孟文，自號葆光子。陵州貴平（今四川省仁壽縣東北）人。世代業農，獨好學，喜藏書，校勘抄寫，老而不輟。仕南平三世，累官荊南節度副使、朝議郎、檢校祕書少監、試御史中丞，後歸宋，授黃州刺史，太祖乾德六年卒。詞風情疏秀朗，較少浮艷習氣，然大都散失。今尚存之詞，收於《花間集》中。著有《北夢瑣言》、《荊臺集》、《橘齋集》等。

〈竹枝詞〉二首

其一

門前春水白蘋花，岸上無人小艇斜。
商女經過江欲暮，散拋殘食飼神鴉。

注釋

1 白蘋：植物名。水生多年生草本。具細長匍匐莖，由節生鬚根，葉圓心臟形，葉柄基部有小苞片。花單性。
2 商女：歌女。
3 神鴉：棲息於神祠內之烏鴉。

其二

亂繩千結絆人深，越蘿萬丈表長尋。

楊柳在身無意緒，藕花落盡見蓮心。

注釋

1 亂繩千結絆人深：紊亂的繩子百扭千結。絆，諧「伴」音，深諧「身」音。

2 蘿：女蘿。地衣類隱花植物。又名松蘿。尋，八尺。尋，諧心音。

3 垂意緒：表達情緒。「緒」諧「婿」音。

宋　朝

宋朝〈竹枝詞〉

蘇　軾

北宋文學家、書法家。字子瞻，號東坡居士。眉山（今四川省）人，嘉祐二年進士，神宗時曾任祠部員外郎，任密州、徐州、湖州等州知府，因反對王安石新法，被指作詩「謗訕朝廷」而貶謫黃州。哲宗即位，太皇太后用舊黨，他應召任翰林學士，出知杭州，五十七歲任禮部尚書。一〇九三年哲宗親政，又貶謫惠州、儋州，最後北回時死在常州。追謚文忠。著有《東坡七集》。

〈竹枝歌並引〉九首

〈竹枝歌〉本楚聲，幽怨惻怛，若有所深悲者。豈亦往者之所見有足怨者與？夫傷二妃而哀屈原，思懷王而憐項羽，此亦楚人之意相傳而然者。且其山川風俗鄙野勤苦之態，固已見於前人之作與今子由之詩。故特緣楚人疇昔之意，為一篇九章，以補其所未道者。

其一

蒼梧山高湘水深，中原北望度千岑。
帝子南遊飄不返，惟有蒼蒼楓桂林。

注釋

1 楚聲：楚地之歌調。秦政暴虐，百姓怨聲載道，楚尤悲憤。所謂「楚雖三戶，亡秦必楚。」故其歌詞特別激昂。漢高祖起兵豐沛

（楚故地），亦多藉楚之壯氣以滅秦。世稱其所作〈大風歌〉及唐山夫人〈房中樂〉激昂悲壯，具有楚調，視為楚聲。

2 惻怛：憂傷，悲痛。音ㄘㄜˋ ㄉㄚˊ。

3 二妃：舜之二妃娥皇、女英。相傳舜南巡，死於蒼梧，二妃從之不及，溺死沅湘之間，遂成為湘水之神。

4 懷王：楚懷王。信任靳尚及幸姬鄭袖，疏遠屈原，為人昏庸，政治腐敗，先後為秦、齊所敗，又聽信張儀計，與秦和，約為婚姻，入武關，欲與秦昭王會，為秦所拘，死於秦國。

5 子由：蘇軾之弟蘇轍，字子由。

6 蒼梧山：山名。又稱九疑山。在今湖南省寧遠縣東南。相傳虞舜南巡，死在蒼梧之野。

7 岑：小山而高。

8 帝子：虞舜。

其二

楓葉蕭蕭桂葉碧，萬裡遠來超莫及。
乘龍上天去無蹤，草木無情空寄泣。

注釋

1 乘龍上天去無蹤：指舜之死。

2 寄泣：舜崩，二妃啼，以涕揮竹，竹盡斑。

其三

水濱擊鼓何喧闐，相將扣水求屈原。
屈原已死今千載，滿船哀唱似當年。

注釋

1 喧闐：聲音大而嘈雜。音ㄒㄩㄢ ㄊㄧㄢˊ。
2 相將：相共，相隨。
3 扣水：擊水。

其四

海濱長鯨徑千尺，食人為糧安可入。
招君不歸海水深，海魚豈解哀忠直。

注釋

1 君：指屈原。
2 忠直：忠誠正直。

其五

籲嗟忠直死無人，可憐懷王西入秦。
秦關已閉無歸日，章華不復見車輪。

注釋

1 懷王西入秦：秦昭王遺楚懷王書，願與君王會武關。懷王至，則閉武關，遂與西至咸陽，懷王大悔，亡歸不得，遂發病卒于秦，楚人憐之。
2 章華：章華臺。春秋楚靈王所造。位於今湖北省監利縣西北。

其六

君王去時簫鼓咽，父老送君車軸折。
千里逃歸迷故鄉，南公哀痛彈長鋏。

注釋

1 父老送君車軸折：漢景帝徵臨江王劉榮。榮既上車，車軸折，臨江父老流涕曰：「吾王不返矣！」
2 南公：戰國陰陽學家，楚人。擅長於五行陰陽之事。《史記》〈項羽紀〉：「故楚南公曰：『楚雖三戶，亡秦必楚也。』」
3 彈長鋏：敲擊劍柄。鋏，劍柄。

其七

三戶亡秦信不虛，一朝兵起盡讙呼。
當時項羽年最少，提劍本是耕田夫。

注釋

1 三戶：三戶人家。後常用以比喻雖地小人寡，猶可發憤圖強。
2 讙呼：歡呼。
3 項羽年最少：項籍，字羽，初起時，年二十四。

其八

橫行天下竟何事？棄馬烏江馬垂涕。
項王已死無故人，首入漢庭身委地。

注釋

1 橫行天下：《史記》〈伯夷傳〉：「盜蹠橫行天下。」
2 馬：騅。青白色相雜之馬。《史記》〈項羽紀〉：「力拔山兮氣蓋世，時不利兮騅不逝。」
3 烏江：水名。在今安徽省和縣東北四十裡。傳項羽兵敗自刭於此。

4 委地：落地。項羽自立為西楚霸王，及敗至烏江，以所乘馬與烏江亭長，漢騎圍之，乃自刎。王翳取其頭，餘四人各分其一體。

其九

富貴榮華豈足多，至今唯有塚嵯峨。
故國淒涼人事改，楚鄉千古為悲歌。

注釋

1 嵯峨：高峻貌。音ㄘㄨㄛ ㄜˊ。
2 楚鄉千古為悲歌：《史記》〈項羽本紀〉：「夜聞四面皆楚歌。」
3 一二首詠舜二妃，三四首詠屈原，五六首詠懷王，七八首詠項羽，九首總結。

〈竹枝詞〉

自過鬼門關外天，命同人鮓甕頭船。
北人墮淚南人笑，青嶂無梯問杜鵑。

注釋

1 鬼門關：古關名。在今廣西省北流縣與鬱林縣間，兩峰相對，中成關門，闊三十步，為古代通往雷州、瓊州和交趾之要道，遷謫至此者，罕得生還，俗稱鬼門關。
2 人鮓甕：灘名。在湖北省秭歸縣西。鮓，音ㄓㄚˇ。

蘇　轍

北宋文學家。字子由，號潁濱遺老。四川眉山人。嘉祐二年進士，累官尚書右丞、門下侍郎。哲宗親政被貶，徽宗時任大中大夫，被蔡京所排斥，後辭官回許昌養老。死後贈端明殿學士。與父洵、兄軾，並稱「三蘇」，均被列唐宋八大家。詩文淡泊自然。著有《欒城集》、《春秋集解》、《老子解》等。

蘇轍有〈竹枝歌九首〉，詩云：

〈竹枝歌〉九首

其一

舟行千里不至楚，忽聞〈竹枝〉皆楚語。
楚語啁哳安可分，中江明月多風露。

注釋

1 此詩為作者於嘉祐四年（1059）冬南行途中過忠州（在四川省內）時所作，時年二十一歲。
2 啁哳：雜亂繁細之聲音，為蠻夷之音。音ㄓㄡ ㄓㄚˊ。
3 中江：四川境內之沱江。

其二

扁舟日落駐平沙，茅屋竹籬三四家。
連舂並汲各無語，齊唱〈竹枝〉如有嗟。

注釋

1 舂：舂米。
2 汲：取水。

其三

可憐楚人足悲訴，歲樂年豐爾何苦？
釣魚長江江水深，耕田種麥畏狼虎。

其四

俚人風俗非中原，處子不嫁如等閒。
雙鬟垂頂髮已白，負水采薪長苦艱。

注釋

1 俚人：南蠻之人，指忠州人。
2 處子：未出嫁之女人。
3 等閒：平常，普遍。

其五

上山采薪多荊棘，負水入深波浪黑。
天寒斫木手如龜，水重還家腳無力。

注釋

1 斫木：用刀斧砍柴。
2 手如龜：兩手皮膚裂開如龜紋。

其六

山深瘴暖霜露乾，夜長無衣猶苦寒。
平生有似麋與鹿，一旦白髮已百年。

注釋

1 瘴暖：即濕熱氣蒸發之暑熱。
2 似麋與鹿：喻無人聞問，任其自生自滅。麋，音ㄇㄧˊ。

其七

江上乘舟何處客？列肆喧嘩占平磧。
還來忽去不記州，罷市歸船不相識。

注釋

1 列肆：排列成行之店舖。
2 占平磧：即佔在平坦沙岸。磧，音ㄑㄧˋ。
3 罷市：暫停營業，亦稱歇市、散市。

其八

去家千里未能歸，忽聽長歌皆慘淒。
空船獨宿無與語，月滿長江歸路迷。

其九

路迷鄉思渺何極，長怨歌聲苦淒急。
不知歌者樂與悲，遠客乍聞皆掩泣。

注釋

1 掩泣：掩面哭泣。

黃庭堅

北宋詩人、書法家。字魯直，號涪翁，又號山谷道人。分寧（今江西省修水縣）人。治平進士，授校書郎，遷著作佐郎。紹聖初，知鄂州。後因罪章惇、蔡京，貶宜州。卒。庭堅與秦觀、張耒、晁補之同出蘇軾門下，合稱蘇門四學士。工詩，與蘇軾齊名，世稱蘇黃。論詩特標榜杜甫，提倡「奪胎換骨，點鐵成金」，影響深遠，開創了江西詩派。也能詞。尤擅行、草書，縱橫奇倔，自成一家，被推為宋四家之一。著有《山谷集》及書跡〈華嚴疏〉、〈松風閣詩〉、〈廉頗藺相如傳〉、〈東坡寒食帖跋〉及〈李白憶舊遊詩卷〉等。

考試局與孫元忠博士竹間對窗，夜聞元忠誦書，聲調悲壯，戲作〈竹枝歌〉三章和之。

其一

南窗讀書聲吾伊，北窗見月歌〈竹枝〉。
我家白髮問烏鵲，他家紅粧占蛛絲。

注釋

1 伊吾：讀書聲。
2 紅粧占蛛絲：紅粧，婦女妝飾多用紅色，故稱紅妝，後用以借指美女。《西京雜事記》：「陸生云：『乾鵲噪而行人至，蜘蛛結而百事喜。』」

其二

屋山啼鳥兒當歸，玉釵罥蛛郎馬嘶。
去時燈火正月半，階前雪消萱草齊。

注釋

1 屋山：屋舍，房舍。
2 罥：繫掛。音ㄐㄩㄢ丶。
3 萱草：草名，又名諼草，一名宜男或忘憂草。

其三

勃姑夫婦喜相喚，街頭雪泥即漸乾。
已放遊絲高百尺，不應桃李尚春寒。

注釋

1 勃姑：鳥名。也作祝鳩、鵓鴣、鵓鳩。陰則屏逐其婦，晴則呼之。
2 遊絲：蛛蜘或昆蟲所吐，隨風飄揚在空中之細絲。

〈竹枝詞並跋〉二首

其一

撐崖拄穀蝮蛇愁，入箐攀天猿掉頭。
鬼門關外莫言遠，五十三驛是皇州。

其二

浮雲一百八盤縈，落日四十八渡明。
鬼門關外莫言遠，四海一家皆弟兄。

（注：〈古樂府〉有「巴東三峽巫峽長，猿啼三聲淚霑裳。」但以抑怨之音和為數疊，惜其聲今不傳。予自荊州上峽，入黔中備嘗山川險阻，因作二疊，與巴娘，令以〈竹枝〉歌之。前一疊可和云：「鬼門關外莫言遠，五十三驛是皇州。」後一疊可和云：「鬼門關外莫言遠，四海一家皆弟兄。」或各用四句入〈陽關〉、〈小秦王〉，亦可歌也。紹聖二年四月甲申。）

注釋

1 前二句皆言山路險阻。

2 蝮蛇：蛇名。有劇毒。
3 箐：滇、黔一帶對大竹林之稱呼。音ㄐㄧㄥ。
4 鬼門關：神話傳說冥界之地名。遷謫至此者，罕得生還。後世亦因稱僻遠險阻之地為鬼門關。
5 五十三驛：驛站名。
6 皇州：天子所居之地。謝玄暉詩：「春色滿皇州」。
7 一百八盤及四十八渡：皆自峽州往黔中路名。
8 盤縈：盤繞迴旋。
9 〈陽關〉：〈陽關曲〉。
10 〈小秦王〉：詞牌名。也叫〈丘家箏〉、〈陽關曲〉。
11 紹聖二年：西元一〇九五年。

〈夢李白誦竹枝詞三疊〉三首

予既作〈竹枝詞〉，夜宿歌羅驛，夢李白相見於山間，曰：「予往謫夜郎，於此聞杜鵑，作〈竹枝詞〉三疊。世傳之不？」子細憶集中無有，請三誦，乃得之。

其一

一聲望帝花片飛，萬裡明妃雪打圍。
馬上胡兒那解聽，琵琶應道不如歸。

注釋

1 歌羅驛：驛站名。
2 夜郎：漢時西南夷國名。約今貴州省西北，雲南省東北及四川省南部一帶。
3 望帝：鳥名，即杜鵑。
4 明妃：漢武帝宮人王嬙，字昭君，晉時避司馬昭諱，改為明君，因此又稱明妃。

5 打圍：遊獵。
6 不如歸：即不如歸去。杜鵑之叫聲。

其二

竹竿坡面蛇倒退，摩圍山腰胡孫愁。
杜鵑無血可續淚，何日金雞赦九州。

注釋

1 蛇倒退、胡孫愁：峽路地名。
2 摩圍山：山名，在黔中。
3 胡孫：猢猻之別名。
4 杜鵑無血：啼血，形容杜鵑鳥鳴叫之悲切。白居易〈琵琶行〉：「其間旦暮聞何物？杜鵑啼血猿哀鳴。」杜甫〈杜鵑行〉詩：「其聲哀痛口流血，所訴何事常區區。」
5 何日金雞赦九州：古代公佈赦免令時，在竿上設金雞，口銜紅旗，雞首裝飾黃金，故稱金雞。李白詩：「我愁遠謫夜郎去，何日金雞放赦回？」

其三

命輕人鮓甕頭船，日瘦鬼門關外天。
北人墮淚南人笑，青壁無梯聞杜鵑。

注釋

1 人鮓甕：地名，在歸州岸下。
2 青壁無梯：《列子》注曰：「班輸為梯可以淩雲。」班輸，指春秋時魯國巧匠公輸班。

〈竹枝詞〉二首

其一

三峽猿聲淚欲流，夔州〈竹枝〉解人愁。
渠儂自有回天力，不學垂楊繞指柔。

注釋

1 夔州：地名。在今四川省奉節縣。紹聖二年，作者在夔州。
2 渠儂：吳俗自稱我為儂，稱他人為渠儂。
3 回天力：有能力移轉不易挽回之形勢。

其二

塞上柳枝且莫歌，夔州〈竹枝〉奈愁何？
虛心相待莫相誤，歲寒望君一來過。

范成大

南宋詩人，吳縣人。紹興進士，歷任處州、靜江知府、四川制置史、參知政事等職，晚年退居故鄉石湖，有文名，尤工詩，與陸游、楊萬里、尤袤，號為四大家。使金途中所作七十二首絕句，充滿愛國熱情，感事傷時，無愧史筆。田園詩尤為清麗脫俗。

〈夔州竹枝歌〉九首

其一

五月五日嵐氣開，南門競船爭看來。
雲安酒濃麴米賤，家家扶得醉人迴。

注釋

1 夔州：地名。在今四川省奉節縣。
2 嵐氣：山氣。山間之霧。
3 雲安：地名。在今四川省雲陽縣東北。
4 麴：酒母。釀造酒或製醬用之發酵物。泛稱酒。音ㄑㄩˊ。

其二

赤甲白鹽碧叢叢，半山人家草木風。
榴花滿山紅似火，荔子天涼未肯紅。

注釋

1 赤甲：山名。在四川省東北部奉節縣東長江北岸，因為山上不生草木，土石都是赤色而得名。
2 荔子：荔枝。

其三

新城果園連瀼西，枇杷壓枝杏子肥。
半青半黃朝出賣，日午賣鹽沽酒歸。

注釋

1 瀼：瀼水。在四川省東部，有大瀼（西瀼）、東瀼、清瀼三條。音ㄖㄤˊ。

其四

瘦婦趁墟城裡來，十十五五市南街。
行人莫笑女麤醜，兒郎自與買銀釵。

注釋

1 癭婦：患咽喉疾病之婦人。癭，音ㄧㄥˇ。
2 趁墟：趕市，趕集。
3 市：聚集貨物，從事買賣。
4 麤：粗。

其五

白頭老媼篸紅花，黑頭女娘三髻丫。
背上兒眠上山去，採桑已閒當採茶。

注釋

1 老媼：老婦人。媼，音ㄩˋ。
2 篸：同簪。插、戴。音ㄘㄣ或ㄗㄢ。
3 三髻丫：盤在頭頂上三個髮結。

其六

百衲畬山青間紅，粟莖成穗豆成叢。
東屯平田秔米軟，不到貧人飯甑中。

注釋

1 百衲：僧衣。衲謂補綴，百衲者言其補綴之多也。
2 畬山：山名。
3 間：錯雜。音ㄐㄧㄢˋ。
4 東屯：東邊小山丘。
5 秔米：粳米。
6 甑：蒸食物之瓦器。音ㄗㄥˋ。

其七

白帝廟前無舊城，荒山野草古今情。

只餘峽口一堆石，恰似人心未肯平。

注釋

1 白帝：地名。白帝城。在今四川省奉節縣東瞿塘峽口。與赤甲山相接。無舊城，謂已沒往日之白帝城。

其八

灩澦如樸瞿塘深，魚復陣圖江水心。

大昌鹽船出巫峽，十日溯流無信音。

注釋

1 灩澦：灩澦堆：長江三峽瞿塘峽中之險灘。在四川省奉節縣東南五里。
2 樸：包袱。《唐國史補》下：「灩澦大如馬，瞿塘不可下；灩澦大如牛，瞿塘不可留，灩澦大如樸，瞿塘不可觸。」音ㄆㄨˊ。
3 瞿塘：瞿塘峽。
4 魚復：地名。在今四川省奉節縣境內。
5 陣圖：八陣圖。諸葛亮所造。
6 大昌：地名。
7 溯流：逆水而上。

其九

當筵女兒歌〈竹枝〉，一聲三疊客忘歸。

萬里橋邊有船到，繡羅衣服生光輝。

注釋

1 當筵：在酒宴中。
2 三疊：古時奏曲反覆詠唱某句三遍之方法。
3 萬里橋：橋名。在四川省成都市南方之錦江上。

〈歸州竹枝詞〉二首

其一

東鄰男兒得湘纍，西舍女兒生漢妃。
城郭如村莫相笑，人家伐閱似渠稀。

注釋

1 歸州：地名。在今湖北省秭歸縣。屈原此縣人，既被流放，忽然暫歸，其姊亦來，因名地為秭歸。秭，亦姊也。
2 湘纍：投汨羅江而死之屈原。不因犯罪而死稱為纍。纍，音ㄌㄟˊ。
3 漢妃：指王昭君。漢朝秭歸人。漢元帝宮女。呼韓邪單於入朝求美人，帝以昭君賜之。
4 伐閱：積功勞而富經歷。伐，積功也；閱，經歷也。
5 渠：彼，他。指歸州。

其二

東岸艬船拋石門，西山炊煙連白雲。
竹籬茅舍作晚市，青蓋黃旗稱使君。

注釋

1 艬船：合木船。音ㄔㄢˊ ㄔㄨㄢˊ。

2 石門：地名。在四川省境。

3 青蓋黃旗：青色車蓋（或傘）與黃色旗幟。蓋，遮蔽物，如傘或車篷。

4 稱：適合。符合。音ㄔㄥˋ，又讀ㄔㄣˋ。

5 使君：東漢以後對州郡長官之尊稱。

楊萬里

南宋吉水（今江西省吉安縣）人。字廷秀，號誠齋，紹興進士，累官至秘書監。詩初學江西派，後崇晚唐，風格轉變，在當時稱為「楊誠齋體」。其詩不堆砌古典，語言平易自然，能獨樹一體。描寫景物，清新活潑。與尤袤、范成大、陸游齊名，稱南宋四大家。著有《誠齋集》。

〈過白沙竹枝歌〉六首選五

其一

穹崖絕嶂入雲天，烏鴉纔飛半壁間。
遠渚長汀草如積，牛羊須上最高山。

注釋

1 穹崖：高崖。

2 絕嶂：峻峭陡立的山。

3 遠渚長汀：遠方的沙洲及附近的水邊平地。

其三

絕憐山崦兩三家，不種香秔只種麻。
耕遍沿堤鋤遍嶺，都來能得幾生涯。

注釋

1 絕憐：甚憐，極憐。
2 崦：山。音ㄧㄢˇ。
3 香秔：一種具有香味之稻米。出產在浙江、江蘇兩省。秔，音ㄍㄥ。

其四

東沿西泝浙江津，去去來來暮復晨。
上岸牽檣推稚子，滿船招手認鄉人。

注釋

1 泝：逆流而上。向。
2 津：渡口。
3 檣：帆柱。桅杆。
4 稚子：幼子。泛指小孩。

其五

昨日下灘風打頭，羨他上水似輕鷗。
朝來上水帆都卸，真箇輕鷗也自愁。

其六

絕壁臨江千尺餘，上頭一徑過肩輿。
舟人仰看膽俱破，為問行人知得無？

注釋

1 絕壁：峻峭陡立之山崖。
2 徑：步行小路。

3 肩輿：轎子。

〈過烏石大小二浪灘，俗呼浪為郎，因戲作竹枝歌二首〉

其一

灘聲十里響千鼙，躍雪跳霜入眼奇。
記得年時上灘苦，如今也有下灘時。

注釋

1 鼙：小鼓。音ㄆㄧˊ。

其二

小郎灘下大浪灘，伯仲分司水府關。
誰為行媒教作贅，大姑山與小姑山。

注釋

1 伯仲：能力相差不大，難分優劣。
2 分司：分別掌理，各司其職。
3 水府關：水神、海龍王所住之地方或統轄之區域。
4 行媒：媒人。往來撮合婚姻之人。
5 贅：招女婿。

〈竹枝歌並序〉七首

晚發丹陽館下，五更至丹陽縣。舟人及牽夫終夕有聲。蓋謳吟歗詠，以相其勞者，其辭亦略可辨，有云：「張歌歌李歌歌，大家著力齊一拖。」又云：「一休休二休休，月子灣灣照幾州？」其聲淒婉，一唱眾和，因隱括之為〈竹枝歌〉。

其一

吳儂一隊好兒郎，只要船行不要忙。

著力大家齊一拽，前頭管取到丹陽。

注釋

1 丹陽：地名。在今安徽省當塗縣東。
2 牽夫：專門替人拉船維生之人。
3 歗詠：嘯詠。
4 相：當從事勞務時，為了易於發力、調節呼吸，或須與同伴協調而發出之聲音或所唱之歌曲。
5 檃括：修改，訂正。
6 拽：拖，拉，引。音ㄧㄝˋ或ㄧˋ。

其二

莫笑樓船不解行，識儂號令聽儂聲。

一人唱了千人和，又得蹉前五里程。

注釋

1 樓船：有層樓之大船。
2 蹉：越過。

其三

船頭更鼓恰三槌，底事荒雞早箇啼。

戲學當年度關客，且圖一笑過前溪。

注釋

1 荒雞：在半夜不按時間啼叫之雞。
2 度關客：戰國孟嘗君，門下有善作雞鳴之人，曾幫助孟嘗君出秦關，脫離困境。
3 且圖一笑過前溪：江西省廬山附近有虎溪。相傳晉時高僧慧遠住錫東林寺，送客不過此溪。《廬山記》〈敘山北〉：「昔遠師送客過此，虎輒號鳴，故名焉。陶元亮居栗里山南，陸修靜亦有道之士，遠師嘗送此二人，與語合道，不覺過之，因相與大笑。」

其四

積雪初融做晚晴，黃昏恬靜到三更。
小風不動還知麼，且只牽船免打冰。

注釋

1 恬靜：安靜。靜謐。

其五

岸旁燎火莫闌殘，須念兒郎手腳寒。
更把綠荷包熱飯，前頭不怕上高灘。

注釋

1 燎火：燒柴火於地面。
2 莫：同暮。
3 闌殘：衰落，將盡。

其六

月子灣灣照幾州？幾家驩樂幾家愁？
愁殺人來關月事，得休休處且休休。

注釋

1 驩樂：歡樂。音ㄏㄨㄢ ㄌㄜˋ。
2 愁殺：愁煞，愁極，愁甚。
3 休休：安閒之樣子。引申為安靜無為。

其七

幸得通宵暖更晴，何勞細雨送殘更。
知儂笠漏芒鞋破，須遣拖泥帶水行。

注釋

1 芒鞋：草鞋。
2 遣：使，教。

〈圩丁詞十解〉十首選九

江東水鄉，隄河兩涯，而田其中，謂之圩。農家云：「圩者，圍也。內以圍田，外以圍水，蓋河高而田反在水下，沿隄通斗門，每門疏港以漑田，故有豐年而無水患。余自溧水縣南一舍所，登蒲塘河小舟至孔鎮，水行十二里，備見水之曲折。上自池陽，下至當塗，圩河皆通大江，而蒲塘河之下十里，所有湖曰石臼，廣八十里，河入湖，湖入江，鄉有圩長，歲晏水落，則集圩丁，日具土石，揵畚以修圩。」余因作詞以擬劉夢得〈竹枝〉、〈柳枝〉之聲，以授圩丁之修圩者，歌之以相其勞云。

其一

圩田元是一平湖，憑仗兒郎築作圩。
萬雉長城倩誰守？兩堤楊柳當防夫。

注釋

1 圩丁：耕作圩田之農夫。
2 圩：堤岸。江淮間低窪地水高於田，常分區築堤扞水護田，此種分區稱為圩。音ㄩˊ或ㄨㄟˊ。
3 鬥門：水壩洩水之閘門。
4 蒲塘河：河名。
5 孔鎮：地名。
6 池陽：地名。
7 當塗：地名。在安徽省蕪湖縣東北，瀕長江東岸。
8 圩長：管理一處圩地之隄防和水利等各種事務之人。即一圩之長。
9 歲晏：歲暮，年尾。
10 捷菑：捷，迅速敏捷。菑，圍牆。音ㄗˋ。
11 劉夢得：唐詩人劉禹錫，字夢得。
12 〈柳枝〉：橫吹曲〈楊柳枝〉。
13 雉：古代以城牆高一丈、長三丈為雉。音ㄓˋ。
14 倩：請，央求。借助。音ㄑㄧㄥˋ。

其二

何代何人作此圩，石頑土膩鐵難如。
年年二月桃花水，如律流皈石臼湖。

注釋

1 桃花水：桃花汛。桃花盛開時，河水猛漲，故名。
2 如律：有如法則。
3 流皈：流歸。
4 石臼湖：湖名。在江蘇省溧水縣西南，安徽省當塗縣東南，與固城相通。

其三

上通建德下當塗，千里江湖繚一圩。
本是陽侯水精國，天公勑賜上農夫。

注釋

1 建德：地名。在今安徽省至德縣。
2 繚：纏繞。
3 陽侯：水神名。
4 水精國：水精宮。龍王之宮殿。
5 勑：慰勞。音ㄌㄞˋ。

其四

南望雙峰抹綠明，一峰起立一峰橫。
不知圩裡田多少，直到峰根不見塍。

注釋

1 抹：輕淡的痕跡。
2 塍：田間土埂，小隄。音ㄔㄥˊ。

其五

兩岸沿隄有水門，萬波隨吐復隨吞。
君看紅蓼花邊腳，補去修來無水痕。

注釋

1 紅蓼花：植物名。一年生草本。花被淡紅或紅色。

其六

年年圩長集圩丁，不要招呼自要行。
萬杵一鳴千畚土，大呼高唱總齊聲。

注釋

1 杵：舂米之用具。此處則指搗土之用具。
2 畚：用草繩或竹篾編織成之盛物器具。可以盛土，也可以盛穀類、蔬菜。音ㄅㄣˇ。

其七

兒郎辛苦莫呼天，一日修圩一歲眠。
六七月頭無點雨，試登高處望圩田。

其八

岸頭百板紫縱橫，不是修圩是築城。
傳語赫連莫烝士，霸圖未必賽春耕。

注釋

1 赫連：複姓。漢時左賢王劉去卑之後。

2 烝士：召人前來。《詩》〈小雅〉〈甫田〉：「攸介攸止，烝我髦士。」烝，音ㄓㄥ。
3 霸圖：建立霸業。事功之意圖。
4 賽：超過，勝過。

其九

河水還高港水低，千枝萬派曲穿畦。
斗門一閉君休笑，要看水從人指揮。

注釋

1 枝派：枝，同支，分支。派，水之支流。音ㄍㄨ。

〈峽山寺竹枝詞〉五首

其一

峽裡撐船更不行，櫂郎相語改行程。
卻從西岸拋東岸，依舊船頭不可撐。

注釋

1 峽山：山名。在廣東省清遠縣東。
2 撐船：用竹篙撥水使船前進。
3 櫂郎：撥水使船前進之人。櫂，音ㄓㄠˋ。

其二

一水雙崖千萬縈，有天無地只心驚。
無人打殺杜鵑子，兩外飛來頭上聲。

注釋

1 縈：紆曲。
2 杜鵑子：杜鵑鳥。

其三

龜魚到此總回頭，不但龜魚蟹亦愁。
底事詩人輕老命，犯灘衝石去韶州。

注釋

1 韶州：地名。在今廣東省曲江縣。

其四

一灘過了一灘奔，一石橫來一石蹲。
若怨古來天設險，峽山不到也由君。

注釋

1 蹲：踞。

其五

天齊浪自說浯溪，峽與天齊真箇齊。
未必峽山高爾許，看來只恐是天低。

注釋

1 浯溪：溪名。源出於湖南省祁陽縣西南松山，東北流注湘江。唐代詩人元結住在溪畔，取名浯溪。

〈過顯濟廟前石磯竹枝詞〉二首

其一

石磯作意惱舟人，東起波濤遣怒奔。
撑折萬篙渾不枉，石磯贏得萬餘痕。

注釋

1 石磯：突出於水邊之石灘。
2 作意：故意。
3 篙：撐船之竹竿。音ㄍㄠ。
4 不枉：不徒然，不白費。

其二

大磯愁似小磯愁，篙梢寬時船即流。
撑得篙頭都是血，一磯又復在前頭。

注釋

1 篙梢：船夫。篙，撐篙者；梢，掌舵者。
2 篙頭：篙師。熟練操舟之人。

賀　鑄

北宋詞人。字方回。號慶湖遺老。因貌醜，人稱賀鬼頭。衛州人，曾任泗州、太平州通判。晚年退居蘇、杭一帶，為人任俠，濟弱扶貧，學問淵博，藏書甚富，詞風活潑，精於修辭，常用樂府及唐詩入詞。著有《東山寓聲樂府》、《慶湖遺老集》。

〈變竹枝詞〉九首

題注：戊寅上巳江夏席上戲為之，以代酒令原缺

其一

莫把雕檀楫，江清如可涉。
但聞歌〈竹枝〉，不見迎桃葉。

注釋

1 檀：植物名。檀香。
2 楫：船槳。音ㄐㄧˊ或ㄐㄧㄝˊ。
3 桃葉：晉王獻之的愛妾。

其二

隔岸東西州，清川拍岸流。
但聞〈竹枝曲〉，不見青翰舟。

注釋

1 青翰舟：船名，翰是錦雞，刻翰之形於船上，並塗以青色，故名。

其三

露濕雲羅碧，月澄江練白。
但聞〈竹枝歌〉，不見騎鯨客。

注釋

1 雲羅：像雲一般廣布之羅網。

2 江練白：形容江水澄澈，有如柔軟潔白之生絲。
3 騎鯨客：騎在鯨背上，遨遊大海。比喻仙家或豪客。唐朝李白自署為「海上騎鯨客」。

其四

北渚芙蓉開，褰裳擬屬媒。
但聞〈竹枝曲〉，不見莫愁來。

注釋

1 渚：小洲。水邊。音ㄓㄨˇ。
2 褰裳，提起衣裳。音ㄑㄧㄢ ㄔㄤˊ。
3 屬：託付，叮嚀。
4 莫愁、歌女名。南北朝時石城（今湖北省鍾祥縣）人，或謂洛陽人，或謂南京人。因善歌，其歌曲名〈莫愁樂〉。

其五

西戍長回首，高城當夏口。
但聞〈竹枝歌〉，不見行吟叟。

注釋

1 夏口：城名。在湖北省武昌縣西黃鵠山上，當漢水入長江口。
2 行吟叟：指屈原。《楚辭》〈屈原．漁父〉：「屈原既放，游於江潭，行吟澤畔。」

其六

南浦下魚筒，孤篷信晚風。
但聞〈竹枝曲〉，不見滄浪翁。

注釋

1 南浦：向南之水邊。
2 滄浪翁：《孟子》〈離婁上〉：「有孺子歌曰：『滄浪之水清兮，可以濯我纓，滄浪之水濁兮，可以濯我足。』」

其七

勝概今猶昨，層樓栖燕雀。
但聞歌〈竹枝〉，不見乘黃鶴。

注釋

1 勝概：美麗之風景。即勝景。
2 乘黃鶴：崔顥〈黃鶴樓詩〉：「昔人已乘黃鶴去，此地空餘黃鶴樓。」

其八

危構壓江東，江山形勝雄。
但聞〈竹枝曲〉，不見胡床公。

注釋

1 危構：高大之建築。
2 胡床：可以折疊之一種輕便坐椅。又名交椅。《晉書》〈庾亮傳〉：「便據胡床，與浩等談詠竟坐。」

其九

蒹葭被洲渚，梟鶩方容與。
但聞歌〈竹枝〉，不見題鸚鵡。

注釋

1 蒹葭：荻草和蘆葦。是生長水邊之草。音ㄐㄧㄢ ㄐㄧㄚ。
2 被：覆蓋。
3 洲渚：水中可居之陸地。
4 鳧鶩：水鳥名中鳧，野鴨。鶩，鴨。音ㄈㄨˊ ㄨˋ。

孫　嵩

字元京，號艮山。休寧人。以薦入太學。著有〈艮山集〉。

〈竹枝詞〉三首

其一

灩滪堆頭君莫行，瞿塘峽裡不論程。
龍吟小雨蜀天黑，等有明朝春水生。

其二

峽路陰陰無四時，寒雲鳥道挂天危。
荒亭敗驛此何處？望帝江山聞子規。

注釋

1 峽裡陰陰無四時：峽裡陰陰春夏秋冬不分。
2 鳥道：僅容飛鳥通過之道路。指險峻狹窄之山間小路。
3 危：高。
4 亭：亭郵。驛站。
5 驛：古時沿官道設置，供使者暫息及更換騎坐之館舍。
6 望帝：古代蜀王杜宇稱帝，號望帝。為蜀治水有功，相傳死後化為杜鵑鳥。

7 子規：杜鵑鳥。

其三

黃牛廟前鴉鵲棲，黃魔宮外梟鵬啼。

估客酹神巫嫗醉，青林日轉風淒淒。

注釋

1 黃牛廟：廟名。在湖北省宜昌縣西、長江北岸之黃牛峽附近。
2 黃魔宮：廟名。
3 梟鵬：梟，貓頭鷹。猛禽類。鵬，猛禽名。即山鴞。
4 估客：商人。
5 酹神：灑酒在地上祭神。酹，音ㄌㄨˋ或ㄌㄜˋ。
6 巫嫗：巫女。女性巫師。巫師從事溝通人神之事。

閩清野人

姓名不詳。福建閩清（福州市西閩江南岸，本侯官縣地）人。

〈歸州竹枝詞〉

人鮓甕頭波放顛，兩岸青山青插天。

篙師力盡客破膽，茅屋老翁方醉眠。

注釋

1 歸州：地名。在今湖北省秭歸縣。
2 人鮓甕：灘名。在河北省秭歸縣西。鮓，音ㄓㄚˇ。
3 放顛：狂放。
4 篙師：熟練操舟之人。

元　朝

元朝〈竹枝詞〉

〈西湖竹枝集序〉

杭為東南大郡，多佳山水，而西湖者，即古之臨平湖也。在趙宋建國時，琳宮梵宇、涼亭燠館，星布湖上。畫船遊宴，殆無虛日。名賢題詠甚夥。自後時移代異，雖所存者過半，而風流遺俗無異昔時，於是西湖之勝，而尤甲於東南矣。前元楊維禎氏，寓居湖上，日與郯韶輩留連詩酒，乃舍泛語為清唱，賦〈西湖竹枝詞〉，一時從而和者數百家，雖婦人女子之作，亦為收錄。其山水之勝、人物之庶、風俗之富、時代之殊，一寓於詞，各見其意。口成維禎既加評點，仍於諸家姓氏之下，注其平昔出處之詳，版行海內。而〈竹枝〉之音，過於瞿塘、東吳遠矣。未幾，元社既屋版亦隨毀，全集罕見，所存者無幾。適余僉憲浙西，湖去外臺不半里，政事之暇，得與二、三僚友，升高遠望，湖光山色交接於目，欲訪百年遺事，則故老盡矣，對景懷古，徒增慨嘆。近從左山劉君邦彥處得此本，披詠連日，喜不釋手。嗚呼！三百篇之後代各有作，蓋發一時之所遇，諸公〈竹枝〉之作，亦皆發於一時之所遇者，豈有古今之殊哉！必欲流傳於將來，不意埋沒，歲久如干將莫邪，在匣室中光怪，自不可掩耳。遂捐俸繡梓，仍廣其傳，儻騷人墨客，游於湖上，酒酣扣舷，對兩峰歌此數曲，神交前賢，於煙波浩渺間，豈不快哉！盡此以識。歲月，云歲在何日？屠維單閼，月在何日？律應南呂，年紀何日？大明天順之三年也。賜進士出身浙江僉憲陵川和維振綱識。

楊維楨

字廉夫，號鐵崖、東維子，又號鐵笛道人，諸暨人。泰定四年（1327）進士，官至建德路總管府推官。張士誠據浙西時，屢次招講，不赴。明太祖召其修書，維楨謝曰：「豈有八十歲老婦，就木不遠，而再理嫁者邪。」並作〈老客婦謠〉一首以拒絕。喜遊山水，晚年居松江。所作古樂府縱橫放逸，詭奇特立，自成一格，內容多以史事和神話為題材，有倔強之氣。明李東陽稱其「矯傑橫發」。著作有《東維子集》、《鐵崖先生古樂府》等。

〈西湖竹枝詞並序〉九首

予閒居西湖者七、八年，與茅山外史張貞居、苕溪郯九成輩為唱和交。水光山色浸沈胸次，洗一時尊俎粉黛之習，于是乎有〈竹枝〉之聲。好事者流布南北，名人韻士屬和者無慮百家，道揚諷諭，古人之教廣矣。是風一變，賢妃貞婦，興國顯家，而《烈女傳》作矣。采風謠者其可忽諸？至正八年秋七月，會稽楊維楨書于玉山草堂。

其一

蘇小門前花滿枝，蘇公堤上女當壚。
南官北使須到此，江南西湖天下無。

注釋

1 蘇小：蘇小小。六朝時南齊著名之歌姬。才高貌美，家住錢塘，常乘油壁香車。今杭州有蘇小小墓。
2 蘇公堤：長堤名。因蘇軾所築而得名。在西湖中。蘇軾任杭州知府，疏濬湖中淤泥，把泥土積成數段土堤，再築六座橋，南起南屏山，北到岳王廟。把西湖分成內、外兩湖，隄岸楊柳百花相夾，風光綺麗，稱為「蘇堤春曉」，是西湖十景之一。

3 當壚：賣酒。古時之酒店，堆土為壚，以安放酒甕，賣酒的便坐在爐邊。

其二

鹿頭湖船唱赧郎，船頭不宿野鴛鴦。

為郎歌舞為郎死，不惜真珠成斗量。

注釋

1 赧：因羞愧而臉紅。音ㄋㄢˇ。

其三

家住西湖新婦磯，勸君不唱〈縷金衣〉。

琵琶元是韓朋木，彈得鴛鴦一處飛。

注釋

1 新婦磯：在西湖靈隱寺西，一名新婦石。

2 〈縷金衣〉：曲調名。即〈金縷衣〉。

3 韓朋木：古代傳說中之相思木。為韓朋（即韓憑）夫婦塚上所生。相傳韓朋夫妻死後，衣化為蝶，墓生雙木，「屈體相就，根交于下，枝錯于上，宋人哀之，遂稱其為相思樹。」

其四

湖口樓船湖日陰，湖中斷橋湖水深。

樓船無柁是郎意，斷橋有柱是儂心。

注釋

1 斷橋：橋名。本名寶祐橋，又名段家橋，在西湖孤山邊，因孤山之路，到橋頭而斷，因此自唐以後都叫斷橋。

其五

病春日日可如何？起向西窗理琵琶。
見說枯槽能蔔命，柳州街口問來婆。

注釋

1 槽：紘樂器上架紘之格子。以玉石或檀木製成。

其六

小小渡船如缺觚，船中少婦〈竹枝歌〉。
歌聲唱入空侯調，不遣狂夫橫渡河。

注釋

1 觚：古時酒器之一種，由青銅製成，口作喇叭形，細腰，高足。腹部和足部各有四條稜角，容量為三升，一說是二升。音ㄍㄨ。
2 空侯：樂器名。即箜篌。

其七

勸郎莫上南高峰，勸儂莫上北高峰。
南高峰雲北高雨，雲雨相催愁殺儂。

注釋

1 南高峰：山名。在西湖南岸。

2 北高峰：山名。在靈隱寺後。
3 雲雨：雲和雨。亦指男女歡合。

其八

石新婦下水連空，飛來峰前山萬重。
妾死甘為石新婦，望郎忽似飛來峰。

注釋

1 石新婦：杭州靈隱寺西有玉女岩，一名新婦石，因突出水邊，又名新婦磯。
2 飛來峰：山名。又叫靈鷲峰。在西湖之西，靈隱山東南。晉朝咸和年中有西僧慧理登此山，嘆曰：「此是中天竺國靈鷲山之小嶺，不知何年飛來？」因號飛來峰。有山洞，洞壁多佛像。

其九

望郎一朝又一朝，信郎信似浙江潮。
浙江潮信有時失，臂上守宮無日消。

注釋

1 守宮：動物名。又名壁虎。以硃砂飼壁虎搗爛而成守宮砂，舊謂塗於婦女臂上以防不貞，謂之守宮。可驗持貞操。

〈吳下竹枝歌〉（率郭義仲同賦）七首選六

其一

三箬春深草色齊，花間蕩漾勝耶溪。
採菱三五唱歌去，五馬行春駐大堤。

注釋

1 三箬：箬溪。在浙江省長興縣南。南岸稱上箬，北岸稱下箬。
2 耶溪：若耶溪。在若耶山下，北流入鏡湖，相傳西施浣紗處。
3 五馬：古時太守。因太守出行時皆御五馬，故名。
4 行春：官吏春日出巡。漢制，太守於春季巡視所轄州縣，督促百姓耕作。

其二

家住越來溪上頭，臙脂塘裡木蘭舟。
木蘭風起飛花急，只逐越來溪上流。

注釋

1 越來溪：水名。在江蘇省吳縣西南。

其三

寶帶橋西江水重，寄郎書去未回儂。
莫令錯送回文錦，不答鴛鴦字半封。

注釋

1 寶帶橋：古代著名石橋，在江蘇省吳縣西南，跨運河和澹臺湖。
2 回文錦：可以迴旋往復誦讀的詩文。起於晉朝竇滔妻蘇蕙的織錦回文，詩長八百四十字。

其四

馬上郎君雙結椎，百花洲下買花枝。
罟罟冠子高一尺，能唱黃鶯舞雁兒。

注釋

1 結椎：將頭髮編束成椎形的髻髻。椎，音ㄓㄨㄟ。
2 百花洲：洲渚名。在江蘇省蘇州市。
3 罟罟冠：冠名。金、元時貴婦人所戴的頭冠。

其五

白翎鵲噪手雙彈，舞罷胡笳十八般。
銀馬杓中勸郎酒，看郎色仍赤瑛盤。

注釋

1 鵲噪：鵲聲喧鬧，舊俗認為一種喜兆。
2 杓：舀水的器具。音ㄕㄠˊ。
3 赤瑛：赤色似玉的美食。

其六

騎馬當軒鵠嘴靴，西風馬上鼓琵琶。
內家隊裡新通籍，不是南州百姓家。

注釋

1 軒：古代一種前頂較高而有帷幕之車子，供大夫以上乘坐。當軒，對著車子。
2 鵠嘴靴：鞋之一種，形如鵠嘴。鵠，音ㄏㄨˊ。
3 鼓：敲擊、彈奏。
4 內家：皇宮。
5 通籍：新官報通名籍於朝廷。即朝廷中已有了他的名籍。
6 南州：泛指南方地區。

〈海鄉竹枝歌〉四首選三

其一

潮來潮退白洋沙，白洋女兒把耡耙。
苦海熬乾是何日？免得儂來爬雪沙。

注釋

1 耡耙：鋤耙。聚攏穀物及平整泥土的農具。音ㄔㄨˊ ㄆㄚˊ。

其二

門前海坍到竹籬，堦前腥臊蟛子肥。
啞㹠三歲未識父，郎在海東何日歸？

注釋

1 海坍：海水沖垮堤岸。
2 蟛子：小蟹。
3 啞㹠：小孩兒。音ㄧㄚ ㄧㄚˊ。

其三

顏面似墨雙腳赬，當官脫褲受黃荊。
生女寧當嫁盤瓠，誓莫近嫁東家亭。

注釋

1 赬：紅色，赤褐色。音ㄓㄜˇ。
2 荊：用荊製的鞭子。古代用作荊杖。
3 盤瓠：古代傳說中為帝高辛氏所畜犬，其色五彩。時犬戎侵暴，帝募能得犬戎吳將軍頭，妻以少女。後盤瓠銜其頭來，帝即以女配之。瓠，音ㄏㄨㄟ。

4 東家：東鄰。

5 亭：亭戶。灶戶。以煮鹽販賣為業之人。

虞　集

元文學家，字伯生，號道園，又號邵庵。蜀人。為宋丞相虞允文之五世孫。隨父改居臨川。從吳澄遊。大德初以薦授大都路儒學教授，後任奎章閣侍書學士等職，纂修經世大典。卒諡文靖。世稱邵庵先生。詩文嚴謹，多摹擬前人，為當時大家。「一時宗廟朝廷之典冊、公卿士大夫碑板咸出其手，粹然成一家之言。」著有《道園學古錄》、《道園類稿》、《平猺記》。

〈次韻竹枝歌答袁伯長〉四首

其一

沙禽東去避網羅，蕩舟相逐如遠何？

越山青青越女白，從此勞人魂夢多。

注釋

1 袁伯長：元文學家袁桷，字伯長。

2 網羅：捕捉鳥獸之工具。

3 勞人：勞苦憂傷之人。

其二

春江風濤苦欲歸，東盡滄溟南斗低。

明年白日百花靜，憶爾琴中〈烏夜啼〉。

注釋

1 〈烏夜啼〉：樂府西曲歌名。相傳為南朝宋臨川王劉義慶作。義慶因事觸怒文帝，被徵還宅，義慶大懼，其妓妾夜聞烏啼，以為吉兆，後果獲釋，因作此曲。後人多有擬作。但今所傳歌詞八首，多描寫男女之情，與義慶本旨不合。

其三

燕姬當壚玉雪清，簫中吹得鳳凰聲。
不及晴江轉柁鼓，洗盞船頭沙烏鳴。

注釋

1 當壚：賣酒。古時之酒店，堆土為爐，以安放酒甕，賣酒的便坐在爐邊。
2 轉柁：轉動船柁，以改變航向。

其四

魚腹浦前春水生，負薪過江初月明。
憑郎莫下巫峽去，楚王宮殿在專城。

注釋

1 魚腹浦：地名。
2 專城：一城之主。古時多用來稱呼州牧、太守等地方官吏。

王士熙

字繼學。東平人。博學，工古文，其詩與虞、揭、馬、宋同為有元之盛音。〈竹枝〉本在灤陽所作者，其山川風景雖與南國異焉，而〈竹枝〉之聲則無不同矣。

〈竹枝詞〉二首

其一

居庸山前澗水多，白榆林下石坡陀。
後車纔度穿千嶺，前車昨日到灤河。

注釋

1 居庸山：山名。一名軍都山。太行第八陘。在河北省昌平縣西北，層巒疊障，為燕京八景之一，名「居庸疊翠」，關以山得名。
2 白榆：樹名。白皮之榆樹。
3 坡陀：傾斜不平坦。音ㄆㄛ ㄊㄨㄛˊ。
4 灤河：水名。在今熱河省境，注入渤海。灤，音ㄌㄨㄢˊ。

其二

車簾都弓錦流蘇，自控金鞍撚僕姑。
山間白雀能言語，試學江南唱〈鷓鴣〉。

注釋

1 都弓：大弓。
2 流蘇：下垂之總子。用彩色羽毛或絲線製成，作為車馬、帳幕等之裝飾品。
3 撚：執持。音ㄋㄧㄢˇ。
4 僕姑：箭名。
5 〈鷓鴣〉：〈鷓鴣天〉。詞牌名。

馬祖常

字伯庸，號石田。世為雍古部。居靖州之天山（今屬新疆）。其高祖錫里吉思，金季，為鳳翔兵馬判官，子孫因號馬氏。曾祖月合乃從元，南伐留汴後，徙光州。祖常七歲知學，延祐初，貢舉法行，鄉貢、會試皆第一，廷試為第二人。官監察御史，劾奏柄臣鐵木迭兒十罪，罷之。鐵木迭兒死，乃除翰林待制，累遷禮部尚書。兩知貢舉，一為讀卷官，尋參議中書省事，參定親郊禮儀。元統初，拜御史中丞，轉樞密副使，辭歸，起為江南行臺中丞，又改陝西，皆不赴。至正四年卒。謚文貞。著有《石田集》。

〈竹枝詞〉二首

其一

日邊寶書開紫泥，內人珠帽輦步齊。
君王視朝天未旦，銅龍漏轉金雞啼。

注釋

1 日邊：日旁，天邊。比喻遙遠之地方。比喻京師或帝王左右。
2 寶書：皇帝之詔書。
3 紫泥：印泥。古人用泥塊來封固書函之結頭，並在泥上蓋印以防被人拆開；皇帝詔書則用紫泥。
4 內人：宮人，宮女。
5 輦：秦、漢後專指帝王後妃所乘之車。音ㄋㄧㄢˇ。
6 銅龍漏：龍飾之計時器。
7 金雞：錦雞。

其二

金爐寶薰流篆雲，花間百舌啼早春。
五坊戲馬賽爭道，傳宣催賜十流金。

注釋

1 薰：薰籠。用以薰衣物之竹籠。
2 篆雲：香之煙縷。
3 百舌：百舌鳥。
4 五坊：唐代為皇帝飼養獵鷹、獵犬之官署。
5 戲馬：駕馬馳騁以取樂。
6 傳宣：傳命宣召。
7 流金：塗飾泥金。

楊　載

字仲弘，宋末元初浦城人（今屬福建），後徙居杭州，少孤，博覽群書。年四十而不仕，以布衣召為翰林院編修官。延祐進士，官至寧國路總管府推官。詩文自成一家，為趙孟頫所推崇，與虞集、范梈、揭傒斯齊名，「凡所撰述，人多傳誦之。其文章一以氣為主。博而敏，直而不肆，自成一家言。」著有《楊仲弘集》。

〈西湖竹枝詞〉二首

其一

西子湖邊楊柳花，隨風飄泊到天涯。
青春遇著歸來燕，銜入當年王謝家。

注釋

1 西子湖：即杭州西湖。
2 王謝：指名門世族。六朝時王、謝世為望族，故後言望族，多舉王、謝為喻。劉禹錫〈烏衣巷詩〉：「舊時王謝堂前燕，飛入尋常百姓家。」

其二

一種腰肢分外妍，雙眉畫作月娟娟。
春風吹破襄王夢，行雲行雨若箇邊。

注釋

1 娟娟：秀美柔媚貌。
2 襄王：楚襄王。
3 行雲行雨：《文選》〈宋玉‧高唐賦序〉：「昔者楚襄王與宋玉遊於雲夢之臺，望高唐之觀，其上獨有雲氣，崒兮直上，忽兮改容，須臾之間，變化無窮。王問玉曰：『此何氣也？』玉對曰：『所謂朝雲者也。』王曰：『何謂朝雲？』玉曰：『昔者先王嘗遊於高唐，怠而晝寢，夢見一婦人曰：妾巫山之女也，為高唐之客，聞君遊高唐，願薦枕席。王因幸之，去而辭曰：妾在巫山之陽，高丘之岨，旦為朝雲，暮為行雨，朝朝暮暮，陽臺之下。』」
4 箇邊：這邊。

宋　本

字誠夫。大都（元朝首都，在今北京市）人。至治辛酉（1321）榜狀元。弟褧，泰定甲子年（1324）張益榜登第，皆有盛名，時比之宋朝之二宋（宋庠、宋祁）。

〈西湖竹枝詞〉二首

其一

湧金門外是西湖，堤上垂楊盡姓蘇。
作得吳歌阿誰唱，小卿墳上露蘭枯。

注釋

1 湧金門：南宋行都臨安（今杭州）之西城門，面臨西湖。
2 堤：指蘇堤。西湖長堤名，因蘇軾所築而得名。堤岸楊柳百花相夾，風光綺麗，稱為「蘇堤春曉」，是西湖十景之一。
3 吳歌：吳地之民歌。
4 阿誰：誰。
5 小卿墳：蘇小小之墳墓。在西湖西泠橋側。蘇小小，六朝時南齊著名歌妓，才高貌美，家住錢塘，常乘油壁香車。《樂府詩集》有〈蘇小小歌〉。

其二

舊時家住黑橋街，二十餘年不往來。
憑仗使君一問訊，楊梅銀杏幾回開？

注釋

1 黑橋街：街道名。
2 使君：東漢州長官稱刺史，以後對州郡長官習稱使君。

揭傒斯

字曼碩，龍興富州（今江西省南昌縣）人。延祐年間，薦授翰林國史院編修官，遷應奉翰林文字，前後三入翰林。官至翰林侍講學士。與虞集等齊名。曾總修遼、金、宋三史，詩文風格婉麗，頗有情致。諡曰文安。著有《揭文安公全集》。

〈竹枝詞〉二首

其一

女兒浦前湖水流，女兒浦口過湖舟。
湖中日日多風浪，湖邊人人長白頭。

注釋

1 女兒浦：水濱名。

其二

大孤山前女兒灣，大孤山下浪如山。
山前日日風和雨，山下舟船自往還。

注釋

1 大孤山：山名。在江西省鄱陽湖中。
2 女兒灣：灣名。在鄱陽湖口。

柯九思

元畫家。字敬仲，號丹丘生。台州（今屬浙江省）人。博學、擅畫、工詩，又精金石之學。與虞集、趙孟頫同有聲於世。文宗朝授奎章閣鑒書博士，鑑定皇室所藏書畫。精墨竹，筆力蒼勁而不失秀潤。著有《竹譜》一卷，後人輯其詩文，名為《丹丘生集》。

〈竹枝詞〉

浙江春來春水準，洲渚縈迴春日明。
江頭女兒唱歌去，風送楊花迷遠情。

注釋

1 洲渚：水中可居之陸地。大的叫洲；小的叫渚。渚，音ㄓㄨˇ。
2 縈迴：迴旋環繞。

薩都剌

元代詩人，又作薩都拉。字天錫，號直齋。本為蒙古人。後居雁門。泰定進士，累官御史，因彈劾權貴，降調閩海廉訪知事。晚年遊歷山水，工詩文，風格清新婉約。著有《雁門集》。

〈竹枝詞〉

湖上美人彈玉箏，小鶯飛渡綠窗櫺。
沈郎雖病多情在，倦倚屏山不厭聽。

注釋

1 窗櫺：窗上有花紋圖案之格子。
2 沈郎：南朝文學家沈約，字休文。多病消瘦。沈約有志臺司，然不為帝用，因陳情於徐勉曰：「老病百日數旬，革帶常應移孔，以手握臂，率計月小半分。」

同　同

字同初。蒙古人，狀元及第，官至翰林待制。詩多臺閣體。天不假年，故其詩文鮮行於時。

〈西湖竹枝詞〉

西子湖頭花滿煙，謾郎日日醉湖邊。
青樓十丈鉤簾坐，簫鼓聲中看畫船。

注釋

1 謾：隨便。音ㄇㄢˋ。
2 青樓：指妓院。
3 鉤簾：把窗簾鉤起。

李孝先

字季和。昆陽人。曾隱於雁蕩五峰下，自號五峰狂客。狂放豪逸，博極群書，不為經生學。其為文，幽深無際，其古樂府詩尤長於興喻，海內學者喜誦之，故至正文體為之一變。著有《五峰集》。

〈竹枝詞〉

十五女兒可憐生，手牽百丈踏泥行。
洗腳上船歌〈白苧〉，春風吹過闔閭城。

注釋

1 〈白苧〉:〈白紵歌〉。樂府舞曲歌辭名。舊史稱吳地所出。
2 闔閭城:蘇州之別稱。

鄭元祐

字明德,處州遂昌人。博記覽,工文章。隱德吳下,為時聞人,一時名人皆折官位,與之交談名理,最喜漆園氏(即莊周)旨,其為文辯肆有法度,東吳碑碣有不貴館閣,而貴其所著。

〈西湖竹枝詞〉二首

其一

岳王墳西是妾家,望郎不見見棲鴉。
孤山若有奢華日,不種梅花種杏花。

注釋

1 岳王墳:岳飛之墓。在浙江省杭州市棲霞嶺下,前面是西湖。
2 棲鴉:棲息之烏鴉。
3 孤山:山名。在杭州市西湖中,孤峰獨聳,秀麗清幽,為湖山勝地。宋處士林逋曾在此隱居,植梅養鶴。

其二

青青兩點海門山,郎去販鮮何日還?
潮水便如郎信息,江花恰是妾容顏。

注釋

1 海門：地名。在浙江省臨海縣東南，控靈江出入口。

張　雨

字伯雨，一名天雨，別號貞居子。錢塘人。年二十，遍遊天臺、括蒼諸名山。早年書無不讀，盡用以為詩，其詩俊逸清贍，儕輩鮮及，晚年棄家為道士，登茅山，授《大洞經籙》。儲古圖史甚富，世稱句曲外史。詩有如「丹光出林掩明月，玉氣上天為白雲」。不目之為仙才不可也。始隱茅山，後徙靈石山中。詩名震京師。

〈西湖竹枝詞〉

光堯內禪罷言兵，一番御舟湖上行。
東京鄰舍宋大嫂，就船猶得進魚羹。

注釋

1 光堯：宋高宗趙構，尋太祖礽孫（第八代）眘，養之宮中，後為皇太子。紹興三十二年內禪，孝宗上太上皇帝尊號曰光堯壽聖太上皇帝。
2 內禪：古代帝王把王位禪讓給預定之繼承人。
3 御舟：皇帝乘坐之舟船。
4 東京：宋代稱汴州。即今河南省開封縣為東京。
5 宋大嫂：宋五嫂者，汴京酒家婦，善作魚羹，至是僑寓蘇堤五柳居。光堯召見之，詢舊淒然，令進魚羹，人競市之，遂成富媼。

〈湖州竹枝詞〉

臨湖門外是儂家，郎若閒時來喫茶。
黃土築牆茅蓋屋，門前一樹紫荊花。

注釋

1 湖州：宋置，元改曰湖州路。清時治烏程、歸安、長興、德清、武康、安吉、孝豐七縣。民國廢。

甘　立

字允從，大梁人。少年得時譽，官奎章閣史、丞相掾，卒。平日學文自負為臺閣體，然理不勝才，惟詩善，鍊飭脫去凡近，其〈烏夜啼曲〉云：「月落城上樓，烏啼城上頭。一啼海色迷，著有《允從集》。再啼朝景浮。馬鳴黃全勒，霜滿翠羽裘。烏啼在何處？人生多去留。」誠可追配古樂府。著有《允從集》。

〈西湖竹枝詞〉

河西女兒戴罟罛，當時生長在西湖。
手彈琵琶作吳語，記得吳中吳大姑。

注釋

1 罟罛：冠名。宋代歌女舞伎所戴之頭冠。音ㄍㄨˇ ㄍㄨ。

宇文公諒

字子貞。京兆人。李齊榜及第，轉官至高郵理官。

〈西湖竹枝詞〉

蘇小門前驅馬過，相逢白髮老宮娥。
自言記得前朝事，只說當年賈八哥。

注釋

1 蘇小：六朝時南齊著名歌妓蘇小小。才高貌美，家住錢塘。
2 賈八哥：人名。

賈 策

字治安。大梁人。美丰姿，器重洪雅。早年辟宗正府幕，至仁和令，卒。其僑居西興，有賈公墩，嘗白綸巾，衣鶴氅，吟嘯其上，自謂風度去古人不遠，詩工唐七言律，字行草聯綿。

〈西湖竹枝詞〉

郎身輕似江上篷，昨日南風今北風。
妾身重似七寶塔，南高峰對北高峰。

注釋

1 篷：舟上用以遮蔽風雨、日光之棚子。音ㄆㄥˊ。
2 七寶塔：七層寶塔。
3 南高峰、北高峰：山名。在西湖之南、北，兩峰對峙。

陳 樵

字君采。東陽人。負經濟才，居闓谷，閒衣鹿皮。著書。自號鹿皮子。以當事者薦，徵之不起，專意著述，尤善於說經。與同郡黃晉卿輩友善，嘗貽書宋景濂，諄諄以文章相勉勵，著有《鹿皮子集》，好為古賦，組織綿麗，有魏、晉人遺風，其詩於題詠為多，屬對精巧。

〈竹枝詞〉三首

其一

望夫石上望夫時，杜宇朝朝勸妾歸。
未必望夫身化石，且向征夫屋上啼。

注釋

1 望夫石：在湖北省武昌縣北山上，石如人立，相傳昔有貞婦，其夫從役，遠赴國難，此女攜弱子餞送北山，站立望夫而死，因化為石。
2 杜宇：杜鵑鳥。
3 征夫：在外之遊子。或指在外服傜役或兵役之人。

其二

僻亭女兒生可憐，今年同上採蓮船。
妾心恰是荷心苦，只食麼荷不食蓮。

注釋

1 僻亭：偏僻小亭。
2 麼：小，幼。

其三

吳越相望瘴海深，一十二驛到山陰。
朱麟日走一千里，不為傳書寄阿心。

注釋

1 瘴海：唐宋時，稱嶺南一帶瀰漫瘴霧之海域。
2 驛：驛站。古時專供傳遞文書者或來往官吏中途住宿，補給、換馬之處所。
3 山陰：地名。在今浙江省紹興縣。
4 朱麟：紅色之麒麟。古代傳說中之仁獸名。

陸繼善

字繼之。號甫里道人。吳江人。唐末陸龜蒙甫里先生之裔。讀書隱德，有志於道學，鄉裡稱為善人。

〈竹枝詞〉

手種宜男寄去時，花開灼灼葉離離。
芳心不似蘼蕪草，一任春風爛漫吹。

注釋

1 宜男：萱華。一名忘憂草。
2 灼灼：茂盛鮮艷。
3 離離：繁盛。
4 蘼蕪：一種香草。又名江蘺。音ㄇㄧˊ ㄨˊ。
5 爛漫：散亂。

鄭　賀

字慶父。諸暨人。幼出家，晚歸宗。通史學，十七史名臣皆能默識，其朝代、世家、爵里及其後人之賢否，覆視無一差者。文有《橫溪史鈔》若干條，詩有詠史，自鼎湖訖清風嶺，凡三百餘首傳於人。

〈西湖竹枝詞〉

北高峰頭儂望夫，望見西子下姑蘇。
脂塘水腥吳作沼，莫將西子比西湖。

注釋

1 西子：春秋時美女西施。
2 姑蘇：山名。在江蘇省吳縣西南。
3 脂塘：脂粉塘。吳故宮中溪名。相傳西施嘗浴於此。

黃公望

元畫家。本姓陸，名堅，嗣於永嘉黃氏，因改姓名，字子久，號一峰、大癡道人等。常熟（今屬江蘇省）人。擅山水，初從趙孟頫，繼法董源、巨然。重寫生，淺絳水墨各盡其妙。為元四大家之一。對明、清山水畫風影響頗鉅。傳世作品以〈富春山居〉最負盛名。學詩工晚唐。有《寫山水訣》一書行世。

〈西湖竹枝詞〉

水仙祠前湖水深，嶽山墳上有猿吟。
湖船女子唱歌去，月落滄波無處尋。

注釋

1 滄波：海濤、海浪。

康　瑞

字瑞玉。廬陵人。博學，工古文，尤工古樂府詩。邵庵、虞公畏友也。比年廣東肅政府辟為掾屬，以善建議、敘述意見著名，後以常調為於潛縣稅官，棄不就。

〈西湖竹枝詞〉

蘇公六橋柳垂堤，照見郎君鞍馬肥。
蜻蜓蝴蝶不相識，各自相憐尋伴飛。

注釋

1 蘇公六橋：指杭州西湖外湖之映波、鎖瀾、望山、壓隄、東浦、跨虹六橋，宋朝蘇軾所建。

章　善

字立賢。廬陵人。博學經史，隱德不仕。其文章慕西漢。翰林虞、揭諸公深敬愛之。詩尤風度邁人，爭相傳誦。

〈竹枝詞〉二首

其一

江晚白蘋花正開，郎船不用待潮來。
行人只解隨潮去，不解隨潮去卻回。

其二

去年作客向長沙，今年書來在三巴。
恨郎一似楊花性，見郎一似菖蒲花。

注釋

1 三巴：地名。秦置巴郡，西漢置巴東郡，東漢末劉璋置巴西郡，合稱三巴。今四川嘉陵江、綦江以東一帶屬之。
2 楊花性：楊花水性。水性流動，楊花飄颺。形容人輕薄，用情不專。
3 菖蒲：植物名。生於池澤，溪澗、水石間。

趙　奕

字仲光，故宋諸王孫，元朝文敏公仲子。博聞強記，詩思清絕。學書，丰神秀整，文彩彬彬，有如王謝公子。

〈西湖竹枝詞〉

湖頭日日水光波，兩兩吳娃打槳過。
笑隔芙蕖不相識，向人猶自唱吳歌。

注釋

1 吳娃：吳地女子。
2 吳歌：吳地民歌。

唐　棣

字子華。吳興人。由文學掾，累官至休寧尹，好讀書，善畫山水，對客談詩終日不倦。

〈竹枝詞〉

門前楊柳亂吹花，第一橋頭第一家。
馬上郎君休挾彈，柳枝深處有慈鴉。

注釋

1 花：柳絮。
2 挾彈：持彈弓。
3 慈鴉：又稱慈烏。古人以為慈烏長大能反哺父母。

劉景元

字太初。四明人。通經學，識前朝典故。隱德不仕。晚遊淮、吳間，以訓詁學教人，為舉子文雖不通顯，而一時學者宗之。

〈竹枝詞〉

柳枝裊裊柳花飛，一種春風有是非。
柳枝插地根到底，花飛出樹幾時歸？

注釋

1 裊裊：柔弱搖曳。

陳　謙

字子平。吳郡人。博經史，工文章，手編西漢文類若干卷行於時。

〈竹枝詞〉

樓下攤錢還上樓，花前夜醉曉扶頭。
不知命犯何星宿？一日倡狂百日愁。

注釋

1 星宿：二十八宿之一宿。泛指星星或列星。

熊夢祥

字自得。江西人。聰敏曠達，好讀書。作詩為文，思若湧泉，能作數家書。舉茂才，為白鹿書院長。未幾輒棄去，遊淮、浙間，即脫略不拘，有晉人風。其所著述，有釋樂書行於世。

〈竹枝詞〉

船頭新月恰如眉，折得雙頭蓮子歸。
荷花菱葉不同種，蝴蝶蜻蜓各自飛。

楊　伋

字謹思。天臺人。博學強記。渡江後世為江南顯族。君生而穎異，五歲能日記數千言，十歲善屬文。文有皇慶萬言書。早歲受知省齋張公、平野李公。以史館薦，不就。詩名重於時。

〈西湖竹枝詞〉三首

其一

大船攂鼓銀酒缸，小船吹笛紅繡窗。

鴛鴦觸棹忽敬散，荷花深處又成雙。

注釋

1 棹：划船之工具。即槳。音ㄓㄠˋ。

其二

燕子來春雁來秋，曾見錢王衣錦遊。

英雄漫說八百里，只管東西十四州。

注釋

1 錢王：五代吳越開國主錢鏐，少販鹽為盜。後唐乾符間，從石鏡鎮將董昌擊敗王郢、黃巢，又平劉漢宏，拜鎮海軍節度使。董昌反，受詔討平。天復間封越王，梁太祖（朱溫）即位，又封吳越王，不久自稱吳越國王，居臨安（今杭州）。
2 漫說：空泛而不切實之言論。

其三

獅子峰頭插將旗，鳳凰山下草離離。

三宮去後宮門閉，恰似錢王獻土時。

注釋

1 獅子峰：山名。在浙江省天竺峰西南風篁嶺之北。

2 鳳凰山：山名。在浙江省杭縣南，宋建行宮，為禁苑，有宋時御教場，山下有洗馬池。

3 錢王獻土：五代吳越主錢俶，鏐之孫。原名弘俶，字文德。性寬和、好吟詠。宋太祖統一天下，俶入朝至汴京（今開封），將辛苦建立之十三州，納土歸宋，國除。

李　庸

字仲常，婺之東陽人。故宋寶謨閣學士、工部尚書諱大同之六世孫。自幼好學，善屬文。尤長於詩詞，早歲遊京師，館閣諸老爭辟為屬吏，令為江陰州知事。自號用中道人。有文集曰《用中道人集》。

〈西湖竹枝詞〉

六橋橋下水流來，橋外荷花弄晚風。
郎心似水不肯定，妾顏如花空自紅。

注釋

1 六橋：指杭州西湖之堤橋。外湖和裡湖都有六橋。外湖有映波、鎖瀾、望山、壓堤、東浦、跨虹六橋，宋朝蘇軾所建；裡湖有環璧、流金、臥龍、隱秀、景行、濬源六橋，明朝楊孟瑛所建。

朱　彬

字仲文。盱江人。家世儒業，登進士第，工古文，作詩尤為時所稱。

〈西湖竹枝詞〉二首

其一

南北高峰作鏡臺，十里湖光如鏡開。
行人有心都照見，勸郎肝膽莫相猜。

注釋

1 鏡臺：立鏡之臺架，大形之鏡奩。即今婦女之梳粧臺。
2 肝膽：肝膽相照。比喻兩人之間以道義和真誠相交。

其二

湖水東來日欲西，蘭茗參差那得齊。
蘇公堤邊人蕩槳，吳山樹頭烏欲棲。

注釋

1 蘭茗：蘭花之莖。
2 蕩槳：搖槳。划船，搖船。蕩舟。
3 吳山：在杭州市城南。左帶錢塘江，右瞰西湖。

歐陽公瑾

字彥珍。廬陵人。歐陽公八世孫。其人有勝氣，詩詞流麗。

〈西湖竹枝詞〉

第一橋邊第一家，瓜皮船子送琵琶。
妾身自是良家女，不是當年蘇小家。

注釋

1 蘇小：蘇小小。六朝時南齊著名歌妓，才高貌美，家住錢塘，常乘油壁香車。

倪　瓚

元畫家，初名珽，字元鎮，號雲林、荊蠻士、淨居居士、朱陽館主等。無錫人。擅水墨山水，宗董源，自創折帶皴法。所作多取太湖一帶景色，疏林淺水，意境清遠，自謂不求形似，聊寫胸中逸氣。其疏淡風格，對明、清水墨畫頗有影響。與黃公望、吳鎮、王蒙並稱元末四大家。兼工詩及書法。家富，築雲林堂及清閟閣，藏法書、名畫、古玩、秘笈甚多。著有《清閟閣集》。

〈竹枝詞並序〉八首

會稽楊廉夫邀余同賦〈西湖竹枝歌〉，余嘗暮春登瀕湖諸山而眺覽，見其浦溆沿洄，雲氣出沒，慨然有感于中，欲託之音調以申其悲歎，久未能成章也。因睹斯作為之心動，言宣為詞凡八首，皆道眼前，不求工也。

其一

錢王墓田松柏稀，岳王祠堂在湖西。
西泠橋邊春草綠，飛來峰頭烏夜啼。

注釋

1 錢王：指五代吳越開國主錢鏐及其子孫五位帝王。墓田廣闊，巨樹林立。鏐少販鹽為盜。後唐乾符間，從石鏡鎮將董昌擊敗王郢、黃巢，又平劉鎮宏，拜鎮海軍節度使。董昌反，受詔討平，天復間封越王，梁太祖即位，又封吳越王，不久自稱吳越國王，是為十國之一。居臨安，在位四十一年，卒，謚武肅。在位期間，曾徵發民工，修建錢塘江海塘，又在太湖流域之河川建造堰閘，按時蓄洩，對農田水利極有貢獻。五位錢王為：武肅王錢鏐、文穆王錢元瓘、忠獻王錢弘佐、忠遜王錢弘倧，忠懿王錢弘俶。

2 西泠橋：橋名，在浙江杭州西湖之孤山下，為後湖和裡湖之分界。相傳古代名妓蘇小小好遊此地，死後葬於此。

3 飛來峰：山峰名。也叫靈鷲峰。在杭州西湖之西、靈隱山東南。晉咸和年中有西僧慧理登此山，嘆曰：「此是中天竺國靈鷲山之小嶺，不知何年飛來？」因號為飛來峰。

其二

湖邊女兒紅粉妝，不學羅敷春采桑。
學成飛燕春風舞，嫁與燕山遊冶郎。

注釋

1 羅敷：人名。姓秦，邯鄲人。〈古今注〉:「秦氏，邯鄲人。有女名羅敷，為邑人千乘王仁妻。王仁後為越王家令，羅敷出採桑於陌上，趙主登臺見而悅之，因飲酒欲奪焉。羅敷乃彈箏，作〈陌上歌〉以自明焉。」

2 飛燕：漢成帝之婕妤（侍妾之官名）。以體態輕盈而號飛燕，後立為后，與妹昭儀擅寵十餘年，日夜蠱惑，致成帝暴死而無後嗣。平帝時廢為庶民，遂自殺。

3 遊冶：指縱情聲色，狎妓作樂。

其三

阿翁聞說國興亡，記得錢王與岳王。
日暮狂風吹柳折，滿湖煙雨綠茫茫。

其四

春愁如雪不能消，又見清明賣柳條。
傷心玉照堂前月，空照錢塘夜夜潮。

注釋

1 玉照堂：宋張鎡堂名。其堂周圍皆種梅，皎潔輝映，夜如對月，故稱玉照。

其五

嗈嗈歸雁度春江，明月清波雁影雙。
化作斜行箏上字，長彈幽恨隔紗窗。

注釋

1 嗈嗈：鳥鳴聲音和諧貌。音ㄩㄥ ㄩㄥ。

其六

鷓鴣生長最高枝，雁婿銜將向北歸。
天長水闊無消息，只有空梁燕子飛。

其七

愁水愁風人不歸，昨夜水沒釣魚磯。
踏盡蓮根終無藕，惹多柳絮不成衣。

注釋

1 釣魚磯：釣魚時所坐巖石。

其八

桐樹元栽金井西，月明照見影離離。
不比蘇公堤畔柳，烏鴉飛過鵓鴣棲。

注釋

1 金井：井欄上有雕飾之井。古詩詞中常用來指宮庭或園林中之井。
2 離離：歷歷分明。
3 鵓鴣：鵓鳩。陰則屏逐其匹，晴則呼之。語曰：「天將雨，鳩逐婦。」音ㄅㄛˊ ㄍㄨ。

〈聞竹枝歌因效其聲〉二首

其一

鈿山湖影接松江，橘葉青青柿葉黃。
要寫新愁寄音信，西風斷雁不成行。

注釋

1 鈿山湖：湖名。

其二

江流不住楚山青，船到潯陽幾日程？
不忍寄將雙淚去，門前潮落又潮生。

（注：姚桀公有詩云：「開元寺裡常同宿，笠澤湖邊每共過。誰說江南君去後？更無人聽〈竹枝歌〉」。為先生作也。）

注釋

1 笠澤：太湖的別名。

高克禮

字敬臣。河間人。門蔭官至慶元理官，治政以清靜為務，不為苛刻，以簡澹自處。工今樂府，有名於時。

〈竹枝詞〉

第四橋頭第一灣，看魚直上玉泉山。
大魚已逐龍飛去，留得當年舊賜環。

注釋

1 玉泉山：山名。今北平市西北、湖北省當陽縣等地均有玉泉山。

堵　簡

字無傲。京口人。讀書開敏，工唐人詩，風流蘊藉，流輩罕及。

〈竹枝詞〉

港上蕢蒲翠葉齊，鳧鷗鴻雁總來棲。
勸郎得意且行樂，〈白紵〉樽前日易西。

注釋

1 蘋蒲：皆草名。生於池澤。蘋，音ㄅㄧㄣˊ ㄆㄨˊ。
2 〈白紵〉：〈白紵歌〉。樂府舞曲歌辭名。《樂府古題要解》〈白紵歌〉：「古詞盛稱舞者之美，宜及芳時為樂。其譽白苧曰：『質如輕雲色如銀，制以為袍餘作巾。袍以光軀巾拂塵。』」

郯　韶

字九成。吳興人。少開敏，博學，有大志。工唐人詩，務追開元、大歷之盛。

〈西湖竹枝詞〉二首

其一

十五女兒羅結垂，照水學畫雙蛾眉。
長橋橋下彎彎月，偏向儂家照別離。

注釋

1 羅結：用輕軟之絲交織或打成之結。

其二

妾家西湖住橫塘，門前楊柳萬條長。
憑郎醉後莫折斷，留待重來繫馬韁。

注釋

1 橫塘：地名。在浙江省北部，太湖南側之吳興。

袁　華

字子英。吳郡崑山人。洪武初為蘇州訓導。博學有奇才，自幼以詩名縉紳間，可稱才子。著有《耕學齋集》十二卷、《可傳集》一卷。

〈西湖竹枝詞〉二首

其一

昨夜憶郎開綺窗，平湖月白水如江。
妾似兩峰目相望，縱有飛來不作雙。

注釋

1 綺窗：雕畫精緻美麗之窗子。
2 兩峰：西湖之南高峰、北高峰。

其二

山上有山未還家，日日望斷金犢車。
湖陰種得宜男草，直待郎歸始作花。

注釋

1 犢車：牛車。犢，音ㄉㄨˊ。
2 宜男草：植物名。即萱草。

〈湖州竹枝詞〉

漚波春漲膩如油，坐看青山船倒流。
桃花欲開杏花落，打鼓吹笛上杭州。

注釋

1 湖州：地名。在今浙江省。
2 漚波：水波。漚，水泡。
3 膩：油膩。滑潤。

盧　浩

字養元。錢塘人。好古喜學，其為詩不輕於用心，天然超詣者，流輩莫能儷。〈竹枝〉首章，杭人爭誦之。

〈竹枝詞〉二首

其一

記郎別時風颼颼，銀鼠帽子黃鼠袍。
別來轍跡不可見，湖邊青草如人高。

注釋

1 轍跡：車輪之行跡。

其二

屋前小松郎手移，松高過屋郎未知。
願郎歸來莫再別，郎作女蘿儂菟絲。

注釋

1 女蘿：地衣類隱花植物。菟絲，又名女蘿，一種寄生之蔓草。女蘿、菟絲，後用以比喻夫妻一體之關係。《文選》〈佚名．古詩十九首〉：「與君為夫婦，菟絲附女蘿。」

陸　仁

字良貴，號雪生，又號乾乾居士。河南人。寓居崑山，沈靜簡默。明經好古，工詩文，能書，館閣推重，稱為陸河南。其詩學有祖法，清俊奇偉，著有《乾乾居士集》。

〈竹枝詞〉二首

其一

山下有湖湖有灣，山上有山郎未還。
記得解儂金絡索，繫郎腰下玉連環。

注釋

1 絡索：絲帶。
2 連環：指許多圓環相套連，能各自轉動，但不能脫解。

其二

別郎心緒亂如麻，孤山山角有梅花。
折得梅花贈郎別，梅子熟時郎到家。

釋　照

字覺元。四明人。幼穎悟。不廢儒業，讀書於濺山湖邊者十年。

〈西湖竹枝詞〉二首

其一

阿儂家住第三橋，白粉牆低翠竹高。
春光一日老一日，怕見花開飛伯勞。

注釋

1 伯勞：鳥名。

其二

日日採蓮湖水濱，湖中白日照青春。
東風吹雨過湖去，江花愁殺未歸人。

宋元禧

字無逸。越姚江人。少穎悟而好學，父欲奪其志於市井胥吏之事，輒哭而辭，母哀之，資其負笈，不遠千里從明師，迄明經史古文之學。

〈西湖竹枝詞〉三首

其一

十三女郎不出門，父娘墓在葛嶺根。
同攜女伴踏青去，不上道旁蘇小墳。

注釋

1 葛嶺：山名，在杭州市西北，因晉朝葛洪曾在此煉丹而得名。

其二

湖上采薪春復春，養蠶長見繭絲新。
老蠶不識人間事，猶趁東風了此身。

其三

湖光照儂雙畫眉，鬢邊照見一莖絲。
東家女伴多年別，昨日攜來十歲兒。

注釋

1 一莖絲：一根白髮。

申屠衡

字仲權，號樹屋傭。大梁人。徙居長州。少貧，恥為商賈胥吏之習，銳志經史，善屬文。兼工詩。洪武三年授翰林院修撰，謫濠。著有《扣角集》。

〈西湖竹枝詞〉二首

其一

白苧衫兒雙髻丫，望湖樓子是儂家。
紅船撐入柳蔭去，買得雙枝茉莉花。

其二

春去春來愁別離，淡妝濃抹妒西施。
只今五斗青螺黛，留待郎歸卻畫眉。

注釋

1 青螺黛：一種顏料，古代用以畫眉。

其三

金絲絡條雙鳳頭，小葉尖眉未著愁。
大姑昨夜苕溪過，新歌學得唱湖州。

注釋

1 絡條：頭巾，歛髮之器具。
2 苕溪：地名。浙江省吳興縣之別稱。苕，音ㄊㄧㄠˊ。
3 湖州：地名。在今浙江省吳興。

曹妙青

女。字比玉，自號雪齋。錢塘人。善鼓琴，工詩章，三十不嫁。

〈竹枝詞〉

美人絕似董嬌嬈，家住南山第一橋。
不肯隨人過湖去，月明夜夜自吹簫。

注釋

1 絕似：極似。
2 董嬌嬈：美人名。

張妙靜

女。字惠蓮。錢塘人。善詩章，曉音律。晚居姑蘇之春夢樓，號自然道人。

〈竹枝詞〉

憶把明珠買妾時，妾起枕頭郎畫眉。
郎今何處妾獨在，怕見花間雙蝶飛。

無名氏

〈竹枝詞〉二首

其一

蘇公堤上楊柳青，人來人去綰離情。
東風為爾丁寧道，折斷柔條莫再生。

注釋

1 綰：牽，拉住。音ㄨㄢˇ。
2 柔條：指柳枝。

其二

天竺寺前開翠微，長年流水白雲飛。
流水入湖無日歇，白雲出岫有時歸。

注釋

1 天竺寺：寺名。在杭州西湖北高峰麓的，稱上天竺寺；在稽留峰北的，稱中天竺寺；在飛來峰南者，稱下天竺寺。
2 翠微：淺淡蔥翠之山色。也指青山。
3 岫：山洞，巖穴。《文選》〈陶潛・歸去來辭〉：「雲無心以出岫，鳥倦飛而知還。」

王　逢

字原吉，江陰人。至正中作〈河清頌〉，臺臣薦之，稱疾辭，洪武中以文學徵，堅臥不起，隱於上海之烏涇，歌詠自適。著有《梧溪詩集》。

〈江邊竹枝詞〉八首選七

其二

亂石呀聲大小灣，石中無玉作連環。
楚江風浪吳煙雨，翠鎖修眉八字山。

注釋

1 呀：歎詞，象聲詞。

其三

社酒吹香新燕飛，遊人裙幄占灣磯。
如刀江鱭白盈尺，不獨河魨天下稀。

注釋

1 裙幄：張裙使成帷幕。

其四

南北兩江朝暮潮，郎心不動妾心搖。
馬駝少箇天燈塔，暗雨烏風看作標。

其五

北望大江南望城，席帽馬鞍屏障橫。
儂是小山漁泊戶，水口風門過一生。

注釋

1 席帽馬鞍：皆山名。

其六

石筏橫津蛟莫窺，近山張弩或眠旗。
儂作神衫與神女，祈水祈風郎不知。

注釋

1 石筏：水上交通工具，用石編排而成。
2 神女：女神。
3 張弩：把弓拉開，做好發射準備。弩，音ㄋㄨˇ。
4 眠旗：橫倒旗子。

其七

巫子驚湍天下聞，商人望拜小龍君。
茹藘草染榴紅紙，好翦淩波十幅裙。

注釋

1 巫子：巫峽，長江三峽之一。兩岸壁立，舟行極險。
2 小龍君：小龍王。
3 茹藘：草名。其根可作染料。音ㄖㄨˊ ㄌㄩˊ。
4 淩波：淩波仙子。

其八

潮落蟆山連狗沙，黃泥鰊浦趁江斜。
阿儂十指年嬌小，曾比箇中春荻芽。
（注：狗叫沙在蔡港西北，歲產荻芽。千家分佃頃半狗叫沙與蝦蟆山鰊浦相連。）

錢惟善

字思復，自號心白道人。錢塘人。寓居華亭。長於毛氏詩學。官提舉。張士誠據吳，遂不仕。既沒，與楊維楨、陸居仁同葬於山。人目為三高士墓。著有《江月松風集》。

〈西湖竹枝詞〉五首

其一

貧家教妾自當壚，馬上郎君不敢呼。
折得荷花待誰贈？葉間紅淚滴成珠。

注釋

1 當壚：賣酒。古時之酒店堆土為壚，以安放酒甕，賣酒的便坐在壚邊。

其二

春日高樓聞〈竹枝〉，梨花如雪柳如絲。
珠簾不被東風捲，只有空梁燕子知。

其三

日暮天寒野水濱，孤山愁絕四無鄰。
誰家處子如冰雪？行傍梅花不見人。

注釋

1 愁絕：憂愁到極點。
2 處子：處士。有道德學問而未做官或不做官之人。

其四

阿姨住近段家橋，山妒蛾眉柳妒腰。
東山井頭黑雲起，早迴家去怕風潮。

注釋

1 阿姨：指船娘。
2 段家橋：在西湖。即斷橋。
3 蛾眉：喻指美女。

其五

錢湖門外春茫茫，不歌采菱歌採桑。
共道蓮心苦於妾，未應花貌不如郎。

注釋

1 錢湖門：舊時杭州城門名。
2 苦於妾：苦如妾。
3 不如：猶不配。

丁鶴年

回回人。元末因父官武昌，遂為武昌人。避地四明。方國珍據浙東，最忌色目人，鶴年轉徙逃匿。明初還武昌，生母已前死，不知殯處，慟哭行求，得骨以葬。好學洽聞，精詩律，自以家世仕元，賦詩情詞悱惻，晚學浮屠，結廬居父墓，永樂中卒。著有《海巢集》。

〈竹枝詞〉二首

其一

竹雞啼處一聲聲，山雨來時郎欲行。
蜀天渾似離人眼，十日都無一日晴。

注釋

1 竹雞：野禽名，生長於江南，喜居竹林，毛褐色，好啼。

其二

水上摘蓮青的的，泥中采藕白纖纖。
卻笑同根不同味，蓮心清苦藕芽甜。

注釋

1 作者集中又載〈紅蓮白藕詩〉，用意相近。其一云：「紅蓮白藕兩相宜，欲采臨湖意轉遲。蓮子總甜心獨苦，藕芽雖美復多絲。」其二云：「采蓮采藕湖水潯，阿儂蹋歌郎賞音。多虛少實如郎意，外甜內苦似儂心。」
2 的的：明白、顯著。
3 纖纖：尖細。

顧　瑛

元文學家，字仲瑛，別字德輝，自稱全粟道人。崑山（今屬江蘇）人。舉茂才，署會稽教諭，曾築玉山草堂，與楊維楨、柯九思諸人相酬和。元末削髮為僧。工山水、花卉、翎毛，以詩畫名。詩頗清雋。著有《玉山璞稿》一卷。

〈西湖竹枝詞〉二首

其一

素雲缺月挂秋河，聽得臨風〈白苧歌〉。
湖水西來流不斷，海潮東去是風波。

注釋

1 秋河：銀河。
2 〈白苧歌〉：樂府舞曲歌辭名。《樂府古題要解》〈白紵歌〉：「古詞盛稱舞者之美，宜及芳時為樂。其譽白苧曰：『質如輕雲色如銀，制以為袍餘作巾。袍以光軀巾拂塵。』」制，同製。

其二

陌生採桑桑葉稀，家中看蠶怕蠶飢。
大姑要織回文錦，小姑要織嫁時衣。

注釋

1 回文錦：織錦迴文詩。詩文可以迴旋往復誦讀或倒讀。起於晉竇滔。

屠　性

字彥德。會稽人。至正舉人。嘉定儒學聘為經師，明春秋學。為詩文，嚴正有法度。著有《彥德集》。

〈竹枝詞〉

二八女兒雙髻丫，黃金條脫銀條紗。
清歌一曲放船去，買得新妝茉莉花。

注釋

1 髻丫：盤在頭頂左右兩側之髮結。
2 條脫：腕釧、手鐲一類之飾物。

林屋道人富恕

字子微。吳江人。以儒入道，布袋笻杖，不憚險道，訪天下仙山，有所得輒寄於詩。

〈竹枝詞〉二首

其一

十裡荷花錦一機，雨餘荷氣撲人衣。
滿船遊女蒙白苧，陣陣腥風鷗鷺飛。

注釋

1 白苧：白紵。細緻而潔白之夏布。

其二

蹙金麒麟雙髻丫，白銀作甲彈琵琶。
何曾辛苦事蠶織，水口紅船長是家。

注釋

1 蹙金：刺繡之一種。用金線繡衣，而使線紋緊縮。蹙，音ㄘㄨˋ。
2 甲：即銀甲。銀製之假指甲，套於指上供彈箏或其他絃樂用。
3 水口：小水流入大水之地方。

張　渥

字叔厚。淮南人。明經，善屬文，能用李龍眠法為白描，前無古人，雖時貴亦罕得之。

〈竹枝詞〉

長簪高髻畫雙鴉，多在湖船少在家。
黃衣少年不相識，白日敲門來索茶。

注釋

1 簪：首笄。插定髮髻或冠之長針。

于　立

字彥成，號虛白子。南康之廬山人。博學通古今。學道會稽山中。以詩酒放浪江湖間。愛吳中山水清曠，故多居之。詩有二李風，時人多重愛之。

〈西湖竹枝詞〉二首

其一

儂家住在湧金門，青見高峰白見雲。
嶺上已無丞相宅，湖邊猶有岳王墳。

注釋

1 丞相：指宋朝宰相秦檜。
2 岳王墳：岳飛之墳墓。

其二

楊柳樹頭雙鵓鴣，雨來逐婦晴來呼。
鴛鴦到死不相背，雙飛日日在西湖。

注釋

1 鵓鴣：鳥名。又名鵓鳩。陰則屏逐其婦，晴則呼之。語曰：「天將雨，鳩逐婦。」音ㄅㄛˊ ㄍㄨ。

吳　復

字見心。富春人。少拓落不羈，中年折節讀書，晚遊湖海間。海內名人不見，雖千里不憚也。故其聞見不陋，而詩日進。

〈竹枝詞〉二首

其一

官河遶湖湖遶城，河水不如湖水清。
不用千金酬一笑，郎恩纔重妾身輕。

其二

西京記書三載強，錦心織出雙鴛鴦。
肯逐大堤楊柳絮，一翻風雨一翻狂。

注釋

1 西京：北宋以汴京為首都，以洛陽為西京。遼、金時以大同為西京，即今山西省大同縣。
2 記書：官名，掌書記。
3 錦心：文思優美如錦。

釋良震

字雷隱。三山人。有詩名江湖間，愛吟唐人七字詩，而不為律縛，有「六月七月生晚涼，大樹小樹臨幽窗。枯槎行蟻過無數，晴空好鳥飛一雙。」

〈竹枝詞〉

郎去東征苦未歸，妾去採桑長忍飢。
養蠶成絲不忍賣，留待織郎身上衣。

迺　賢

元文學家，一作納新。字易之。本葛邏祿氏，後來自稱為南陽（今屬河南）人。卜居於鄞。能文，尤長歌詩。以薦而為翰林編修官，又曾參軍事。所作詩清潤流麗，誦讀頗為上口。又作《河朔訪古記》，記述河北、河南山川文物，頗為詳賅。著有《金臺集》。

〈月湖竹枝詞〉四首，題四明俞及之竹嶼巷

其一

絲絲楊柳染鵝黃，桃花亂開臨水傍。
隔岸誰家好樓閣？燕子一雙飛過牆。

注釋

1 鵝黃：淡黃色。

其二

五月荷花紅滿湖，團團荷葉綠雲扶。
女郎把釣水邊立，折得柳條穿白魚。

注釋

1 團團：形容圓的樣子。
2 綠雲：比喻荷葉青綠茂盛。

其三

水仙廟夢秋水清，芙蓉洲上新雨晴。
畫船撐著莫近岸，一夜唱歌看月明。

注釋

1 水仙廟：廟名。水仙，是傳說中之水中仙人。古代傳說中水仙有河伯馮夷、屈原、伍子胥、郭璞等人。
2 芙蓉洲：洲渚名。因長芙蓉（荷花），故名。

其四

梅花一樹大橋邊，白髮老翁來繫船。
明朝捕魚愁雪落，半夜推篷起看天。

注釋

1 篷：舟上用以遮蔽風雨、日光的棚子。

貢師泰

字泰甫，號玩齋。宣城人。泰定中以國子生釋褐，授太和州判官，官翰林應奉，預修后妃功臣列傳，累官戶部尚書，分部閩中，旋召為秘書郎。道卒，師泰性倜儻，貌豐偉，以文學知名，而政事尤長。著有《玩齋集》。

〈西湖竹枝詞〉二首

其一

葛嶺東家是相門，當年甲第入青雲。
樓船撐入裡湖去，可曾望見岳王墳。

注釋

1 葛嶺：山名。在杭州市西湖北。因晉朝葛洪曾在此煉丹而得名。由流紋岩構成，山頂有初陽臺，可俯視西湖全景。宋朝賈似道曾受高宗賜第居此。
2 甲第：古代世家貴族之宅第。
3 裡湖：西湖中有蘇、白兩堤，分隔湖水為裡湖、東湖、南湖、岳湖數區。

其二

芙蓉葉底雙鴛鴦，飛來飛去在橫塘。
人生多少不如意？水遠山長難見郎。

注釋

1 芙蓉：荷花之別名。
2 橫塘：塘名。在浙江省北部，太湖南側之吳興。

曹　睿

字新民。永嘉人。占籍華亭，元季為郡學訓導，明初遷松江。為舉子業，時輩罕及，壯年遊西浙，詩又皆清新，學者多愛敬之。著有《獨興集》。

〈西湖竹枝詞〉

昨夜西湖月色多，照見郎君金叵羅。

明朝江頭放船去，江亭風雨奈君何。

注釋

1 金叵羅：古代金製酒器。叵，音ㄆㄛˇ。

明 朝

明朝〈竹枝詞〉

陳　山

字伯亭。上虞人。洪武中瓊山知縣。

〈竹枝詞〉

桃葉扇寫〈竹枝詞〉，搖曳清江照翠娥。
夾岸芙蓉秋水闊，薄暮雲生愁思多。

注釋

1 翠娥：指美女。
2 薄暮：太陽快下山，暮色將盡之時候。傍晚。

周　南

一名南老。字正道。吳人。元季江浙行省照磨（掌管核對文書之官職），明初徵詣太常議禮，禮成發臨安居住，放還。著有《姑蘇雜詠》、《拙逸齋稿》。

〈西湖竹枝詞〉

採菱女兒新樣妝，瓜皮船小水中央。
郎心只如菱刺短，妾情謾比藕絲長。

注釋

1 瓜皮船：一種小船。
2 謾：漫長。通曼。

姚廣孝

明僧人。幼名天僖，既為僧，號道衍，字斯道。長洲人。洪武中以高僧選侍燕邸，靖難之役，實為道衍陰謀。燕王立，錄功第一，拜太子少師，始復俗姓，賜名廣孝。嘗監修《太祖實錄》，又纂修《永樂大典》。贈榮國公，謚恭靖。著有《逃虛子集》十卷。

〈竹枝詞〉

一程煙水一程山，客子行時那得還。
女兒擊榜歌欲絕，愁見溪月自灣灣。

注釋

1 容子：寄居外地之人。
2 擊榜：敲打船槳。

陳　贄

字惟成。餘姚人。以薦授訓導，為翰林待詔，遷廣東參議，進太常少卿。著有《蒙菴集》、《和唐音西湖百詠》。

〈竹枝詞〉

月落秭歸啼樹頭，巴江日夜自東流。
百丈牽船上灘去，風波節節替郎愁。

注釋

1 秭歸：杜鵑鳥之別名。秭，音ㄗˇ。
2 巴江：巴水。源出四川省南江縣，北米倉山，南流會巴水及渠江，入嘉陵江。

吳　敏

字思德。吳信弟。

〈漳秋竹枝歌〉

金線鋪前河水深，河流如帶草如鍼。
居民多在鋪邊住，椿樹重重高十尋。

注釋

1 鍼：同針。
2 椿樹：樹名。落葉喬木，高可達二十公尺。
3 尋：八尺。

游　濳

字用之，豐城人。弘治辛酉舉人。官賓州知州。著有《夢蕉存稿》四卷。

〈竹枝詞〉二首

其一

荷葉團團蓮子香，子魚風引藕絲長。
船頭花開照人面，船尾阿儂愁斷腸。

注釋

1 子魚：鯔魚之別名。宋王得臣《麈史》〈詩話〉：「閩中鮮食最珍者，所謂子魚者也。長七八寸、闊二三寸許，剖之子滿腹，冬月正其佳時。」

其二

木蘭船高水滿湖，南風冉冉錦平鋪。
賣酒誰家楊柳岸？小姬十五慣當壚。

注釋

1 木蘭船：以木蘭樹做的船。
2 冉冉：流動貌。
3 姬：古代對婦女之美稱。
4 當壚：賣酒。

楊木仁

字次山。杞人。嘉靖己丑進士，授工部主事，改刑部，歷郎中，出為江南按察副使，歷湖廣參政，遷廣西按察使。著有《少室山人集》二十五卷。

〈巴人竹枝詞〉二首

其一

院裡迎春郎手栽，花時郎繞百千迴。
從郎去後春無主，縱有風吹花不開。

注釋

1 巴人：巴州（地名，在今四川省）地方之人。
2 迎春：迎春花。又名金腰帶、小黃花。

其二

江上帆檣亂不齊，煙波望望妾心迷。
何如化作江中水，郎苦東時儂不西。

注釋

1 帆檣：帆柱。
2 望望：眷戀、瞻望貌。

尹　臺

字崇基。永新人。嘉靖乙未進士，選庶起士，授編修，歷中允修撰、諭德侍講，遷南祭酒，改進少詹兼學士，遷南吏部侍郎，就遷禮部尚書。著有《洞麓堂集》十卷。

〈西湖竹枝詞〉

朝見南高峰欲雨，北高出日又多時。
綠虹宛轉垂照水，欲渡無船郎得知。

注釋

1 宛轉：委婉曲折。

唐堯官

字廷俊。晉寧人。嘉靖辛酉舉人。著有《五龍山人集》。

〈竹枝詞〉二首

其一

瀼東春水瀼西通，江上紅樓暮靄中。
郎去郎來渾不定，相思日日望征篷。

注釋

1 瀼：水名、在四川省東部，有三：一、大瀼或西瀼，二、東瀼，三、濤瀼。音ㄖㄤˊ。
2 征篷：旅人遠行之船。篷，舟上用以遮蔽風雨日光之棚子，也指船。

其二

郎在東吳妾在家，錦堂終日弄琵琶。
荼蘼舊是郎親種，不見郎歸只見花。

注釋

1 錦堂：華麗的房子。
2 荼蘼：花名。可供觀賞。音ㄊㄨˊ ㄇㄧˊ。

卓發之

字左車。里安人。著有《漉籬堂集》。

〈秦淮竹枝詞〉

楚歌湘曲未須哀，遙見燈船趁月開。
長笛叫雲簫咽水，百千神女弄珠來。

注釋

1 秦淮：秦淮河。舊時南京之歌樓舞館、畫舫遊艇，多紛集於此。
2 神女：妓女之代稱。

文震亨

字啟美。長洲人。大學士震孟弟，貢生，官武英殿中書舍人，國變後，投水死。乾隆中賜節湣。著有《金門集》、《一葉稿》。

〈秣陵竹枝詞〉四首

其一

據床開印翠微間，朝請全稀退食便。
呵殿也堪成韻致，此中官府亦神仙。

注釋

1 秣陵：古地名。相當於今南京市。
2 翠微：青山。
3 退食：指臣子退朝後在家就食休息。

4 便：適宜。音ㄆㄧㄢˊ。
5 呵殿：古時貴人出行時，導從之人，前呼而後擁，叫人迴避讓道。
6 韻致：氣韻情致。

其二

尚食宮監住直廬，退閒丞相府中居。
貂璫一樣中常侍，三日湖頭打飯魚。
（注：留都中貴居胡惟庸故府，每歲於玄武湖中敕賜打魚三日，名飯魚。）

注釋

1 尚食：官名。掌管帝王膳食。
2 宮監：宮內官名。掌宮中之事。
3 直廬：值宿之地方。
4 退閒：辭官閒居。
5 貂璫：綴有貂尾和珥璫之冠飾。本為漢代中常侍之服制。光武以後，皆用宦官為中常侍，故引申以指宦官。
6 中常侍：官名。天子之侍御近臣。秦設置，漢沿用。出入宮廷，侍從皇帝。東漢時由宦官專任。魏以後，不再由宦官專任。
7 胡惟庸：（?-1380），明朝定遠人。洪武三年拜中書省參知政事，六年，遷左丞相。恃勢專權，日漸驕恣。御史中丞劉基嘗言其短，後基病，太祖遣惟庸視劉基病，遂挾醫加以毒害。基死，益無所忌。後因樹黨謀亂，被誅。死後數年間，以惟庸案遭株連而死者至數萬人。明代至此廢中書省與宰相之職，而集權於皇帝一人。

其三

同姓編氓異姓侯，上公出不避行騶。
諸曹未識勳臣貴，每到朝陵壓上頭。

注釋

1 編氓：編入戶籍之平民。
2 上公：漢制，太保太傅在三公之上，號稱上公。
3 行騶：古代高官出行，在前開導引馬之前導。騶，音ㄗㄡ。
4 諸曹：各部。
5 朝陵：帝王拜掃祖先陵墓。

其四

秦淮冬盡不堪觀，桃葉官舟閣淺灘。
一夜渡頭春水到，家家重漆赤欄杆。

注釋

1 桃葉：桃葉渡。渡口名。在南京市秦准河畔。
2 閣淺：擱淺。船泊陷於礁石、沙灘，不能航行。

彭孫貽

字仲謀，一字羿仁。海鹽人。貢生。國變後杜門奉母，終身不出。平時耿介自守，孝行聞於時。工畫山水墨蘭，及卒，鄉人私諡孝介。著有《茗齋詩餘》、《茗齋雜記》。

〈海上竹枝詞〉四首

其一

烏夜村西烏夜啼，馬嘷城外馬頻嘶。
三更歡去月上樹，照見踏霜郎馬蹄。

注釋

1 烏夜村：地名。在江蘇省吳江蘇縣南。《吳郡志》:「烏夜村。晉穆帝后，何準女。寓居縣南，產后於此，將產之夕，有群烏夜驚於聚落。產後烏更鳴，眾共異之，及明大赦。」
2 嘷：咆哮。音ㄏㄠˊ。
3 歡：古時民歌中稱所愛者。

其二

葫蘆山月長珠胎，海市未開漁市開。
殘星滿天細犬吠，黃魚船上販鮮回。

注釋

1 葫蘆山：山名。
2 珠胎：珠在蚌蛤中，如人懷妊，因而得名。後也用以比喻懷孕。長珠胎，喻指月缺逐漸轉為月圓。

其三

妾家正住南市南，鮑郎場外柳毿毿。
柳梢繫船雞喔喔，知有新安人賣鹽。

注釋

1 鮑郎場：地名。
2 毿毿：細長貌。毿，音ㄙㄢ。
3 新安：地名。在今浙江省淳安縣西。

其四

江東歸信約今朝，空說秦皇石作橋。
三十六鱗書未到，曹娥江上不通潮。

注釋

1 秦皇石作橋：相傳秦始皇於海中作石橋，欲渡海看日出處，時有神人，能驅石下海，石去不速，神輒鞭之，皆流血，至今悉赤。
2 三十六鱗書：書信。因鯉魚有三十六鱗。
3 曹娥江：江名。在浙江省紹興縣東。上流為剡溪，下流為舜江。

汪廣洋

字朝宗。高郵人。洪武初為中書左丞，封勤伯，拜右丞相，尋貶廣東。有詔數其罪，自縊死。著有《鳳池吟稿》。

〈竹枝詞〉

三百六十灘水清，桃花春漲近來生。
催歸不待臨岐語，昨夜子規啼到明。

注釋

1 催歸：鳥名。即杜鵑，又叫子規。其鳴叫聲有如「不如歸去」。

2 臨岐：至歧路處。
3 子規：鳥名。即杜鵑。

張　翨（或作翼）

字翔南。建德人，徙居嘉興。元至正乙巳舉於鄉，薦主甬東書院山長不就。吳元年徵入禮局，告歸。著有《梓宇集》。

〈西湖竹枝詞〉

南高北高峰頂齊，錢塘江水隔湖西。
不得潮頭到湖口，郎船今夜泊西溪。

注釋

1 西溪：溪名。在杭州市靈隱山西北松木場。兩岸多茶、竹、梅、栗，風景優美。

高　啟

明詩人。字季迪。長洲（今江蘇省吳縣）人。有文武才，尤精於史。元末避張士誠亂，隱居吳淞青丘，自號青丘子。與楊基、張羽、徐賁齊名，稱「吳中四傑」。明朝洪武初，召修《元史》，為翰林院國史編修。後被明太祖腰斬。著有《高太史全集》、《鳧藻集》。

〈竹枝詞〉

楓林樹樹有猿啼，若箇聽來不慘悽。
今夜郎舟宿何處？巴東不在定巴西。

注釋

1 巴東：郡名。東漢建安六年劉璋改永安郡為巴東郡，位置約今開縣、萬縣以東，巫山以西一帶。
2 巴西：郡名，東漢末劉璋置，故治在今四川省閬中縣西。

黃　樞

字子運。休寧人。洪武初被徵以躄免，鄉人稱為後圃先生。著有《後圃存稿》。

〈婺州竹枝詞〉

桃花雨晴春水生，東風去船如箭行。
鯉魚活煮蘭溪酒，篷底醉睡江月明。

注釋

1 婺州：地名。在今浙江省金華縣。婺，音ㄨˋ。
2 蘭溪：在浙江省境，是錢塘江之南源。一共有二源：東源叫婺港，西源叫衢江。

丁　麟

字彥祥。海鹽人。洪武乙丑進士，除給事中，改御史，坐法死。

〈西湖竹枝詞〉

湧金門外春水多，賣魚船子小于梭。
三三兩兩唱歌去，驚起鴛鴦飛奈何。

注釋

1 湧金門：南宋行都臨安（今杭州市）之西城門，面臨西湖。
2 梭：牽引緯線之織布器具。

馬　琬

字文璧。江寧人。洪武初仕，為撫州知府。著有《灌園集》。

〈西湖竹枝詞〉

湖頭女兒二十多，春山兩點明秋波。
自從湖上送郎去，至今不唱江南歌。

注釋

1 秋波：形容女子之眼睛如秋水般澄澈。

胡　奎

字虛白，海寧人。洪武中以儒學徵授寧府教授。著有《鬥南老人集》六卷。

〈過浦賦竹枝詞〉

雲後江南春到時，鵝黃已染楊柳枝。
東風不解離別意，一日惱人千萬絲。

注釋

1 鵝黃：淡黃色。
2 千萬絲：千萬條嫩柳。

〈太湖竹枝詞〉

第四橋頭楓葉青，白龍吹雨浪花腥。
過橋買酒待月出，今夜夜宿垂虹亭。

注釋

1 垂虹亭：亭名。在吳江東門外。

〈吳江竹枝詞〉三首

其一

青裙女兒雙髻螺，唱出吳宮〈子夜歌〉。
酒醒月明眠不得，秋風吹起太湖波。

注釋

1 髻螺：形似螺狀之髮髻。
2 〈子夜歌〉：樂府吳聲歌曲名。聲調哀苦。

其二

第四橋邊楓葉秋，青裙少婦木蘭舟。
月明打槳唱歌去，驚起蘆花雙白鷗。

注釋

1 木蘭舟：用木蘭樹作的船。

其三

西山日落東山黃，儂唱〈竹枝〉行晚涼。
十幅蒲帆弓樣滿，南風吹送白龍堂。

注釋

1 蒲帆：以蒲葉編成之船帆。

薛　瑄

字德溫。河津人。永樂辛丑進士。除御史，歷大理少卿，累進禮部侍郎兼文淵閣大學士，卒諡文清，從祀孔廟。著有《河汾集》。

〈竹枝歌〉

錦官城東多水橋，蜀姬酒濃消客愁。
醉未忘卻家山道，勸君莫作錦城遊。

注釋

1 錦官城：四川省成都縣舊有大城、少城；少城古為管理織錦之官所居住，因稱錦官城，故址在今城之南。世又稱成都為錦官城。

鄭　關

字公啟。閩縣人。著有《石室遺音鄀齋集》。

〈竹枝詞〉

十二灘頭水接天，千山陰雨萬山煙。
自從前路風波惡，不敢回頭望別船。

王立中

字彥強，長洲人。以蔭授開化尉。元末，知嘉定州，遷松江知府。元至正二十四年歸附朱元璋，攝原官，後去職。著有《稺齋集》、《寓齋集》、《辨隱》。

〈西湖竹枝詞〉

孤山梅花開雪中，恰似阿儂冰雪容。
不學畫橋南畔柳，春來容易嫁東風。

注釋

1 孤山：在杭州市西湖中。宋處士林逋曾在此隱居，植梅養鶴。
2 嫁東風：猶言隨風起舞。

朱曰藩

字子價，號射陂。寶應人。嘉靖廿三年進士。授烏程縣令。遷南邢部主事，歷禮部郎中，出為九江知府，卒於官。著有《山帶閣集》。

〈竹枝詞〉

春風春雨花意狂，誰家溪上浣花娘？
水流不管花心亂，花落能教水面香。

注釋

1 浣花：古時四川人每年於農曆四月十九日，在成都浣花溪邊宴遊聚會，稱為浣花日。浣，音ㄏㄨㄢˇ。

何景明

明代古文學家，字仲默，號大復山人。信陽（今屬河南省）人。弘治進士，官至陝西提學副使。其詩文論中，主張文必秦漢，詩必盛唐，與李夢陽等人齊名，為前七子之一。著有《大復集》。

〈竹枝詞〉

十二峰頭秋草荒，冷煙寒月過瞿塘。
青楓江上孤舟客，不聽猿聲亦斷腸。

注釋

1 十二峰：指長江三峽中巫峽著名之巫山十二峰。
2 瞿塘：瞿塘峽。在四川省奉節縣東十三里。峽道兩岸危崖峭壁，奇險狀偉。
3 青楓江：此指長江。《楚辭》〈招魂〉：「湛湛江水兮上有楓。」

袁宏道

明代文學家。字中郎，號石公。公安（今湖北省公安縣）人。神宗萬曆二十年進士。選吳縣知縣。後授順天教授，遷禮部主事、吏部稽勳郎中，卒於官，年四十三。幼聰慧，善詩文。與兄宗道，弟中道，並有才名，時稱三袁。詩文力主妙悟，務求本色，反對王、李摹擬仿古之弊。以為詩歌各有時代特性，不必遠追漢、唐，時人名為公安派。著有《宗鏡攝錄》十二卷、《袁中郎全集》四十卷、《觴政》一卷、《瓶花齋雜錄》一卷、《明文雋》八卷。

〈竹枝詞〉十二首選三

其一

雪裡山茶取次紅，白頭孀婦哭春風。
自從貂虎橫行後，十室金錢九室空。

注釋

1 取次：隨便、任意。
2 孀婦：寡婦。
3 貂：綴有貂尾和珥璫之冠飾。本為漢代中常侍之服制。光武以後，皆用宦官為中常侍，故貂虎引申以指宦官。

其二

賈客相逢倍惆然，楩楠杞梓下西川。
青天處處橫璫虎，鬻女陪男償稅錢。

注釋

1 賈客：生意人。商人。
2 楩楠杞梓：皆良材。音ㄆㄧㄢˊ ㄋㄢˊ ㄑㄧˇ ㄗˇ。
3 西川：四川西部。
4 璫虎：指宦官。〈漢官儀〉：「中常侍，秦官也。漢興，或侍人，銀璫左貂。光武以後，專任宦者，右貂金璫。」
5 鬻：出賣。音ㄩˋ。
6 陪：同賠。償還。

其三

一溪才順一溪灣，一尺才過一尺還。
船子已愁箭括水，兒童又指帽兒山。

注釋

1 箭括：山名。即岐山。北嶺支脈之一。在陝西省岐山縣東北。接隴山山脈而東行，迤邐於渭水之北與汧、涇水之間。最高處稱箭括嶺，嶺巔有缺，形似箭括，故名。括，音ㄎㄨㄛˋ。

龔　詡

字大章，崑山人。父，洪武給事中，戍五開死，勾詡補伍，守金川門，靖難師入，變姓名王大章，遁歸更二十餘年。禁稍解，賣藥授徒，周忱撫江南，薦為學官，不赴，既卒，門人私謚曰安節先生。著有《野古集》。

〈竹枝歌〉

朝見浮雲飛出山，暮見浮雲飛入山。
浮雲自是無心物，郎既有心何不還？

注釋

1 浮雲自是無心物：《文選》〈陶潛．歸去來辭〉：「雲無心以出岫，鳥倦飛而知還。」

李東陽

字賓之，號西涯，茶陵（今屬湖南省）人。天順時進士，歷仕英、憲、孝、武四朝。孝宗時，受顧命，輔武宗，官至少傅、大學士。宦官劉瑾專權時，依諾以保全善類，彌補亂政。其詩追求典雅工麗，內容空虛。為茶陵詩派之領袖。著有《懷麓堂集》一百卷、《懷麓堂詩話》一卷、《燕對錄》、《東祀錄》。

〈長沙竹枝詞〉四首

其一

三十六灣灣對灣，人家住在白茅間。
直過洞庭三百里，長沙城北是彤關。

注釋

1 彤關：地名。

其二

湘江女兒愁落暉，湘江江上鷓鴣飛。
行人試看君山竹，竹不成斑君始歸。

注釋

1 君山竹：君山，山名。在湖南省嶽陽縣西南洞庭湖東岸。相傳舜二妃娥皇、女英曾到此遊賞，故又名湘山。舜崩於蒼梧，二妃哭帝極哀，淚染竹上，成斑痕。又稱湘妃竹。

其三

馬殷宮前江水流，定王臺下暮雲收。

有井猶名賈太傅，無人不祭李潭州。

注釋

1 賈太傅：西漢政論家、辭賦家賈誼，曾任長沙王太傅，世稱賈太傅。

其四

江頭彩旗耀日明，船上撾鼓不停聲。

湖南樂事君記取，五月五日潭州城。

注釋

1 撾鼓：擊鼓。撾，音ㄓㄨㄚ。
2 潭州：州名。隨置，以其地有昭潭而得名，治所在今湖南省長沙市。

史　鑑

字明古。吳江人。著有《西村集》。

〈震澤竹枝詞〉（送中書李舍人）二首

其一

太湖東與海相通，大浪掀天難使篷。

今夜且來洲裡宿，明朝又怕日高風。

注釋

1 震澤：太湖之古名。
2 篷：舟上用以遮蓋風雨、日光之棚子。也指船。音ㄆㄥˊ。

其二

鴉鵲群飛過別村，烏雲接日晚昏昏。
西風一夜翻湖起，大小人家水到門。

〈震澤竹枝詞〉

震澤雨晴添水波，郎船將發唱吳歌。
誰知三萬六千頃，不及儂愁一半多。

朱　樸

字元素。海鹽布衣。著有《西村集》。

〈西湖竹枝詞〉二首

其一

阿儂家住湖水傍，菰米蓴絲野飯香。
貓頭紫筍尺圍大，沙角紅菱三寸長。

注釋

1 貓頭：筍之別名。

其二

郎從湖上打魚蝦，妾在湖邊只浣紗。
生長不離湖水上，湧金門外是儂家。

注釋

1 湧金門：南宋行都臨安（今杭州市）之西城門。門臨西湖。

都　穆

字元敬，吳縣人。弘治己未進士，授工部主事，歷禮部郎中，乞休，加太僕少卿致仕。著有《南濠詩略》。

〈吳江竹枝詞〉

雙櫓艎船無比輕，耳邊惟聽踏車聲。
龍王堂下風波惡，誰似儂心耐得驚。

注釋

1 艎船：船名。

楊　慎

字用修，號升庵。四川新都人。正德間試進士第一，任翰林修撰。世宗時，因為直言極諫，而被謫戍雲南永昌。謚文獻。他雖與何景明等為友，但於詩文上反對模擬，力主清新，不受七子影響，對民間文學也頗重視。學識廣博，著有《升庵集》。又有《丹鉛餘錄》十七卷、《續錄》十二卷、《閏錄》九卷。慎自為刪薙，取名

《摘錄》。後其門人梁佐裒合諸錄為一編，刪除重複，定為二十八類，稱《丹鉛總錄》。散曲有《陶情樂府》。

〈滇海竹枝詞〉

東浦彩虹懸水樁，西山白雨點寒江。
煙中艇子搖兩槳，空裡鷺鷥飛一雙。
（注：滇人喚虹霓為水椿。）

注釋

1 滇海：滇池。在雲南省昆明市南。

〈竹枝詞〉二首

其一

夔州府城白帝西，家家樓閣層層梯。
冬雪下來不到地，春水生時與樹齊。

注釋

1 夔州：州名，舊治在今四川省奉節縣。夔，音ㄎㄨㄟˊ。
2 白帝：白帝城。在今四川省奉節縣東瞿塘峽口。

其二

上峽舟航風浪多，送郎行去為郎歌。
白鹽紅錦多多載，危石高灘穩穩過。

張　鈇

字子威，慈谿人。著有《碧溪集》。

〈湖上竹枝詞〉

門前湖水白茫茫，望盡煙波不見郎。
彷彿聞郎歌〈水調〉，鴛鴦飛走藕花塘。

注釋

1 〈水調〉：即〈水調歌頭〉。詞牌名。又名〈會元曲〉、〈凱歌〉。

邢　參

字麗文。吳人。著有《處士集》。

〈竹枝詞〉

家住東吳白石磯，門前春水浣羅衣。
朝來繫著木蘭櫂，閂看鴛鴦作隊飛。

注釋

1 白石磯：在江蘇省吳縣西北。
2 木蘭櫂：木蘭樹製成之船。櫂，音ㄓㄠˋ。

屠　隆

字長卿，又字緯真。鄞縣人。萬曆丁丑進士，除潁上知縣，調青浦，升禮部主事，歷郎中。著有《由拳》、《白榆》、《采真》、《南遊》諸集。

〈竹枝詞〉二首

其一

木槿編笆土築牆，田家住在水中央。
四月穿綿六月冷，門前夜夜稻花香。

注釋

1 木槿：落葉灌木，供觀賞及藥用。

其二

水仙愛種水仙花，一灣江水廟門斜。
女冠夜送小姑出，四野無人好月華。

注釋

1 水仙：傳說中之水中仙人。
2 水仙花：多年生草本，養於水中，清香淡雅，供觀賞。
3 女冠：女道士。
4 小姑：丈夫之妹妹。泛稱未出嫁之少女。
5 月華：月光，月色。

邵圭潔

字伯如，一字茂齊。常熟人。嘉靖已酉舉人。著有《北虞集》。

〈蘇臺竹枝詞〉

魚尾晴霞片片明，鴨頭新水半塘生。
平川蕩槳一十里，深巷賣花三五聲。

注釋

1 蘇臺：姑蘇臺。在江蘇省吳縣西南，相傳為吳王闔閭或夫差所築。

2 魚尾晴霞：形容霞光如鯉魚尾之紅色。

3 鴨頭：鴨頭綠。綠如鴨頭頂毛之色。

王叔承

初名光徹，以字行，更字承父，晚更字子幻。吳江人。著有《吳越遊》、《閩遊》、《楚遊》、《嶽遊》諸集。

〈竹枝詞〉

白鹽出井火燒畬，女子行商男作家。
橦布紅衫來換米，滿頭都插杜鵑花。

注釋

1 火燒畬：放火燒野草，開墾旱田。畬，音ㄕㄜ。

2 行商：不設店鋪，攜貨入市以求售之人。

3 作家：治家，理家。

4 橦布：橦木花所織成之布。

邢雲路

字士登，安肅人。萬曆庚辰進士。知繁昌、汲、臨汾三縣。升兵部主事，由員外出為河南僉事，歷參議副使，終按察使。

〈西湖竹枝詞〉

裡湖外湖春水深，斷橋不斷入湖心。
郎在外湖唱吳曲，妾在裡湖吟越吟。

注釋

1 裡湖外湖：西湖中有蘇、白兩隄，分隔湖水為裡湖、外湖、南湖、岳湖數區。
2 斷橋：橋名，在杭州西湖孤山邊。本叫寶祐橋，又名段家橋。因孤山之路，到橋頭而斷。
3 吳曲：吳地民歌。
4 越吟：越謠歌。越人初定交時之祝歌。誓言朋友締交不因貧賤富貴而改變交情。

陳薦夫

名邦藻，以字行，更字幼孺。閩縣人。萬曆甲午，舉於鄉。著有《水明樓集》。

〈竹枝詞〉

荷葉田田柳色垂，三船五船多女兒。
與郎暗約花間去，不唱〈竹枝〉知是誰。

注釋

1 田田：葉浮水上之樣子。一說荷葉相連之樣子。

甯祖武

字仲先。吳江人。以貢生官肇慶通判。著有《迂公詩草》。

〈吳江竹枝詞〉

唐家坊藕太湖瓜，消暑冰肌透碧紗。
水上納涼何處好？垂虹亭子看荷花。

注釋

1 藕：蓮藕。

周履靖

字逸之。嘉興人。著有《梅墟雜稿》。

〈江上竹枝詞〉

夜來春雨溢春田，江上蘼蕪遠接天。
赤腳漁娃晨入市，柳條帶雨串銀鯿。

注釋

1 銀鯿：魚名。鯿，音ㄅㄧㄢ。

吳本泰

字美子，一字藥師。仁和人。崇禎甲戌進士，除行人，選授吏部主事，改南京禮部郎中。著有《海粟堂集》、《秋舫箋》、《北遊》、《西征》、《東瞻》、《南還》、《嶽遊》諸草。

〈西湖竹枝詞〉五首

其一

西湖湖水碧琉璃，西湖楊柳綠茸絲。
愛殺桃花紅片片，卻似西施好面皮。

注釋

1 碧琉璃：天然有光澤之寶石。
2 茸絲：刺繡用之絲線。
3 愛殺：愛甚，愛極。

其二

與郎暗約段橋西，早起妝樓欲下梯。
宿雨半收晴不穩，惱人最是鵓鳩啼。

注釋

1 宿雨：前夜所下之雨。
2 鵓鳩：鳥名。灰色，無繡項。陰則屏逐其匹，晴則呼之。語曰：「天將雨，鳩逐婦。」音ㄅㄛˊ ㄐㄧㄡ。

其三

薺麥青青三月三，看看草色暗湖南。
忙催姊妹燒香去，戴勝來時又養蠶。

注釋

1 戴勝：鳥名。喜棲於濕熱之林野間，以昆蟲、蚯蚓等小動物為食。巢營於樹洞或土穴中。

其四

放生池岸柳叢叢，香閣鈴旛四面風。
輕薄少年乘醉過，手提射鴨竹枝弓。

注釋

1 香閣：閨房，女子之臥房。又指佛寺之臺閣。
2 鈴旛：銅鈴和旗旛。古代常並用於園中，以驅雀護花。旛，音ㄈㄢ。

其五

踏青湖上嬾歸家，更愛山行輦路賒。
妾上笨車郎跨蹇，西溪十八里梅花。

注釋

1 輦路：天子卸駕所經之道路。
2 賒：遠。音ㄕㄜ。
3 蹇：蹇驢。跛腳之驢子。音ㄐㄧㄢˇ。

董　說

字若雨。烏程人。晚為僧，名南潛，字寶雲。著有《豐草菴》等十八集。

〈清明竹枝詞〉

碧紗轎駐水塘灣，楊柳風吹燕尾鬟。
要赴燈前絃子社，莫攜儂上虎丘山。

注釋

1 紘子社：祭祀之神社名。
2 虎丘山：山名。在江蘇省吳縣西北閶門外。相傳闔閭葬此，三日而虎踞其上，故名。

朱妙端

字仲嫻，號靜菴，海寧人。尚寶卿朱祚女，光澤教諭周濟妻。著有《靜菴集》。

〈竹枝詞〉二首

其一

西子湖頭賣酒家，春風搖曳酒旗斜。
行人沽酒唱歌去，踏碎滿隄山杏花。

注釋

1 西子湖：西湖。

其二

橫塘秋老藕花殘，兩兩吳姬蕩槳還。
驚起鴛鴦不成浴，翩翩飛過白蘋灘。

注釋

1 橫塘：地名。在浙江省北部，太湖南側之吳興。
2 吳姬：吳地之女子。

陳秀民

字庶子。溫州人。徙居嘉興。仕張士誠為江、浙行中書省參知政事、翰林學士。著有《寄亭集》。

〈姑蘇竹枝詞〉

吳門二月柳如眉，誰家女兒歌〈柳枝〉？
歌聲嫋嫋嬌無力，恰如楊柳好腰肢。

注釋

1 姑蘇：山名。在江蘇省吳縣西南。
2 吳門：古代江蘇省吳縣一帶之別稱。
3 〈柳枝〉：〈楊柳枝〉，漢樂府橫吹曲辭，原作〈折楊柳〉至隋為宮詞，唐代白居易依舊曲作辭。

王廷相

字子衡，號浚川。蘭封人。弘治進士。初為翰林院庶起士，後改兵科給事中，以言事被謫判亳州。後召為監察御史，巡按陝西。官至兵部尚書。隆慶初，贈少保。謚肅滑。著有《王氏家藏集》。

〈巴人竹枝〉

楊花作雪草連人，鄉下荊吳又一年。
江上浣紗郎不見，問郎錯問下江船。

注釋

1 巴：指四川。
2 荊吳：古二國名。指荊和吳。泛指長江以南地方。
3 江上浣紗郎不見，問郎錯問下江船：在江邊綄紗，看不到郎乘船回來，該問上江船，情急忙中生錯，卻問下江船。

姚 氏

嘉興人。自號青峨居士。秀水范應宮之妻。著有《玉鴛閣遺稿》。

〈竹枝詞〉

卓女家臨錦水濱，酒旗斜掛樹頭新。
當壚不獨燒春酒，便汲寒漿也醉人。

注釋

1 卓女：西漢卓文君。臨邛（今四川省邛崍縣）人。富商卓王孫之女。早寡，司馬相如過飲於卓氏，以琴挑之，文君夜奔相如，同歸成都。因家貧又返回臨邛，與相如賣酒，文君當壚。
2 錦水：即錦江。在四川省成都平原，為岷江支流。
3 當壚：賣酒。
4 寒漿：清涼之水。

成 氏

名不詳。

〈竹枝詞〉

瀼東瀼西春水長，郎舟已去向瞿塘。
巴江峽裡啼猿苦，不到二聲已斷腸。

注釋

1 瀼：瀼水。在四川省東部，有三：一、西瀼，源出萬源縣分水嶺，東南流至奉節縣城東白帝城入長江，二、東瀼，源出雲陽縣北長松嶺，由雲陽縣城東入長江，三、清瀼。源出雲陽縣西，東流入長江。瀼，音ㄖㄤˊ。
2 瞿塘：瞿塘峽，在四川省奉節縣東十三里，為長江三峽之首。
3 巴江峽：巴東長江三峽。
4 峽裡啼猿苦：《水經注》〈江水〉：「常有高猿長嘯，屬引淒異，……故漁者歌曰：『巴東三峽巫峽長，猿啼三聲淚沾裳。』」

王　微

字修微，揚州妓。皈心禪寂，自號草衣道人，初歸歸安茅元儀，晚歸華亭許譽卿，皆不終。著有《期山草樾詩集》。

〈仙家竹枝詞〉

幽蹤誰識女郎身？銀浦前後好問津。
朝罷玉宸無一事，壇邊願作埽花人。

注釋

1 仙家：仙人之居所。
2 銀浦：銀河。
3 玉宸：天帝所居之天上宮闕。

沈明臣

鄞縣人。少為博士弟子，屢試不第。與徐渭同入胡宗憲軍幕。宗憲得罪死，挾策走湖海，往來吳、楚、閩、粵等地，作詩七千首，年七十餘，卒於鄉。今傳世《豐對樓詩選》約四千首。

〈蘭皋竹枝詞〉

東村西村姑惡啼，家家麥熟黃雲齊。
春蠶作繭桑園綠，睡起日斜聞竹雞。

注釋

1 蘭皋：生長蘭草之水邊。
2 姑惡：鳥名。因叫聲如姑惡而得名。
3 竹雞：動物名。羽毛褐色有斑點，喜居竹林間。

〈蕭皋別業竹枝詞〉三首

其一

青黃梅氣暖涼天，紅白花開正種田。
燕子巢邊泥帶水，鵓鳩聲裏雨如煙。

注釋

1 蕭皋別業：作者友人李賓父之別墅。別業，即別墅。於本宅之外另築之園林宅第。
2 鵓鳩：鳥名。灰色，無繡項，陰則屏逐其匹，晴則呼之。語曰：「天將雨，鳩逐婦。」音ㄅㄛˊ ㄐㄧㄡ。

其二

田小三郎唱得工，七姊妹花開欲紅。
林靜三月鵓鴣雨，溪腥一陣鸕鷀風。

注釋

1 田小三郎。鳥名。
2 工：巧妙，擅長。
3 七姊妹：花名。
4 鵓鴣：鳥名，群棲於原野草叢間，捕食昆蟲及蚯蚓等。其鳴曰：「行不得也哥哥」。音ㄅㄛˊ ㄍㄨ。
5 鸕鷀：鳥名。俗稱魚鷹。棲息於淡水或海上，喙前端銳利，呈鈎狀向下彎曲，其喉部嗉囊發達，可存放捕獲之魚，不只會潛水且有極佳之飛行能力。

其三

雨過高田水落溝，瓦橋魚上柳梢頭。
村子青酸鹽似雪，櫻桃紅熟酒如油。

注釋

1 魚上柳梢頭：魚游於水面，觸及拂水柳枝。
2 酒如油：酒色如油。

鄭善夫

字繼之。閩縣人。弘治十八年進士。正德六年為戶部主事，後告歸。後起禮部主事，進員外郎。嘉靖元年用薦起為南京刑部郎中，改吏部，赴任途中卒。著有《少谷集》。

〈竹枝詞〉

西澗西邊東澗東，千山不斷萬山通。
謝豹見春啼出血，王孫上樹捷如飛。

注釋

1 謝豹：鳥名，即杜宇。
2 王孫：猴子之別稱。

王世貞

明文學家。字元美，號鳳州、弇州山人。太倉（今屬江蘇省）人。嘉靖進士，官至南京刑部尚書。早年與李攀龍同為後七子領袖，倡導文學復古運動，主張「文必西漢，詩必盛唐。」晚年主張漸有改變，對專事模仿漸表不滿。對戲曲亦頗有研究，著有《藝苑卮言》，論述南北曲，頗多創見。又著有《弇州山人四部稿》、《弇州堂別曲》等。《鳴鳳記》傳奇，相傳也是他之作品。

〈洞庭兩山竹枝詞〉

白雪繅成繭子綿，黃雲剪就稻花天。
千家村裡無開市，三尺溪頭有繫船。

注釋

1 洞庭兩山：洞庭山在江蘇太湖中。有東西兩山。
2 白雪：喻指白色之繭。
3 繅：抽繭出絲。
4 繭子綿：蠶絲。

5 黃雲：黃熟之稻麥。
6 開市：商肆開始貿易。

王　翃

字介人。嘉興布衣。著有《秋槐堂集》。

〈會稽竹枝詞〉

秋風秋雨正淒淒，荷葉荷花香滿溪。
越女蕩舟愁日暮，歌聲盡在若耶西。

注釋

1 會稽：地名。在今浙江省紹興縣。
2 越女：越國之美女。泛指一般之美女。
3 若耶：溪名。在浙江省若耶山下，北流入鏡湖。相傳為西施浣紗處，故亦稱浣紗溪。

清　朝

清朝〈竹枝詞〉

方　文

字爾止。號嵞山。桐城人。入清，棄諸生。自題其象云：「山人一來字明農，別號淮西又忍冬。年少才如不羈馬，老來心似後凋松。藏身自合醫兼卜，溷世誰知魚與龍。課板藥囊君莫笑，賦詩行酒尚從容。」可抵一篇自傳。遨遊四方。康熙八年，客死無錫，或云入鄂道卒，年五十八。著有《嵞山集》。

〈都下竹枝歌〉九首

其一

十謁朱門九不逢，所期杯酒話情悰。
無端醵會俱裁革，四字紅單密密封。
（注：四字者，「來日候光」也。）

注釋

1 都下：京都之下。京城。
2 謁：請見。
3 朱門：漆成紅色之門。原為古王侯貴族之住宅大門。漆成紅色表示尊貴。後泛稱富貴人家。
4 情悰：心情歡樂。悰，音ㄔㄨㄥˊ。
5 醵會：聚飲。

6 裁革：革除。

7 紅單：清代納稅之單據。

其二

投認師生法不輕，其初只為杜逢迎。

因而場屋真知己，懷刺無他止姓名。

注釋

1 投：投刺，投遞名帖以求見。認，認作。科舉時代鄉試會議中式者，對主考、房官例稱師生。

2 杜：杜絕。

3 逢迎：迎接，接待。

4 場屋：科舉時代考試取士之地方。

5 刺：名帖。

其三

新法逃人律最嚴，如何逃者轉多添。

一家容隱九家坐，初次鞭笞二次黥。

注釋

1 逃人：逃匿躲藏者。

2 多添：增加罪刑。

3 容隱：包庇隱瞞。

4 坐：獲罪。

5 鞭笞：鞭打。

6 黥：古時肉刑之一種，即用刀在犯人臉上刺字，再塗上墨。音ㄑㄧㄥˊ。

其四

牛車無數塞天街，俱是兵兒運草柴。
科道相逢誰敢喝？欠身立馬任擠排。

注釋

1 天街：京城之街市。
2 科道：明、清都察院所屬吏、戶、禮、兵、刑、工六科給事中，及十五道監察御史，都稱為科道。
3 欠身：身略側動，向前稍彎曲。表示尊敬之意。
4 擠排：排斥他人使不能容身。

其五

詞林相見首言貧，欲結穹廬未有因。
借債先尋保債者，無如戶部點差人。

注釋

1 詞林：文苑。指文人、文詞薈萃之地方。
2 穹廬：用以居住之圓頂帳篷。
3 保債者：債務之保證人。
4 戶部：官署名。掌理全國土地、戶口、錢穀、財賦等。
5 點差人：經辦人。

其六

自昔旃裘與酪漿，而今啜茗又焚香。
雄心盡向蛾眉老，爭肯捐軀入戰場！

注釋

1 旃裘：氈製之衣服。
2 酪漿：牛羊之乳脂。
3 啜茗：飲茶。音ㄔㄨㄛˋ ㄇㄧㄥˇ。
4 蛾眉：喻指美女。
5 爭肯：怎肯，何肯。
6 捐軀：為國家、為正義犧牲生命。末聯謂八旗勁旅已衰。

其七

滿粧群婢概無夫，鍼線傭工立路隅。
每日百錢持送主，無錢罰餓使樵蘇。

注釋

1 鍼線：針線。刺繡縫製等事之總稱。
2 傭工：受雇用的工人。
3 路隅：路旁。
4 無錢罰餓：沒錢持送主人時，要被處罰不得吃飯。
5 樵蘇：砍柴刈草。

其八

老婦樵蘇力已衰，日尋牛馬糞盈箕。
晚來頭戴箕歸舍，小雨濛淞萬淚垂。

注釋

1 箕：揚米去糠之器具。
2 濛淞：瀰漫、籠罩。音ㄇㄥˊ ㄙㄨㄥ。

其九

故老田居好是閒，無端薦起列鴛班。
一朝謫去上陽堡，始悔從前躁出山。

注釋

1 故老：年老而閱歷豐富之人。多指資深而德高望重之元老舊臣。
2 薦：推薦。
3 鴛班：朝官之行列。
4 謫：罰罪。多用以指官吏降調至邊遠地方。音ㄓㄜˊ。
5 上陽堡：即尚陽堡。清朝官員犯罪，本人或妻子父母兄弟常被流徙至尚陽堡或寧古塔。
6 躁：急切。
7 出山：離開山中。後用以比喻出仕。

杜　濬

原名詔先，字于皇，號茶村。湖北黃岡人。明崇禎十二年己卯副榜。著有《變雅堂文集》五卷、《茶林詩》三卷、《變雅堂詩鈔》八卷、《變雅堂遺集》二十卷。

〈竹枝詞並序〉五首

余客京師八十日，棘闈以前，既匆匆無暇晷，榜後報罷，益用慨然。懷刺騎馬，殆非吾事，反鎖橫門，守環堵時多耳。惟一二知舊，顧者答之，招者赴之。時則一出，就吾身之所至，目之所觸，戲成俚語如干。私用破涕為笑，舉一漏百，吾知不免，大概不能言其所不知，又其大者，臣未敢言也。

其一

死卻村郎就好婚，有緣嫁得四衙門。
高燒銀蠟從君看，脂粉能遮假哭痕。

注釋

1 棘闈：棘院。唐五代時科考試院周圍牆上皆插棘，因稱試院為棘院。本用以防備放榜時士子喧嘩，後用以嚴防出入夾帶作弊。
2 暇晷：閒暇。晷，光陰，時間。音ㄍㄨㄟˇ。
3 報罷：科舉時代，考試落第。
4 慨然：悲歎貌。
5 懷刺：攜帶名片，準備有所謁見。刺，即名片。
6 騎馬：孟郊〈登科後〉:「昔日齷齪不足誇，今朝放蕩思無涯。春風得意馬蹄疾，一日看盡長安花。」
7 橫門：以橫木為門。比喻簡陋之房屋。
8 環堵：四面圍以矮土牆。比喻家境貧困。
9 俚語：粗俗之口語。常帶有方言性。
10 如干：若干。
11 死卻村郎就好婚：丈夫去世，妻子就改嫁。
12 四衙門：明朝科道稱兩衙門，以其雄峻也，合翰林院、吏部，一清一要，則為四衙門。

其二

去驢來馬日紛紜，畫罩飄颺看不分。
莫怪女郎單著袴，男兒臉上占伊裙。

注釋

1 罩：外套，短外衣。
2 飄颺：飄揚。
3 袴：褲。
4 占：瞻視。
5 伊：她。

其三

茅簷灰壁掛琵琶，皮袴高盤炕上撾。
卻說客來休見怪，竟無新蒜點香茶。

注釋

1 炕：北方用磚土砌成，下有孔道，可以燒火取暖之床。音ㄎㄤˋ。
2 撾：抓。音ㄓㄨㄚ。

其四

紫花衣服著來多，打扮丫鬟付賣婆。
急向街頭呼太太，快回鍋上烙波波。

注釋

1 丫鬟：婢女。
2 烙：把食物放在燒鍋上焙烤。音ㄌㄨㄛˋ。
3 波波：麵食品。《通俗編》〈飲食〉：「餺饠，今北方人呼為波波，南方人謂之磨磨。」

其五

老店馳名劉鶴家，三錢買得好烏紗。
昨來誤怪稱呼別，乞丐相逢總喚爺。

注釋

1 馳名：名聲遠播。

紀映淮

字冒綠，小字阿男。上元（今南京市）人。映鍾妹，莒州杜李室。著有《真冷堂詞》。

〈秦淮竹枝詞〉

棲鴉流水點秋光，愛此蕭疏樹幾行。
不與行人綰離別，賦成謝女雪飛香。

注釋

1 棲鴉：歇息之烏鴉。
2 點：點綴。
3 秋光：秋天之景色。
4 蕭疏：清冷疏散。
5 綰：繫住。音ㄨㄢˇ。
6 謝女：東晉才女謝道韞，謝奕女，王凝之妻。嘗在家遇雪，叔父謝安曰：「何所似也？」安兄子朗曰：「散鹽空中差可擬。」道韞曰：「未若柳絮因風起。」安大悅，世稱詠絮才。
7 雪飛香：指柳絮潔白。

王士禛

字子真，一字貽上，號阮亭，又號漁洋山人。山東新城人。順治進士，官至刑部尚書，謚文簡。論詩創神韻說，其詩多抒寫個人情懷，早年作品清麗華贍，中年以後轉為蒼勁澄淡。擅長各體，尤工七絕，為一代宗師。在當時頗負盛名，門生眾多，影響很大。也工詞，風格婉麗。著有《帶經堂全集》、《漁洋詩話》、《池北偶談》等。

〈鄧尉竹枝詞〉六首

其一

二月梅花爛熳開，遊人多自虎山來。
新安塢畔重重樹，畫舫青油日幾迴。

注釋

1 鄧尉：山名。在江蘇省吳縣西南，前臨太湖，風景極優美。山上多梅樹，花開時滿山錦繡，香風四送。
2 虎山：虎丘。山名，在江蘇省吳縣西北閶門外，也稱海湧山。
3 新安塢：〈吳邑主〉：「南宮鄉新安裡在縣西長沙山管都四，離城五十七里。」
4 畫舫：彩飾圖像之遊船。
5 青油：青油幢。塗以青油之旗幟。

其二

鄧尉山頭片雨晴，司徒廟下晚潮生。
卻登七十二峰閣，玉柱銀房相向明。

注釋

1 司徒廟：廟名，在太湖東。
2 七十二峰閣：在彈山上，閣後稍東百餘步，正面太湖。
3 玉柱銀房：《震澤編》：「林屋洞中有石室、銀房、石鐘、石鼓、金庭、玉柱。」

其三

西施洞望米堆山，夕朝煙擁髻鬟。
不道鴟夷曾載去，至今人在五湖間。

注釋

1 西施洞：在靈巖之腰，山即館娃宮所在。
2 米堆山：山名。即鄧尉山。左岡突然高聳，如米瀉之狀。
3 髻鬟：古代婦女之髮型。束髮為髻，環髻為鬟。陸游〈雨中山行至松風亭忽澄霽〉：「煙雨千峰擁髻鬟。」
4 鴟夷：指春秋時越國之范蠡，因其自號鴟夷子皮。《越絕書》：「西施亡吳國後，復歸范蠡，同泛五湖去。」音ㄔ 一ˊ。
5 五湖：即太湖。《國語》：「范蠡乘輕舟浮於五湖，莫知其終極。」

其四

西來銅井又銅坑，山勢高低有二名。
試上龜峰光福塔，白波翠巘兩邊生。

注釋

1 銅井：銅井山。在吳縣西南。

2 銅坑：銅坑山。在銅井山外之一小山。
3 龜峰光福塔：光福講寺。在鄧尉山龜峰上，寺有舍利塔。
4 白波翠巘兩邊生：袁宏道〈遊光福記〉：「碧瀾紅亭，與白波翠巘相映發，山水園池之勝，可謂兼之。」

其五

楓橋估客入山來，艓子多從木瀆開。
瑪瑙冰盤堆萬顆，西林五月熟楊梅。

注釋

1 楓橋：橋名。在吳縣西九里。
2 估客：商人。
3 艓子：小舟名。音一せ丶。
4 木瀆：鎮名。距吳縣西南二十七里。瀆，音ㄉㄨˊ。

其六

綠黛遙浮玉鏡間，峰巒千疊水彎環。
居人卻厭真山好，玄墓南頭看假山。

注釋

1 綠黛：青黑色之顏料，古時婦女用以畫眉。也指青黑色。指湖中諸山。
2 玉鏡：指太湖。
3 玄墓：玄墓山。山後有奇石，俗謂之「真假山」，石與太湖石相似，天然嵌空。

〈竹枝詞〉（送陸冰修）三首

其一

白翎雀飛山雪寒，譜入琵琶馬上彈。
沙鷗鸂鶒春江上，蘆葉青青水滿灘。

注釋

1 陸冰修：陸嘉淑，字冰修，海寧人。著有《辛齋遺稿》。
2 譜入琵琶馬上彈：陶宗儀《輟耕錄》：「〈白翎雀〉，國朝教坊大曲也。雀於烏丸朔漠之地，雌雄和鳴，世皇命伶人製曲。」
3 鸂鶒：水鳥名。音ㄑㄧ ㄔˋ。

其二

北人不識〈竹枝歌〉，沙磧春深牧駱駝。
南人苦憶〈江南好〉，明鏡夾城春始波。

注釋

1 沙磧：沙漠。磧，音ㄑㄧˋ。
2 〈江南好〉：即〈望江南〉。隋煬帝作。
3 夾城：沿著城門。

其三

纔過蘇州是秀州，垂虹亭下水爭流。
吳山的的如迎客，吳女摻摻解蕩舟。

注釋

1 秀州：地名。在今浙江省嘉興縣至江蘇省松江縣一帶。

2 垂虹亭：亭名。在吳江東門外。
3 的的：明白、顯著貌。音ㄉㄧˋ ㄉㄧˋ。
4 摻摻：纖柔細緻。《詩》〈魏風〉〈葛屨〉：「摻摻女手，可以縫裳。」音ㄕㄢ ㄕㄢ。
5 蕩舟：划船，搖船。

〈江陽竹枝詞〉（今瀘州）二首

其一

錦官城東內江流，錦官城西外江流。
直到江陽復相見，暫時小別不須愁。

注釋

1 瀘州：地名。治所在江陽。即今四川瀘縣。
2 錦官城：地名。四川省成都縣舊有大城、少城。少城古為管理織錦之官所居住，因稱錦官城。世又通稱成都為錦官城。李冰開二渠，一由永康過新繁入成都，謂之外江；一由永康郫入成都，謂之內江。

其二

妾如江心黃龍堆，江枯石爛長崔嵬。
郎如治平寺中塔，戎州西望忽飛來。
（注：相傳敘州北江上塔頂，飛至瀘州治平寺塔上而止。）

注釋

1 黃龍堆：《郡國志》：「瀘江水中有大闕，謂之黃龍堆，季春三月則堆沒。」《華陽國志》：「江中有大闕、小闕，季春黃龍堆沒，闕即平。」

2 江枯石爛：比喻久遠不變。
3 崔嵬：高聳貌。音ㄘㄨㄟ ㄨㄟˊ。
4 敘州：地名。本漢朝犍為郡地。南朝梁置戎州。宋始置敘州。

〈廣州竹枝〉六首

其一

潮來濠畔接江波，魚藻門邊淨綺羅。
兩岸畫欄江照水，蜑船爭唱〈木魚歌〉。

注釋

1 魚藻門：城門名。即廣州安瀾門。
2 綺羅：華貴絲織品。
3 蜑船：蜑民之船，蜑民為水上居民，以船為家。音ㄉㄢˋ ㄔㄨㄢˊ。一稱音一ㄢˊ ㄔㄨㄢˊ。
4 〈木魚歌〉：粵地民歌。一名〈摸魚歌〉。

其二

海珠石上柳陰濃，隊隊龍舟出浪中。
一抹斜陽照金碧，齊將孔翠作船篷。

注釋

1 海珠石：石名。在廣州粵王臺南，廣袤數千丈，東西二江水環之。
2 孔翠作船篷：《皇華紀聞》：「廣州俗尚競渡，盛時或以白雀毳、孔雀尾、翡翠毛為飾船篷，用相誇尚。每斜陽照耀，金碧爛然。翠毛著雨不沾濕，如荷蓋上珠，搖漾不定。」
3 船篷：舟上用以遮蔽風雨、日光之棚子。

其三

梅花已近小春開，朱槿紅桃次第催。
杏子枇杷都上市，玉盤三月有楊梅。

注釋

1 小春：農曆十月，又稱小陽春。
2 次第：順次，依次。

其四

佛桑花下小迴廊，曲院深深牡蠣墻。
細爇海沈銀葉火，金籠倒挂試收香。

注釋

1 佛桑花：花名。出嶺南。有深紅、深紫、淺紅數種。
2 迴廊：曲折迴環之廊廡。
3 牡蠣墻：以牡蠣殼作成之牆壁。
4 爇：焚燒。音ㄖㄨㄛˋ。
5 海沈：《續博物志》：「海桂橘柚之木，沈於水多年，得之為沈水香。」
6 銀葉：銀荷葉。燒香時用。
7 倒挂：小鳥名。《萍洲可談》（二）：「海南諸國有倒挂雀，尾羽備五色，狀如鸚鵡，形小如雀，夜則倒懸其身。」
8 收香：鳥名。又名收香倒挂、探花使。即桐花鳳。《瑯嬛記》（三）：「桐花鳳小於玄鳥，春暮來集桐花。一名收香倒掛，又名探花使。性馴。」

其五

鬊雲盤髻簇宮鴉，一線紅潮枕畔斜。
夜半髮香人夢醒，銀絲開遍素馨花。

注釋

1 鬊雲：黑雲狀之頭髮。鬊音ㄕㄨㄣˋ或ㄔㄨㄣˇ。
2 盤髻：束髮於頭頂成髮結。
3 簇：聚集。
4 宮鴉：宮中棲息之烏鴉。吳激〈人月圓〉：「宮鬢堆鴉。」
5 紅潮：兩頰泛起之紅暈。
6 素馨花：陸賈《南中行紀》：「南中百花，惟素馨大量特酷烈，彼中女子以綵絲穿花心，繞髻為飾。」《皇華紀聞》：「素馨花藤本叢生……。鬻花人先一夜摘其蓓蕾，貫以竹絲，傍晚入城，鬻於市。閨閣晚粧，用以圍髻。花在髻上始盛開，芳香竟夜。」

其六

才到花朝似夏闌，雨紗霧縠間冰紈。
洋船新買紅鸚鵡，卻苦羊城特地寒。

注釋

1 花朝：俗傳農曆二月十二日為百花生日，稱花朝節。或指二月二日，或指二月十五日。
2 夏闌：晚夏，夏天已盡。
3 雨紗：《皇華紀聞》：「西洋羽紗，以烏羽織成，著雨不濕。」
4 霧縠：薄若雲霧之輕紗。音ㄨˋ ㄏㄨˊ。
5 冰紈：細潔雪白之絹布。紈，音ㄨㄢˊ。

6 紅鸚鵡：白居易〈紅鸚鵡〉：「安南遠進紅鸚鵡，色似桃花語似人。」
7 羊城：地名。廣東省廣州市之別稱。

李孚青

字丹壑。天馥之子。康熙十八年進士，入翰林，時年十六。撰《野香亭詩集》十三卷、《盤隱山樵集》八卷、《道旁散人集》五卷、《附錄》一卷。

〈都門竹枝詞〉二首

其一

女伴金箍燕尾肥，手提長袖走橋遲。
前門釘子爭來摸，今歲宜男定是誰？

注釋

1 都門：國都城門。轉為京城之通稱。
2 金箍：束物之金屬環。箍，音ㄍㄨ。
3 宜男：祝頌婦人多子之詞。

其二

棚底層冰一百車，端陽已過少榴花。
葛衣紗褶新興樣，穿往河邊看象牙。

注釋

1 榴花：石榴花。開於五月。
2 褶：夾衣。即未夾棉絮之雙層衣。袷衣。音ㄉㄧㄝˊ。

陳煌圖

字鴻文，晚號于木老人。江蘇常熟人。明崇禎十五年壬午副榜，官南京翰林院待詔，入清，不仕。

〈秦淮竹枝詞〉

舊院名姬馬二娘，當筵一曲斷人腸。
豈知帥府拋紅豆，別卻劉郎嫁阮郎。
（注：馬湘蘭養女馬采，與誠意旅人有素約，及圓海掌本兵，馬遂適焉。）

注釋

1 秦淮：秦淮河。
2 圓海：明末政客、戲曲家阮大鋮，字圓海，號百子山樵。
3 舊院：金陵妓院所在地。妓家鱗次比屋而居，屋宇清潔，花木扶疏。
4 馬湘蘭：金陵妓，名守貞，字元兒，小字月嬌。工詩，善畫蘭，居秦淮勝處，風流放誕，善解人意。
5 素約：舊日之約定。指婚約。
6 適：女子出嫁。
7 馬二娘：馬湘蘭之女馬采。
8 紅豆：相思子之異名。也比喻愛情或相思。

屈大均

字介子，一字翁山，一字騷餘。初以邵龍名補諸生，復姓後，改名紹隆。廣東番禺人。父沒為僧，名今種，字一靈，後復為儒，改今名。著有《道援堂集》十卷、《翁山詩外》二十卷等。

〈廣州竹枝詞〉五首選二

其四

洋船爭出是官商，十字門開向二洋。
五絲八絲廣緞好，銀錢堆滿十三行。

注釋

1 二洋：太平洋、大西洋。
2 廣緞：廣州出產之綢緞。
3 十三行：廣州城南有十三行，重樓臺榭，為番人居停之所。

其五

十字錢多是大官，官兵枉向澳門盤。
東西洋貨先呈樣，白黑番奴擁白丹。
（注：白丹，番酒也。）

張彥之

一名愨，字洮侯。江南華亭人。著有《攬秀閣集》。

〈秦淮竹枝詞〉二首

其一

金甲銀鞍戰士豪，六軍承詔著功高。
而今攻守江南靜，百鶴空思賜戰袍。

注釋

1 金甲：鎧甲。
2 六軍：周代制度，一萬二千五百人為一軍，大國三軍，次國二軍，小國一軍，天子有六軍。
3 百鶴：南京兵尚閱操，衣百鶴繡袍。

其二

御柳低垂曉色開，天壇香繞淨蒼苔。
陪京國學當年事，紫色燈稀祭酒來。

注釋

1 天壇：祭天之高臺。明初，建圜丘於南京正陽門外。
2 陪京：陪侍京都，陪都。
3 國學：國家為全國設立之學校，別於鄉學而言。按古之太學，隋以後之國子監，皆國學。

葉雷生

字蕃仙，號蓉庵。浙江山陰人。明崇禎十五年壬午舉人。入清，官清豐知縣。著有《游滁草》、《葉蓉菴詩》一卷。

〈竹枝詞〉

雲軿惜別思茫茫，門外烏啼漸曉光。
惆悵起來渾是夢，櫻桃花下打鴛鴦。

注釋

1 雲軿：神仙所乘之車。軿，音ㄆㄧㄥˊ。

彭孫遹

字駿孫，號羨門。浙江海鹽人。順治十六年己亥進士，舉康熙十八年己未博學鴻詞。歷官吏部侍郎兼翰林院掌院學士。著有《松桂堂全集》三十七集、《南淮集》三卷、《延露詞》三卷。

〈廣州竹枝〉三首

其一

木緜花上鷓鴣啼，木緜花下牽郎衣。
欲行未行不忍別，落紅沒盡郎馬蹄。

注釋

1 落紅：落木緜花。

其二

半年水宿半山居，冬采香根夏采珠。
珠好須從蚌中覓，香燒還仗博山鑪。

注釋

1 香根：沈香（木名）的根幹。
2 博山鑪：香爐名。其形上廣下狹，削成四方，類似華山。

其三

妾家谿口小迴塘，茅屋籐扉蠣粉牆。
記取榕陰最深處，閒時來坐吃檳榔。

注釋

1 蠣粉：牡蠣殼所燒成之灰。

羅世珍

字魯峰。湖北漢陽人。

〈秦淮竹枝詞〉二首

其一

露濕雲林筍正肥，家家買得半籃歸。
榴花沽酒鮒魚饌，可是能消婦子飢。

注釋

1 雲林：雲霧繚繞之樹林。
2 沽酒：買酒。

其二

翠幌青槐面面風，涼篷艇子碧波中。
當年長樂煙花盡，猶賸城南半夜鐘。

注釋

1 翠幌：青綠色窗簾。幌，音ㄏㄨㄤˇ。

2 篷：舟上用以遮蔽風雨、日光之棚友。
3 長樂：宮名，在陝西省長安故城中，本為朝會之處，後為太后所居。
4 煙花：繁華。
5 賸：剩。

杭世駿

字大宗，號堇浦，晚號秦亭老民。浙江仁和人。雍正二年甲辰舉人。乾隆元年丙辰薦試博學鴻詞，授編修，改監察御史。著有《道古堂詩集》二十六卷、《文集》四十八卷。

〈福州竹枝詞〉十八首選十

閩城環溪帶海，三山鼎峙，百貨塴積群萃，而州處者隱隱展展，咸衣食於山海。士樸茂，知禮讓，女無冶遊自衒之習，斗米不過百錢。薪採于山而已足，魚鹽蜃蛤之饒，用之不竭，佐以番藷蔔芋，民雖極貧，無菜色。環城帶甲數萬，士飽馬騰，有備無患。採土風者革其僬僥之音，訓方言于《爾雅》，注蟲蝦，頌草木，紀歲時，匃古蹟，無諸之俗可約略數焉。

其一

歐池終古水沄沄，霸氣潛消六代君。
大石尊空作重九，何人解上越王臺？

注釋

1 塴積：貯藏物資。塴，音ㄅㄧㄝˊ。
2 隱隱展展：相連屬。又重車聲也。《文選》〈張衡．西京賦〉：「商旅聯槅，隱隱展展。」

3 樸茂：質樸厚重。
4 衒：矜誇，炫耀。音ㄒㄩㄢˋ。
5 番藷：番薯。
6 蔔芋：蘿蔔、芋頭。
7 僬僥：古代中國西南夷之一族。音ㄐㄧㄠ ㄧㄠˊ。
8 《爾雅》：書名。十三經之一。是中國第一部解釋詞義之訓詁專著，為考證詞義和古代名物之重要資料。
9 勼：聚也。音ㄐㄧㄡ。
10 無諸：《讀史方輿紀要》〈福建〉：「秦并天下，平百越置閩中郡，漢高五年，封無諸為閩越王。」
11 歐池：池名。
12 沄沄：水流浩蕩。
13 霸氣：稱霸天下之氣勢。
14 潛消：暗中消失。
15 尊空：樽空。
16 越王臺：臺名。越王勾踐登眺所在。在今浙江省紹興縣東稷山上。

其二

古殿淒涼曬馬通，居民猶指耿家宮。
一株榕樹荒唐甚，也要拏雲上九空。

注釋

1 耿：姓。
2 拏雲：上淩雲霄。
3 九空：九天。形容極其高。

其三

鐙月難教一樣齊，酒衫風骨舞裙低。
春臺幻盡魚龍戲，明月雙門認品題。

注釋

1 鐙月：燈光、月光。
2 春臺：可以登眺美景之樓閣、高臺。
3 魚龍戲：古代戲術名，是一種巨獸魚龍變幻之術。
4 品題：評論文章或人事之高下而定其名目。

其四

觱沸流泉濾更清，暖湯勺濼不聞聲。
恩波未得華清賜，孤負瓊肌夜夜情。

注釋

1 觱沸：泉水湧出如沸騰貌。觱，音ㄅㄧˋ。
2 湯：溫泉。
3 勺濼：熱的樣子。音ㄕㄨㄛˋ ㄕㄨㄛˋ。
4 恩波：恩澤。多指帝王之恩惠。
5 華清：華清池。唐朝華清宮之溫泉池。白居易〈長恨歌〉：「春寒賜浴華清池，溫泉水滑洗凝脂。」
6 瓊肌：美白之肌膚。

其五

六扇屏風密密排，畫堂無地拾瑤釵。
思量只有羊家婢，紅屐相逢十字街。

注釋

1 瑤釵：玉釵。
2 羊：姓。
3 十字街：縱橫交錯如十字之街道。

其七

阿母梳頭曉鏡春，東牙小巷鬨街塵。
攜將稀齒篦箕樣，來贈寒窗攏鬢人。

注釋

1 鬨：爭鬥。音ㄏㄨㄥˋ。
2 篦：竹製之梳髮用具。稀齒者稱梳，密齒者稱篦。音ㄅㄧˋ
3 箕：箕帚。掃除塵土之器具。
4 攏鬢：梳鬢。

其八

販鮮郎說往南臺，一道長橋劃浪開。
日日橋邊盼郎信，信來爭得似潮來。

注釋

1 南臺：島名。在福州市南閩江中，為福州市商業中心。
2 爭得：怎得，何得。

其九

林家酒庫宋家香，狂客真宜老是鄉。
一縷清風三十步，月街吹遍小迴廊。

注釋

1 迴廊：曲折迴環之廊廡。

其十

玳瑁頭梳傍玉臺，壽山花盒待郎開。
春愁似海知難遣，雕刻香螺作酒杯。

注釋

1 玳瑁：動物名。棲息於熱帶沿海，食魚介及海藻。甲可供製裝飾品。音ㄉㄞˋ ㄇㄟˋ。
2 傍：靠。
3 壽山：山名。在福建省林森縣。產壽山石，石質瑩潔柔潤，五色皆備，可製印章及各種珍玩。
4 遣：排遣。

其十一

一丈亭亭夾竹桃，佛桑如雪映紅蕉。
重陽亦有花兒市，黃菊和泥滿擔挑。

注釋

1 亭亭：聳立。
2 夾竹桃：常綠灌木名。
3 佛桑：花名。
4 花兒市：花市。

鄭　燮

字克柔，號板橋。江蘇興化人。乾隆元年丙辰進士，官山東範縣知縣，調濰縣。著有《板橋詩鈔》二卷、《題畫詩》一卷、《補遺》一卷、《板橋詞鈔》一卷。

〈濰縣竹枝詞〉七首選一

其一

繞郭良田萬頃賒，大都歸並富豪家。
可憐北海窮荒地，半簍鹽挑又被拏。

注釋

1 濰縣：地名。在山東省中部。
2 賒：遠。
3 北海：渤海北岸。
4 半簍鹽挑又被拏：當地鹽商有官鹽和私販。官鹽皆勾通官府之大商人，為包攬鹽業，仗勢欺壓私鹽販。

郁永河

清浙江錢塘人。字滄浪，性喜遊歷，收藏石硯。康熙三十六年（1697）春，從廈門到臺灣探採硫磺，農曆四月七日，由臺南與隨行五十五人坐牛車北上，經原始叢林、溪流近百，於五月二日抵北投硫磺谷，居臺半載，足跡遍歷島之西岸。返鄉後，將所見聞，寫成《裨海紀遊》，又名《採硫日記》、《番境補遺》、《海上紀略》等，是臺灣早期開發史上重要文獻。

〈臺灣竹枝詞〉十二首

其一

鐵板沙連到七鯤，鯤身激浪海天昏。
任教巨舶難輕犯，天險生成鹿耳門。

（注：安平城旁，自一鯤身至七鯤身，皆沙崗也。鐵板沙性重，得水則堅如石，舟泊沙上，風浪掀擲，舟底立碎矣。牛車千百，日行水中，曾無軌跡，其堅可知。）

注釋

1 七鯤：即七鯤身。原為臺灣省臺南市西南海中之古島嶼，身又作鯤。自南而北，綿延七島，號七鯤身。十七世紀荷蘭人曾在此建熱蘭遮城，鄭成功收復臺灣後，改城名為王城或安平城，俗稱赤嵌城。十八世紀後港灣逐漸淤淺，一八八二年在一次大洪水中，港灣填淤成平地，島嶼遂與台南市西郊陸地相連接。

2 鹿耳門：島名。原在臺灣七鯤身嶼及北線尾嶼以北。一六六一年四月鄭成功率軍到臺灣最先登陸之地點。後西海岸泥沙淤積，已與臺灣本島相接。大約在今臺南市西北海邊魚塭地區。

其二

雪浪排空小艇橫，紅毛城勢獨崢嶸。
渡頭更上牛車坐，日暮還過赤嵌城。

（注：渡船者皆小艇也。紅毛城即今安平城，水漲船高往來絡繹，皆在安平、赤崁二城之間。沙堅水淺，雖小艇不能達岸，必藉牛車挽之。赤嵌城在郡治海岸，與安平城對峙。）

注釋

1 紅毛城：荷蘭人所建之城堡。指赤嵌城。即俗稱之安平古堡。
2 崢嶸：超出尋常。

其三

編竹為垣取次增，衙齋清暇冷如冰。
風聲撼醒三更夢，帳底斜穿遠浦燈。

（注：官署皆無城垣，惟插竹為籬，比歲增易。墻垣為蔽，遠浦燈光，直入寢室。）

注釋

1 取次：隨便，任意。
2 衙齋：古代官員辦公之地方。

其四

耳畔時聞軋軋聲，牛車乘月夜中行。
夢迴幾度疑吹角，更有床頭蝘蜓鳴。

（注：牛車挽運百物，月夜車聲不絕。蝘蜓音偃忝，即守宮也；台灣守宮善鳴，聲似黃雀。）

注釋

1 軋軋：牛車行走之聲音。
2 吹角：號角。

其五

蔗田萬頃碧萋萋，一望蘢蔥路欲迷。

細載都來糖廍裡，只留蔗葉餉群犀。

（注：取蔗漿煎糖處曰糖廍。蔗梢飼牛，牛嗜食之。）

注釋

1 犀：指牛。

其六

青蒽大葉似枇杷，臃腫枝頭著白花。

看到花心黃欲滴，家家一樹倚籬笆。

（注：蕃花葉似枇杷，花開五瓣，白色，木本，臃腫，枝必三叉。花心漸作深黃色，攀折累三日不殘。香如梔子，病其過烈；風度花香，頗覺濃鬱。）

其七

芭蕉幾樹植墻陰，蕉子纍纍冷沁心。

不為臨池堪代紙，因貪結子種成林。

（注：蕉實形似肥皂，排偶百生，一枝滿百，可重十觔。性極寒，凡蒔蕉園林，綠陰深沈，蔭蔽數畝。）

注釋

1 臨池：東漢張芝於水池旁練習書法，日久池水盡黑，後人因稱練習書法為臨池。
2 觔：通斤。

其八

獨幹凌霄不作枝，垂垂青子任紛披。

摘來還共蔞根嚼，贏得唇間盡染脂。

（注：檳榔無旁枝，亭亭直上，遍體龍鱗，葉同鳳尾。子形似羊棗，土人稱為棗子檳榔。食檳榔者必蔞與根、蠣灰同嚼，否則澀口且辣，食後口唇盡紅。）

注釋

1 淩霄：迫近雲霄。形容高聳貌。
2 紛披：散亂張空貌。

其九

惡竹參差透碧霄，叢生如棘任風搖。
那堪節節都生刺，把臂林間血已漂。
（注：竹根迄篠以至於葉，節節皆生倒刺，往往牽髮毀肌。察之皆根之萌也，故此竹植地即生。）

其十

不是哀梨不是楂，酸香滋味似甜瓜。
枇杷不見黃金果，番様何勞向客誇？
（注：番様生大樹上，形如茄子；夏至始熟，臺人甚珍之。）

注釋

1 番様：土芒果。様，音ㄕㄜˊ。

其十一

肩披鬢髮耳垂璫，粉面紅唇似女郎。
馬祖宮前鑼鼓鬧，侏離唱出下南腔。
（注：梨園子弟，垂髫穴耳，傅粉施朱，儼然女子。土人稱天妃神曰馬祖，稱廟曰宮。天妃廟近赤嵌城，海泊多於此演戲酬願。閩以漳、泉二郡為下南，下南腔，亦閩中聲律之一種也。）

其十二

臺灣西向俯汪洋，東望層巒千里長。

一片平沙皆沃土，誰為長慮教耕桑？

（注：臺郡之西，俯臨大海，實與中國閩、廣之間相對。東則層巒疊嶂，為野番巢居穴處之窟，鳥道蠶叢，人不能入；其中景物，不可得而知也。山外平壤皆肥饒沃土，惜居人少，土番又不務稼穡，當春計食而耕，都無蓄積，地方未盡，求闢土千一耳。）

〈土番竹枝詞〉二十四首

其一

生來曾不識衣衫，裸體年年耐歲寒。

犢鼻也知難免俗，烏青三尺是圍闌。

（注：烏青是黑布名。）

注釋

1 犢鼻：犢鼻褌。一種長至膝蓋之短褲。一說圍裙。音ㄉㄨˊ ㄅㄧˊ。

其二

文身舊俗是雕青，背上盤旋鳥翼形。

一變又為文豹鞹，蛇神牛鬼共猙獰。

（注：半線以北，胸背皆作豹文，如半臂之在體。）

注釋

1 文身：在人類皮膚上留下永久性之圖案或花紋。一般都以針刺皮膚，再擦上如鍋煙之類不易消失之顏料。

2 雕青：刺青。
3 鞹：去毛之皮。音ㄎㄨㄛˋ。
4 猙獰：凶惡之樣子。多指面目凶惡可怕。音ㄓㄥ ㄋㄧㄥˊ。
5 半線：地名。即今之彰化。

其三

胸背斕斑直到腰，爭誇錯錦勝鮫綃。

冰肌玉腕都文遍，只有雙蛾不解描。

（注：番婦臂股，文繡都遍，獨頭面落垢，不知修飾；以無鏡可照，終身不能一覩其貌也。）

注釋

1 斕斑：文彩交錯鮮明。
2 錯錦：色彩錯雜鮮明美麗。
3 鮫綃：相傳為鮫人所織之絲絹。入水不濕。手絹，羅帕。音ㄐㄧㄠ ㄒㄧㄠ。
4 雙蛾：雙眉。

其四

番兒大耳是奇觀，少小都將兩耳鑽。

截竹塞輪輪漸大，如錢如柁復如盤。

（注：番兒大耳如盤，立則垂肩，行則撞胸。同類競以耳大為豪，故不辭痛楚為之。）

其五

丫髻三叉似幼童，髮根偏愛繫紅絨。

出門又插文禽尾，陌上飄颻各鬥風。

注釋

1 丫髻：頭上結髮如丫形。

2 文禽：羽有美麗文采之鳥。如孔雀、山雉、鴛鴦等。

3 飄颻：飄搖。

4 鬥風：乘風。

其六

覆額齊眉繞擾莎，不分男女似頭陀。

晚來女伴臨溪浴，一隊鸕鷀蕩綠波。

（注：半線以北，男女皆翦髮覆額，狀若頭陀。番婦無老幼，每近日暮，必浴溪中。）

注釋

1 莎：莎草，音ㄙㄨㄛ。

2 頭陀：行腳僧人。

其七

鑢貝雕螺各盡功，陸離斑駁碧兼紅。

番兒項下重重遶，客至疑過繡嶺宮。

注釋

1 鑢：磨治。音ㄌㄩˋ。

2 陸離：參差錯綜貌。

3 斑駁：色彩相雜貌。

4 項：頸。

5 繡嶺宮：唐代宮名。故地在今河南省陝縣。

其八

銅箍鐵鐲儼刑人，鬥怪爭奇事事新。
多少丹青摹變相，畫圖那得似生成？

注釋

1 箍：圍束。即以竹篾或金屬等繞物周遍，使密合，音ㄍㄨ。
2 鐲：手鐲，臂環。
3 儼：儼然。近似。
4 摹：摹寫。照原樣畫。
5 變相：佛家語，密教曼達拿，有圖繪淨土或地獄之形相者，曰變相。

其九

老翁似女女如男，男女無分總一般。
口角有髭皆拔盡，鬚眉卻作婦人顏。

注釋

1 髭：生在嘴脣上邊之短鬚。音ㄗ。
2 鬚眉：古人對成年男子之通稱。

其十

腰下人人插短刀，朝朝磨礪可吹毛。
殺人屠狗般般用，纔罷樵薪又索綯。
（注：人各一刀，頃刻不離，斫伐割剝，事事用之。）

注釋

1 磨礪：磨物使銳利。
2 索綯：搓繩。

其十一

畊田鑿井自艱辛，緩急何曾叩比鄰？
構屋斲輪還結網，百工俱備一人身。

（注：番人不知交易、借貸、有無相通理，鄰人有粟，饑者不知貸也。畢世所需，皆自為而後用之。）

注釋

1 畊：耕之古字。
2 叩：詢問。
3 比鄰：近鄰。
4 斲輪：雕鑿車輪。斲，音ㄓㄨㄛˊ。

其十二

輕身矯捷似猿猱，編竹為箍束細腰。
等得吹簫尋鳳侶，從今割斷伴妖嬈。

（注：番兒以射鹿逐獸為生，腹大則走不疾，自孩孺即箍其腰，至長不弛，常有足追奔馬者。結縭之夕始斷之。）

注釋

1 矯捷：武勇迅速。
2 猿猱：猿猴之泛稱。音ㄩㄢˊ ㄋㄠˊ。
3 箍：圍束。即以篾或金屬等繞物周遍，使密合。音ㄍㄨ。

4 吹簫尋鳳侶：秦穆公時，簫史善吹簫，能作鳳鳴，穆公之女兒弄玉因此喜歡他，乃結為夫婦。後人用吹簫尋鳳侶作為結婚之典故。
5 妖嬈：妖艷嫵媚貌。音一ㄠ ㄖㄠˊ。

其十三

男兒待字早離娘，有子成童任遠颺。
不重生男重生女，家園原不與兒郎。
（注：番俗以婿紹瓜瓞，有子不得承父業，故不知有姓氏。）

注釋

1 待字：指女子未許嫁。
2 遠颺：遠走高飛。颺，音一ㄤˊ。
3 紹：繼承。
4 瓜瓞：以瓜一代一代的連綿不絕，比喻子孫繁衍興盛。音ㄍㄨㄚ ㄉㄧㄝˊ。

其十四

女兒纔到破瓜時，阿母忙為構室居。
吹得鼻簫能合調，任教自擇可人兒。
（注：番女與鄰兒私通，得以自擇所愛。）

注釋

1 破瓜：指女子十六歲。因古瓜字可折為兩個八字。

其十五

只須嬌女得歡心，那見堂開孔雀屏？
既得歡心纔挽手，更加鑿齒締姻盟。

注釋

1 開孔雀屏：孔雀開屏。指選擇女婿。
2 饕餮：傳說中之古代民族。又人名。喻指其他原住民。
3 締姻盟：締結婚姻之盟約。

其十六

亂髮鬖鬖不作緺，常將兩手自搔爬。
飛蓬畢世無膏沐，一樣綢繆是室家。
（注：番婦亂髮如蓬，蟣蝨遶走其上，時以五指代梳。）

注釋

1 鬖鬖：散垂貌。音ㄙㄢ ㄙㄢ。
2 緺：用於盤結之髮髻。音ㄍㄨㄚ。
3 畢世：盡世。終生，終身。
4 膏沐：指護髮、整髮之用品。
5 綢繆：情意殷切。舊時婦女衣飾之一種。音ㄔㄡˊ ㄇㄡˊ。
6 室家：夫婦所居為室，一門之內為家。因指夫婦和家庭。引申為家屬、親人。
7 蟣蝨：蝨子與虱卵。音ㄐㄧˇ ㄕ。

其十七

誰道番姬巧解釀？自將生米嚼成漿。
竹筒為甕床頭掛，客至開筒勸客嘗。

其十八

夫攜弓矢婦鋤耰，無褐無衣不解愁。

番罽一圍聊蔽體，雨來還有鹿皮兜。

（注：鹿皮藉地為臥具，遇雨即以覆體。）

注釋

1 耰：播種後，用土覆蓋種子。音ㄧㄡ。
2 褐：粗布衣服或由粗麻製成之衣服。音ㄏㄜˊ。
3 罽：毛織品。音ㄐㄧˋ。
4 兜：包裹，圍繞，環繞。音ㄉㄡ。

其十九

竹弓楛矢赴鹿場，射得鹿來交社商。
家家婦子門前盼，飽惟餘瀝是頭腸。

（注：番人射得麋鹿以付社商收掌充賦，惟頭腸無用，得與妻孥共飽。）

注釋

1 楛矢：以楛木做幹之箭。音ㄏㄨˋ ㄕˇ。
2 餘瀝：比喻別人所施捨之一點小惠。

其二十

莽葛元來是小舠，刳將獨木似浮瓢。
月明海澨歌如沸，知是番兒夜弄潮。

注釋

1 莽葛：艋舺。獨木舟。
2 舠：形如刀之小船。
3 刳：剖。挖空其中。音ㄎㄨ。
4 海澨：海邊。澨，音ㄕˋ。
5 弄潮：在江面上泅水為戲。

其二十一

種秫秋來甫入場，舉家為計一年糧。
餘皆釀酒呼群輩，共罄平原十日觴。
（注：秫米登場，即以為酒，男女藉草劇飲歌舞，晝夜不輟，不盡不止。）

注釋

1 秫：粳之本字。音ㄍㄥ。
2 罄：盡，完。音ㄑㄧㄥˋ。
3 藉草：坐或臥在草地上。
4 劇飲：暢快痛飲。豪飲。

其二十二

梨園敝服盡蒙茸，男女無分只尚紅。
或曳朱繻或半臂，土官氣象已從容。
（注：土官購戲衣為公服，但求紅紫，不問男女。）

注釋

1 梨園：戲班。
2 蒙茸：雜亂之樣子。茸，音ㄖㄨㄥˊ。
3 繻：短衣，短襖。音ㄖㄨˊ。

其二十三

土番舌上掉都盧，對酒歡呼打剌酥。
聞道金亡避元難，颶風吹到始謀居。
（注：番語皆滾舌作都盧轂轆聲。）

注釋

1 掉：鼓動其舌，逞口舌之能。
2 都盧：雜技名。
3 打剌酥：番語稱酒為「打剌酥」。
4 聞道金亡避元難：一說謂臺灣原住民祖先係金亡不願受元朝統治而逃難，被颱風吹襲來臺定居。

其二十四

深山負險聚遊魂，一種名為傀儡番。
博得頭顱當戶列，髑髏多處是豪門。
（注：深山野番，種類實繁，舉傀儡番以概其餘。）

注釋

1 髑髏：死人之頭骨。音ㄉㄨˊ ㄌㄡˊ。

陳克繩

字衡北。浙江歸安人。乾隆二年丁巳進士，官四川川東道。著有《希庵詩稿》。

〈西藏竹枝詞〉八首

其一

千僧黃帽出王城，最是呼圖克有名。
世界由來如露電，何須辛苦記前生。
（注：番僧高行者，名呼圖克，華言轉生不昧也。在察木多者，云已轉十三世。）

注釋

1 王城：皇帝之都城。指拉薩。
2 露電：比喻迅速短暫。
3 華言轉生不昧：華言，中華言語也。轉生，轉世再生。西藏黃教創始人宗喀巴，生於明永曆十五年，由西寧入藏，求學於後藏薩迦寺，因洞悉當時紅衣派流弊而發願改革，嚴立教規，當時教化大行，徒侶眾多，都穿黃色僧衣以別於紅教。死時遺囑二大弟子，世世轉生，稱「呼畢勒罕」，演大乘教，呼畢勒罕，華言化身也。
4 察木多：地名。舊為西藏喀木（即今西康）之首邑，今為西康省昌都縣。

其二

貝多羅樹葉長鮮，采入沈檀百和研。
一氣氤氳流萬裡，瓣香衹合拜班禪。
（注：藏香以班禪院中製者為上，取諸香屑雜以異樹之皮。）

注釋

1 貝多羅：植物名。棕櫚科。原產於印度、緬甸及斯里蘭卡。
2 沈檀：沈香、檀香。皆植物名。
3 和：調和。音ㄏㄜˋ。
4 研：細磨。
5 氤氳：氣盛貌。

其三

繡衣花帶拜縱橫，唐帽高高朱履輕。

別有紫金腰下袋，拉弓一盌價連城。

（注：藏番朝賀盛飾，腰懸木盌，盛以錦袋，盌以拉弓為最貴。）

注釋

1 唐帽：唐巾。
2 朱履：紅鞋。
3 紫金：最上等之金子。即紫磨金。
4 拉弓：挽弓。
5 連城：價值連城。價值數城之寶。
6 木盌：木椀。

其四

鬖雲未挽舞婆娑，斜著楮巴似絳羅。
最是層波愁渺渺，美人未醉亦顏酡。

（注：番女衣赤罽之服，曰楮巴，皆赬其面。）

注釋

1 鬖雲：亂髮。鬖，音ㄕㄨㄣˋ。
2 絳羅：赤色之羅。
3 層波：水波重疊。層浪。
4 顏酡：因喝酒而臉紅。
5 罽：毛織品。音ㄐㄧˋ。
6 赬：淺紅色。音ㄔㄥ。

其五

碧流千裡海茫茫，飛閣淩空夜有香。
齊向女呼圖克拜，拔魔宮外月如霜。

（注：藏西有羊卓白地海，廣千里，上建大寺，名拔魔宮。女呼圖克居之。）

注釋

1 飛閣：聳立之高閣。
2 淩空：上升在空中。

其六

故園回首數聲鐘，小詔東開門幾重。
帝女不須還遠望，洛陽宮闕久為烽。
（注：小詔乃唐公主所建以望鄉者，門皆東向。）

注釋

1 帝女：唐皇帝之女。即小詔。
2 烽：烽火。狼煙。
3 唐公主：唐宗室女文成公主。貞觀十五年嫁吐蕃贊普棄宗弄贊，從此漢族的紡織、建築、造紙等技術傳入西藏；西藏的馬匹、藥材，也輸入中原。促進了漢藏兩族之文化交流和親密關係。

其七

積石城邊野草春，三危嶺上露華新。
沈沈黑水南流海，滾滾黃河東抱秦。
（注：積石城在黃河沿，三危即今康詔地。）

注釋

1 積石城：地名，在甘肅省臨夏縣西。
2 露華：露水。
3 黑水：水名。
4 抱：圍繞。
5 秦：陝西省。

其八

小西天又大西天，佛日慈雲一色連。

莫道西來行路遠，乘槎曾憶到張騫。

（注：藏西數十里有小西天，再向有大西天，即天竺國。）

注釋

1 乘槎曾憶到張騫：張華《博物志》:「天河與海通，近世有人居海渚者，年年八月有浮槎去來不失期。人有奇志，立飛閣於槎上，多齎糧，乘槎而去。至一處，有城郭狀，居舍甚嚴，遙望宮中多織婦，見一丈夫牽牛渚次飲之。此人問此是何處？答曰：『君還至蜀郡，訪嚴君平則知之』。後至蜀，問君平，曰：『某年月日，有客星犯牽牛宿。計年月，正是此人到天河時也。』宗懍《荊楚歲時記》引此，謂此人即漢名臣張騫。」

2 天竺國：印度之古稱。

曹偉謨

字次典，號南陔。平湖籍，金山人。歲貢生，候選訓導。著有《南陔集》。

〈秦淮竹枝詞〉三首

其一

秦淮春水綠迢迢，楊柳千條更萬條。

每過珠簾停打槳，惹他簾內罷吹簫。

注釋

1 秦淮：秦淮河。秦時所開鑿，故名。南源出溧源縣之東廬山，西行至蒲塘，納石臼湖之水北流，經秣陵關。東源出句容縣之茅山，西南流至三分山地方，南納赤山湖之水，東流經湖熟，至方山和南源相會，北流繞南京城東南從通濟門入城西，出水西門，循城北上至上關入長江。舊時南京之歌樓舞館、畫舫遊艇，多紛集於此。

其二

戲演魚龍夜不眠，梨園牌號阮家編。
輕輕斷送南朝事，一曲《春燈》《燕子箋》。

注釋

1 魚龍：古代雜戲中之一種。
2 梨園：唐玄宗時培養伶人之處所。後世因稱戲班為梨園。
3 阮家：指明末政客、戲曲家阮大鋮。天啟時投靠魏忠賢，崇禎時，被罷斥，他企圖再起，而為東林復社士人所抨擊。福王即位，馬士英當政，引他為兵部尚書，於是對東林等士人加以報復。清兵南下，大鋮投降，不久又與士英等密請唐王出關，己為內應，事洩，投崖而死；一說被清兵所殺。精於詞曲，著有傳奇九種。詞采綺麗，今存《春燈謎》、《燕子箋》、《牟尼合》、《雙金榜》四種。
4 南朝：泛稱偏安南方之朝廷，指南明。
5 《春燈》：《春燈謎》。明阮大鋮撰，四十齣。演韋影娘姊妹與宇文彥兄弟遇合、成親之故事。劇中以韋節度與宇文生元宵打燈謎為引，引出無限波瀾來，故名；又因，宇文彥幾經波折，始與韋女結婚，而前後共十次認錯，故也叫《十錯認》。

6 《燕子箋》：傳奇名。明阮大鋮撰。演唐霍都梁與妓女華行雲及酈飛雲遇合之故事。劇中關目為燕子銜箋，故名。此劇影射明末東林黨與魏忠賢閹黨之爭。霍都梁為大鋮自寓。而以妓女酈飛雲比東林黨人，以妓女華行雲比魏閹養子崔星秀。

其三

藩邸初來樂府奢，中官四出選良家。
一朝馬上琵琶去，井底曾無張麗華。

注釋

1 藩邸：諸侯之宅第。
2 樂府：古代掌理音樂之官署。
3 中官：宦官。
4 良家：良家婦女。
5 張麗華：南朝陳後主叔寶之妃子。體態美艷，髮長七尺，為後主所寵愛。後隋軍陷建康，後主與張麗華躲入宮內景陽井中，為隋軍搜出而斬殺。

杜紹凱

字蒼略。湖北黃岡人。

〈秦淮竹枝詞〉二首

其一

垂柳莊前夕照寒，早潮落盡暮潮寬。
春宮小說紅氍上，儂愛鍾山雨後看。

注釋

1 春宮：男女性愛之圖片。原於宮廷皇家所繪，而叫春宮，隋煬帝曾派畫工繪數十幅掛在迷樓，宋代正式叫春宮。
2 鍾山：山名。在南京市中山門外東北。舊稱蔣山，又稱紫金山、北山。

其二

征蠻夫婿貴通侯，珠簾籠燈夜不休。
為看鰲山如白晝，瓦盆爭照牡丹頭。

注釋

1 通侯：爵位名。秦、漢封異姓功臣為通侯。
2 鰲山：舊時元宵燈景之一種。把燈彩堆疊成一座山，像傳說中之巨鰲形狀。

林麟焻

字石來，福建莆田人。康熙庚戌進士，歷官禮部郎中。與汪舟次皆漁洋門下士，漁洋嘗序其集。偕舟次奉使琉球。歸裝有《竹枝詞》一卷。舟次亦輯《中山沿革志》，采風略備，輦下傳鈔殆遍。麟焻著有《玉巖集》。

〈琉球竹枝詞〉十四首

其一

手持龍節渡滄溟，璀璨宸章護百靈。
清比胡威臣所切，觀風先到卻金亭。

注釋

1 龍節：龍形符節。《周禮》〈地官〉〈掌節〉：「凡邦國之使節，山國用虎節，土國用人節，澤國用龍節。」後泛指奉命出使者所持之節。
2 滄溟：大海。
3 璀璨：華麗。
4 宸章：帝王之文章。宸翰。
5 百靈：百神。百姓。
6 胡：喻指琉球。
7 觀風：觀察民俗風情。
8 卻金亭：作者與汪楫（字舟次）奉使琉球。瀕行，例有餽贈，概卻不受，琉球人建卻金亭志之。

其二

徐福當年采藥餘，傳聞島上子孫居。
每逢卉服蘭闍問，欲乞嬴秦未火書。

注釋

1 徐福：秦方士。齊人。曾上書始皇，言海上有蓬萊、方丈、瀛州三仙山，始皇乃遣之率童男女數千人，入海求仙，而一去不返。
2 卉服：用草織之衣服。
3 蘭闍：讚美人之話。音ㄌㄢˊ ㄕㄜˊ。
4 嬴秦：秦國姓嬴，故稱秦為嬴秦。

其三

日斜沙市趁墟多，村婦青奩藉綠莎。
莫惜籌花無酒盞，人歸買得小紅螺。

注釋

1 趁墟：趕市、趕集。
2 奩：盛物之器皿。音ㄌㄧㄢˊ。
4 藉：襯墊。
5 籌花：以花為籌子（計數用具），於飲酒時用以記數或行令。

其四

三十六峰瀛海環，怒潮日夜響潺湲。
樓西一抹青林裡，露出煙蘿馬齒山。

注釋

1 瀛海：大海。
2 潺湲：水流聲。
3 一抹：輕淡的痕跡。
4 煙蘿：草樹藏密，煙聚蘿纏。
5 馬齒山：狀如馬齒之山峰。

其五

射獵山頭望海雲，割鮮挏酒醉斜曛。
紙錢挂道松楸老，知是歡斯部落墳。

注釋

1 割鮮：割殺畜獸。
2 挏酒：挏馬酒之省稱。即馬酪、馬酒。挏，音ㄉㄨㄥˋ。
3 松楸：松樹和楸樹，因多植於墓地，故用以指墓地。

其六

廟門斜映虹橋路，海鳥高巢古柏枝。
自是島夷知向學，三間瓦屋祀宣尼。

注釋

1 島夷：海島上之夷狄民族。古代指中國東部近海一帶之居民。
2 宣尼：對孔子之尊稱。

其七

王居山第兔園開，松櫪椶花倚石栽。
多少從官思授簡，不知若箇是鄒枚。

注釋

1 兔園：漢文帝子劉武（梁孝王）之園囿。奇果異樹，瑰禽怪獸畢備，宮觀相連十里，作為遊樂和招待賓客之場所。在今河南省商丘縣東。此喻指琉球王之花園。
2 松櫪：松樹和櫪樹。
3 椶：同棕。
4 授簡：給予簡劄。謂囑人寫作。
5 若箇：何人。
6 鄒枚：指西漢時鄒陽和枚乘兩人。兩人皆為當時著名之文學才辯之士，後世因每文學才辯之士為鄒枚。

其八

奉神門內列鵷行，乞把天書鎮大荒。
喚取〈金縢〉開舊詔，侏儒感泣說先皇。

注釋

1 鵷行：鵷鳥飛行。其群飛行列整齊，故用以比喻官員上朝的行列。音ㄩㄢ ㄏㄤˊ。
2 天書：帝王之詔書。
3 大荒：極遠之地方。
4 〈金縢〉：尚書篇名。武王疾，周公作祝策，禱於三王，願代武王死。祝禱完後，將書置於金縢匱中，後周公遭流言毀謗，避居東都，成王開金縢匱，得祝文，方知周公之忠誠，感動而泣，並迎周公歸。
5 侏儒：未成年之小孩。

其九

閟宮甍桷壓山原，將享今看幾葉孫。
二十七王禋祀在，釐圭錫卣見君恩。

注釋

1 閟宮：神宮，祠堂。閟，音ㄅㄧˋ。
2 甍桷：甍，屋脊。音ㄇㄥˊ，桷，方形之椽。
3 享：獻物祭祀。
4 葉：世，代。
5 禋祀：古吉禮之一。祭祀天神之禮節。把祭牲和玉帛置於柴上，燒柴，煙上升，表示祭告天神。泛指祭祀。音ㄧㄣ ㄙˋ。
6 釐：賜，予。
7 圭：上圓下方之瑞玉。為古代天子與諸侯所執，依其大小，巧別尊卑。
8 錫：賜給。

9 卣：古代盛酒之器具，是一種中型酒尊，形狀很多，一般是橢圓形，大腹、斂口、圈足，有蓋與梁。盛行於殷代及西周。音ㄧㄡˇ。

其十

譯章曾記莋都夷，槃木白狼歸漢時。
何似島王懷聖德，工歌三拜〈鹿鳴〉詩。

注釋

1 莋都夷：中國古代西南地區部落族。其地在今四川省漢源縣東北。《漢書》〈司馬相如下〉：「是時邛莋之君長聞南夷與漢通，得賞識多，多欲願為內臣妾，請吏，比南夷。」莋，音ㄗㄨㄛˋ。
2 槃木白狼：古國名。《後漢書》〈種暠傳〉：「岷山雜落皆懷服漢德。其白狼、槃木、唐菆、邛、僰諸國，自前刺史朱輔卒後遂絕；暠至，乃復舉種向化。」
3 〈鹿鳴〉：《詩經》〈小雅〉之第一篇。《詩經》〈小雅〉〈鹿鳴序〉：「〈鹿鳴〉，燕群臣嘉賓也，既飲食之，又實幣帛筐篚以將其厚意，然後忠臣嘉賓得盡其心矣。」

其十一

宗臣清俊好兒郎，學畫宮眉十樣妝。
翹袖招要小垂手，簪花砑帽舞山香。

注釋

1 招要：招引邀約。音ㄓㄠ ㄧㄠ。
2 簪花：戴花。古代值慶典宴會之時，男女皆戴花。
3 砑：用石磨碾絲絹，使生光澤。音ㄧㄚˋ。

其十二

望仙樓閣倚崔嵬，日看銀山十二回。
笙鶴綵雲飛咫尺，不教弱水隔蓬萊。

注釋

1 崔嵬：有石塊散落之土山。音ㄘㄨㄟ ㄨㄟˊ。
2 銀山：神仙所居住之山。
3 笙鶴：傳說中之仙鶴名。
4 弱水：西方絕遠之地方。《書言故事》〈地理類〉〈弱水之隔〉：「遠不能到，云如有弱水之隔。」
5 蓬萊：山名。古代傳說中東方之海中仙山。

其十三

纖腰馬上側乘騎，草圈銀釵折柳枝。
連臂哀歌上靈曲，月明齊賽女君祠。

注釋

1 上靈：天帝。
2 賽：祭報神明。

其十四

久稽異域歲將徂，自笑流連似賈胡。
三老亦知歸意速，時時風色相桐烏。

注釋

1 稽：留止，停留。

2 異域：他鄉，異鄉。
3 徂：已往。音ㄘㄨˊ。
4 賈胡：指古代西域之商人。音ㄍㄨˇ ㄏㄨˊ。

周在浚

字雪客，祥符人。著有《梨莊遺穀》諸集。

〈秦淮竹枝詞〉三首

其一

布幔朱闌飾彩舟，少年箕踞放中流。
三絃撥動〈涼州〉調，故老聽來盡白頭。

注釋

1 幔：帳幕。
2 箕踞：舒展兩足而坐。為傲慢不敬之姿態。音ㄐㄧ ㄐㄩˋ。
3 〈涼州〉調：唐代歌曲〈涼州詞〉。本胡樂，開元時自西域傳入。古代詩人多用此調作邊塞詩。

其二

端陽節近說青溪，芳草門前踏作泥。
到得秋來人寂寞，月明衰柳夜烏啼。

注釋

1 青溪：古水名。在今南京市，南接於秦淮。

其三

北人纔得解征鞍，也學吳儂事事酸。
金碗銀盤都不用，素磁月下試龍團。

注釋

1 吳儂：吳人之代稱。因吳人語中多帶儂字。

袁　枚

字子才，號簡齋。浙江錢塘人。乾隆進士，由翰林為知縣，父喪而歸。卜居江寧小倉山，號為隨園，人稱隨園先生。論詩主張性靈，不拘格律，特別喜歡提倡婦女文學。著有《小倉山房詩文集》及《隨園詩話》等。

〈西湖小竹枝詞〉五首

其一

妾在湖上居，郎往城中宿。
半夜念郎寒，始覺城門惡。

其二

蠶絲難上手，蛛絲易惹人。
蛛絲吹即斷，蠶絲永著身。

其三

雨餘紅意斂，風定黛痕長。
妾請學西湖，今朝是淡妝。

注釋

1 紅意：化妝塗胭脂之念頭。
2 斂：退縮。
3 黛痕：美人的黛眉。
4 淡妝：蘇軾〈飲湖上初晴後雨詩〉:「欲把西湖比西子，淡妝濃抹總相宜。」

其四

朝喚嶽墳前，晚喚茅家埠。
不知相思魂，船家可能渡。

注釋

1 岳墳：岳飛墳墓。
2 茅家埠：地名。

其五

遠遠韜光磬，聲聲淨慈鐘。
鴛鴦聽不得，飛上北高峰。

注釋

1 韜光：唐僧名。能詩，與白居易為詩友，曾題其堂曰法安。今浙江省杭州市西湖北高峰下有韜光寺，也稱韜光庵，即其遺跡。
2 磬：佛家法器名。梵文的義譯。又譯為鐘、竹木、聲鳴；或音譯為犍稚、犍槌、犍地、犍椎等。乃可以敲打或出聲音之器物之通稱。大小無別。但今指銅製成之鍋形或小杯形的為磬，大形而吊掛的為鐘，木製而平面的為打板。此是一種召集僧眾之器物。但目前多用在誦經等法會之上。

3 淨慈：佛寺名。

〈真州竹枝詞〉八首

其一

流過揚州水便清，鹽船竿簇晚霞明。
江聲漸遠市聲近，小小繁華一郡城。

注釋

1 真州：地名。在今江蘇省儀徵縣。
2 竿簇：撐船上竹竿聚集。喻指船隻眾多。
3 郡城：指真州。

其二

誰家結構好樓臺？水榭雲廊幾處開？
底事銅魚管風月？終年不見主人來。

注釋

1 結構：將屋宇梁柱結連構架。
2 水榭：臨水或建於水上樓臺。
3 雲廊：高聳入雲之長廊。
4 底事：何事。
5 銅魚：銅魚符，魚形銅符。《新唐書》〈百官志一〉：「司門郎中、員外郎，各一人，掌門關出入之籍及闌遺之物。……凡有召者，降墨敕，勘銅魚、木契，然後入。」
4 風月：清風和明月。也可以比喻雅事。

其三

都天會起賽神忙，兒女沿隄盡點香。
絕似嫦娥頒令甲，一齊月色著衣裳。

注釋

1 都天會：當地之一種宗教慶典。
2 賽神：祭祀以報答神明。
3 絕似：極似。最似。絕對似。
4 嫦娥：月神名。後羿妻。相傳後羿從西王母處得到長生不死藥，嫦娥竊取，奔向月宮。
5 令甲：法令之第一篇。漢代法令有令甲，令乙之分別，如同今日法令之第一章、第二章。

其四

最好城河水二分，開窗終日鳥聲聞。
參天兩岸樹陰合，中有人家住綠雲。

注釋

1 參天：仰望天空。或高入天際。
2 綠雲：形容女子髮多如雲而黑。喻美女。

其五

一過清明玉笛飄，釵光鬢影上輕舠。
只須守住東關路，花去花來早晚潮。

注釋

1 釵光鬢影：喻指仕女。
2 舠：形如刀之小船。音ㄉㄠ。

其六

板橋宛轉采虹垂，沙淺潮平艇過遲。
郎忽相逢妾難避，大家都是落篷時。

注釋

1 宛轉：迴旋曲折。
2 采虹：彩虹。
3 篷：舟上用以遮蔽風雨、日光之棚子。

其七

連朝分付小篙工，隨意閒遊但聽風。
難得吟聲花外落，水牕圍坐幾詩翁。
（注：謂吳正民諸君。）

注釋

1 分付：吩咐。囑咐。
2 篙工：持篙之船夫。
3 水牕：船窗。

其八

何必桃源放槳行，此中仙景足幽清。
何時小構三間屋？閒倚雕闌過一生。

注釋

1 桃源：桃花源。

卓肇昌

字思克，鳳山縣人。清乾隆十五年（1750）舉人。官揀選知縣。著有《棲碧堂全集》。二十八年（1763）分修《鳳山縣志》。

〈東港竹枝詞〉十四首選七

其一

萬頃波光漾碧空，滿湖月色瑩青銅。
漁歌忽起滄浪外，人在畫橋一葉中。

注釋

1 東港：在今屏東縣東港鎮。
1 漾：碧水搖動。
2 碧空：藍色天空。
3 瑩青銅：照著青銅色。
4 滄浪：水色青碧。
5 畫橋一葉：在一條輕便而小巧之畫橋。

其二

曉霞絢彩覆東洲，海曲人家逐岸流。
煙水幾灣帆片片，浮沈波影五花虯。

注釋

1 絢彩：光彩炫耀。
2 東洲：指東港。
3 海曲：海隅、臨海之地。
4 五花：五種花紋。
5 虬：有角之小龍。

其三

東流逶迤好逍遙，蒼綠參差佳致饒。
極目滄溟天際表，四時野色水中描。

注釋

1 逶迤：彎曲而延續不斷。音ㄨㄟˇ ㄧˇ。
2 佳致：美好之景色。
3 饒：多。
4 極目：窮盡目力，眺望遠方。
5 滄溟：大海。高空。
6 天際表：天空的遠處外。
7 描：摹畫。

其四

截竹編成不繫舟，東涯天際水雲悠。
眼前悟得維摩法，葦渡何勞世外求！

注釋

1 水雲：水波與煙雲。

2 維摩：維摩詰。與釋迦牟尼同時，為毗耶離城之大居士。他曾向佛弟子舍利弗、彌勒、文殊師利等講說大乘教義。
3 葦渡：一葦渡江。一葦，指小舟。

其五

湖邊春水碧於苔，為聽泠泠溪畔來。
不耐顛風阻人興，漁舟欲上又推開。

注釋

1 泠泠：水聲。音ㄌㄧㄥˇ ㄌㄧㄥˇ。
2 顛風：狂風。

其六

那堪回首落曛西，島樹煙寒暮色低。
分明聽得吹長笛，祇隔峰前白水棲。

注釋

1 落曛：落日餘輝。

其七

海濱清洗碧天空，地近扶桑東復東。
金鏡曜輝雲氣散，茅簷先被一輪紅。

注釋

1 扶桑：日所出處。
2 金鏡：指月亮。
3 曜輝：照耀。
4 一輪紅：一輪紅日。

〈三畏軒竹枝詞〉（即書院東軒）十二首

其一

小築數椽近竹西，主人抱膝賦薰兮。
泠然欲禦長風去，一笑何煩過虎溪。

注釋

1 數椽：數間。椽，音ㄔㄨㄢˊ。
2 抱膝：抱住膝蓋，比喻心有所思。
3 賦薰兮：《孔子家語》〈辯論〉：「昔者舜彈五絃之琴，造〈南風〉之詩。其詩曰：『南風之薰兮，可以解吾民之慍兮；南風之時兮，可以阜吾民之財兮。』」
4 泠然：輕妙貌。《莊子》〈齊物論〉：「列子御風而行，泠然善也。」泠，音ㄌㄧㄥˇ。
5 虎溪：溪名。在今江西省九江縣南廬山東林寺之前，相傳晉代高僧慧遠，曾駐錫東林，每送客至此溪，虎則號鳴。

其二

閒步空階午漸移，碧梧枝上語黃鸝。
嗒然隱几瞢騰去，五老峰前話片時。

注釋

1 嗒然：精神離開形體的樣子。形容物我兩忘之境界。音ㄊㄚˋ ㄖㄢˊ。
2 隱几：靠著几案。
3 瞢騰：神志迷糊不清。音ㄇㄥˊ ㄊㄥˊ。
4 五老峰：在江西省廬山。廬山有九峰，五老峰最著。

其三

寂寞窗櫺晝影賒，涼颸初放雨天花。
鴉飛落日蒼茫裡，道是桃源處士家。

注釋

1 窗櫺：窗上有花紋圖案之格子。音ㄔㄨㄤ ㄌㄧㄥˊ。
2 賒：長。
3 涼颸：涼風。
4 雨天花：下雨有如天女散花。
5 處士：有道德學問而未做官或不做官之人。

其四

蝶似愛吾頻結夢，樹長對他鮮知名。
忽然有客不衫履，爾我快談話弟兄。

注釋

1 結夢：作蝴蝶夢。《莊子》〈齊物論〉:「昔者，莊周夢為胡蝶，栩栩然胡蝶也，自喻適志與！不知周也。俄然覺，則蘧蘧然周也，不知周之夢為胡蝶與，胡蝶之夢為周與？周與胡蝶則必有分矣，此謂之物化。」
2 不衫履：不穿衣、不穿鞋。
3 快談：歡樂交談。

其五

昨夜東風夜雨涼，滿山啼鳥自宮商。
松陰覆地苔華濕，坐對爐煙白日長。

注釋

1 宮商：皆五音之一。宮，古人通常以宮作為音階之第一級音。商，其音清勁而淒厲。

其六

端然閉戶一先生，著得新書覺未曾。
坐畏泥塗憑數卷，前身渾是箇詩僧。

注釋

1 端然：莊重整肅。
2 泥塗：比喻汙濁。

其七

架書披懶半顛倒，山徑屐稀任蔦蘿。（注：院傍山麓）
自問塵心銷幾許？開窗閒看白雲過。

注釋

1 蔦蘿：植物名。一年生蔓性草本。蔦，音ㄋㄧㄠˇ。
2 塵心：世俗名利之心。

其八

避暑禪房近夕曛，老僧繙閱貝多文。（注：山頂有寺）
問他城郭山林事，手數輪珠默不聞。

注釋

1 禪房：僧人住宿之房屋。

2 夕曛：落日餘輝。
3 繙閱：反覆閱讀。繙，音ㄈㄢ。
4 貝多文：見葉經。佛經。
5 輪珠：數珠。佛珠。

其九

東風催我轉胡床，坐落嵐光午夢涼。
蟬老樹深音響別，閒將心事對殘陽。

注釋

1 胡床：可以折疊之一種輕便坐椅。又名交椅，原為胡人所造，故名。
2 嵐光：山光。

其十

行到前峰竹翠間，吹簫石上不知還。
夜深暑退羅衣冷，自扣柴扉月滿山。

注釋

1 扣：叩。
2 柴扉：柴門。柴木作的門。形容陋屋。多指貧寒人家。

其十一

寄傲窗南物外情，可人花鳥笑相迎。
論文有弟應兼友，嗟莫閒愁太瘦生。

注釋

1 寄傲：寄託曠放之情志。《文選》〈陶潛・歸去來辭〉：「倚南窗以寄傲，審容膝之易安。」

2 可人：使人滿意。

3 嗟：語氣詞。

4 太瘦生：太瘦弱。生，語助詞。歐陽修《六一詩話》：「太瘦生，唐人語也。至今猶以生為語助，如怎麼生、何似生之類是也。」

其十二

想像清光月影寒，幽懷日窄帶應寬。
棄繻未了書生債，背立閒庭漏已殘。

注釋

1 幽懷：高雅之胸懷。

2 棄繻：《漢書》〈終軍傳〉：「初，軍從濟南當詣博士，步入關，關吏予軍繻。軍問：『以此何為？』吏曰：『為復傳，還當以合符。』軍曰：『大丈夫西遊，終不復傳還。』棄繻而去。」繻，帛邊。書帛裂而分之，合為符信，作為出入關卡之憑證。棄繻，表示決心在關中創立事業。後因用為年少立大志之典。繻，音ㄒㄩ。

孫　霖

字號、生平及籍貫不詳。

〈赤嵌竹枝詞〉十首選九

其一

竹枝環繞木為城，海不揚波頌太平。
滿眼珊瑚資護衛，人家籬落暮煙橫。

（注：臺郡以木柵為城，環植刺竹，迄今四十年矣，遇颶風劇，多摧折。是在守土者數陳妙策以石易之。綠珊瑚，一名綠玉樹，槎枒交錯，青蔥籬落間，洵異產也。）

其二

四季香花總是春，牙蕉香檨滿盤新。
投來更有菩提果，清供幽齋悟淨因。

（注：牙蕉結子中科，每莖百餘，熟時淡黃，味重。番檨有三種，春檨為上，肉檨、木檨次之。《居易錄》作番蒜，《韻府》、《字典》諸書皆無「檨」字也。菩提果，土名香果，似枇杷，張丈鷺洲侍御有詩。）

注釋

1 檨：芒果。音ㄕㄜˊ。
2 張丈鷺洲：張湄，字鷺洲。浙江錢塘人，雍正十一年進士。乾隆六年巡視臺灣。著《瀛壖百詠》。

其三

雌雄別味嚼檳榔，古賁灰和荖葉香。
番女朱唇生酒暈，爭看猱採耀蠻方。

（注：檳榔產新港、蕭瓏、麻豆、目加溜灣最佳，色青者雄，味厚；黑臍者雌，味薄。合蠣灰扶留藤食之，蔞藤一作浮留藤，土人誤作「荖」字，社番騰越而上樹，日猱採，不必長鐮也。）

其四

二八嬌娃刺繡工，呼孃窗慣便成風。
新粧一隊斜矄襯，小蓋相攜面半蒙。

（注：臺邑婦女工刺繡，即呼為某孃。其俗：多靚粧入市，攜小蓋障面，迤邐而行，無間晴雨，張丈鷺洲詩云：「一隊新粧相掩映，紅渠葉底避斜矄。」情態畢肖。）

注釋

1 蓋：雨傘。

其五

結緣纔過又中元，施食層臺市井喧。
三令首除羅漢腳，只教普渡鬧黃昏。

（臺俗：七夕，家供織女，稱七星孃，食螺螄以為明目；煮豆拌裹洋糖，同龍眼、芋頭分餉，名曰結緣。是夜，士子為魁星會。中元節，好事作頭家，醵金延僧施燄口，燃紙燈於海邊，謂之普渡。是月也，最多「羅漢腳」搶孤打降，結黨滋擾；觀察覺羅四公，刺史余公、明府陶並委員巡查，禁演夜戲。）

注釋

1 羅漢腳：臺灣俗語，指過了適婚年齡而未結婚之單身漢。或指無業遊民。

其六

禾間新構認農家，遺意猶傳毗舍耶。
報賽秋成聯士女，春來已驗刺桐花。

（注：番俗：稻熟登場，則以手擷禾穗，捆載而歸，銍刈，別構茅屋，將禾稼倒

懸其中，名曰禾間；尚存「中田有廬」遺意。刺桐花開春季，先葉後花，五穀豐熟；占歲者，往往以為驗。宋時丁謂有「聞得鄉人說刺桐，花如後花始年豐。」之句。）

其七

除卻風風雨雨天，分裝急喚渡頭船。
深秋播種清冬熟，揀得西瓜貢十員。

（注：西瓜盛於冬月，邑人元旦多啖之；臺、鳳兩邑，每歲進西瓜。八月下種，十一月成熟；氣候迥異，真不可以常理測。結實之時，最忌風雨；恐防損傷，擇日選摘，分為兩船西渡。邇來楊制府，定中丞會札，不必多備，以省繁費。）

注釋

1 臺鳳兩邑：清康熙廿三年將臺灣府行政區域劃分為臺灣縣、鳳山縣及諸羅縣。

其九

「出草」番兒每拍肩，踏歌歡飲不知年。
伊尼無數惟功狗，貿易還徵贌社錢。

（注：番社於冬季捕鹿，謂之出草；焚林追逐，百不逸一。弓矢鏢鎗，皆極強利，犬亦鷙悍。）

注釋

1 伊尼：佛書稱鹿為伊尼。
2 贌社錢：租金。
3 鷙悍：像鷙鳥一般之兇悍。

其十

庶魚庶草劇難名，每訝寒宵壁虎鳴。
一種綠毛么鳳好，也誇文采滿東瀛。

（注：蝘蜓即守宮，內地多有之；俗名壁虎。北人呼蠍虎。獨產臺者能鳴，其聲如雀。夏月緣壁，冬始蟄；過澎湖，雖夏亦不鳴。倒掛鳥似鸚鵡而小，翎羽鮮明，紅衿綠衣，緣樹循繞；鉤嘴短足，爪纖而長。性喜倒掛，夜睡亦然；即東坡所謂「倒掛綠毛么鳳」也。）

注釋

1 庶：眾多。劇，甚，極。
2 么鳳：鳥名。羽毛五彩，形像傳說中之鳳鳥而體形較小，故稱么鳳。因常在桐花開時棲集桐樹上，又名桐花鳳。

姚　鼐

清散文家。字姬傳，一字夢穀，室名惜抱軒，人稱惜抱先生。安徽桐城人。乾隆二十八年（1763）進士，初任四庫編修官，後官至刑部郎中、記名御史。歷主江南、紫陽、鍾山等書院共四十年。治學以義理為主，兼及考證、詞章，並主張三者缺一不可。為桐江派主要作家。著有《惜抱軒文集》、《九經說》等。又輯有《惜抱軒》文集。

〈南昌竹枝詞〉二首

其一

南昌南去盡山溪，白石清沙不見泥。
一到波陽風浪裡，行人那更出江西？

注釋

1 波陽：湖名，在江西廬山東南。

其二

城邊江內出新州，南北灣灣客纜舟。
莫上滕王閣上望，青天無地斷江流。

注釋

1 纜舟：繫舟，泊舟。
2 滕王閣：樓閣名。故址在今江西省新建縣西章江門上，西臨大江。唐高宗時李元嬰為洪州都督時所建。落成之日，適元嬰被封滕王，因以名閣。

〈江上竹枝詞〉四首選一

東風送客上江船，西風催客下江船。
天公若肯如儂願，便作西風吹一年。

注釋

1 儂願：盼望夫船下江。儂，我。

徐鑅慶

原名嵩，號朗齋。江蘇金匱人。乾隆五十一年丙午舉人，官湖北蘄州知州。著有《玉山閣集》。

〈竹枝詞〉六首

其一

荷花風前暑氣收，荷花蕩口碧波流。
荷花今日是生日，郎與妾船開並頭。

注釋

1 蕩口：地名。在江蘇省無錫縣東南。
2 荷花今日是生日：吳俗以六月二十四日為荷花生日，士女出遊。畫船簫鼓，讌飲為樂。

其二

赤日當天駐火輪，龍船旗幟一時新。
東家女笑西家女，橋上人看橋下人。

注釋

1 駐：停留，止住。
2 火輪：汽船。

其三

葑門城門門繞湖，湖光一片白模糊。
荷花生日年年去，若問荷花半朵無。

注釋

1 葑門：地名。

其四

丹陽段郎官長清，天然詩句自然成。
怪郎面似荷花好，郎是荷花生日生。

注釋

1 丹陽：地名。在今江蘇省南京市東南。
2 郎官：官名。即郎中。

其五

江頭女郎唱〈采蓮〉，家家侵早整花鈿。
爭先持取千錢去，定個玻璃小快船。

注釋

1 〈采蓮〉:〈採蓮曲〉，樂府曲名。
2 侵早：淩晨。
3 花鈿：婦女之首飾，以其多金銀製飾物成花形，故稱。

其六

波心瞥過木蘭橈，人面荷花相映嬌。
愛煞渡船如走馬，兩枝篙櫓（注：吳人謂之水轡頭）十人搖。

注釋

1 波心：波之中央。
2 木蘭橈：木蘭舟。木蘭樹作的船。橈，音ㄖㄠˊ。
3 篙櫓：篙，撐船之竹竿；櫓，撥水使船前進之工具。外形似槳而大。

舒 位

字立人，號鐵雲。直隸大興人。乾隆五十三年戊申舉人。著有《瓶水齋詩集》十七卷、《別集》二卷、《詩話》一卷。

〈黔苗竹枝詞〉四首

其一〈牂牁蠻〉

且蘭江上戰船開，南去壯豪竟未還。
留得瓢笙何歌舞？一條冷水萬荒山。

注釋

1 黔苗：貴州省苗族。
2 牂牁：地名。今貴州省遵義、石阡、思南諸縣一帶。音ㄗㄤ ㄍㄜ。
3 且蘭江：江名。
4 瓢笙：蘆笙。中國西南民族之簧管樂器。音色雄渾，多為伴奏舞曲。笙管多以蘆竹製成，下端裝有銅簧，插入長形木斗或葫蘆中。瓢，葫蘆。

其二〈東謝蠻〉

紅絲早已繫綢繆，牛酒相邀古洞幽。
底事相逢不相識？謝郎翻比謝娘羞。

注釋

1 東謝：地名。
2 綢繆：緊密纏繞。音ㄔㄡˊ ㄇㄡˊ。
3 謝郎：東謝男子。

4 翻：反而。
5 謝女：東謝女子。

其三〈南平蠻〉

新製通裙稱體量，竹筒三寸綴明璫。
夜深留客平欄宿，細說當年劍荔王。

注釋

1 南平：地名。
2 通裙：古代婦女服裝名。《舊唐書》〈南平獠傳〉：「婦人橫布兩幅，穿中而貫其首，名為通裙。」
3 綴：連接縫合。
4 明璫：明珠做成之耳墜。
5 劍荔王：黔苗酋長名。

其四〈蔡家苗〉

卿卿氈髻我氈裳，做戛忽忽興不常。
幾見鴛鴦能做塚，銷魂人贈返魂香。

注釋

1 蔡家：地名。
2 戛：兵器名。戟或長矛。音ㄐㄧㄚˊ。
3 返魂香：香名。傳說聚窟洲神鳥山有返魂樹，伐其根心，於玉壺中熬煎成丸，聞之可除瘟疫，使人起死回生。

顧于觀

字萬峰，號澥陸。江蘇興化人。諸生。著有《澥陸詩鈔》。

〈揚州竹枝詞〉

百年若箇是知音？日觀峰高渤海深。
到處逢人推賤子，一生慚愧板橋心。

注釋

1 若箇：何人。
2 日觀峰：山名。在泰山。
3 賤子：謙稱自己。
4 板橋：鄭板橋。符葆森《國朝正雅集》〈寄心盦詩話〉：「澥陸與鄭板橋先生友善，互相推重。板橋〈揚州竹枝詞〉云：『揚州滿地說詩人，顧萬峰來留不住。』澥陸詞云云。」

元　璟

字借山，晚號香山老人，初名通圓，字以中。平湖人。化成庵僧。著有《玉堂集》。

〈西湖竹枝詞〉四首

其一

段橋一段可憐春，草似裙腰柳麴塵。
明鏡不流山色去，畫船多載醉歸人。

注釋

1 段橋：即斷橋，或段家橋。在西湖孤山邊。
2 麴塵：麴塵絲。指淡黃色之嫩柳枝。柳麴塵，即柳色如黃色之麴塵。麴，音ㄑㄩˊ。

其二

鄂王祠上夕陽西，于公墓下杜鵑啼。
莫話南征與北守，雲消雨歇兩峰齊。

注釋

1 鄂王祠：岳飛祠，也稱岳王廟，在杭州西湖棲霞嶺南方。
2 于公墓：于忠肅墓。于忠肅，即明朝之于謙。英宗土木堡之變，廷臣有主張南遷者，于謙則擁立景帝，固守在稷。英宗復位，受讒言，被殺。弘治時諡肅愍，萬曆改諡忠肅。
3 兩峰：指南高峰及北高峰。

其三

紅橋曲曲放生池，春水初肥春日遲。
何事繫人情最好，金錢買餅飼魚兒。

注釋

1 映日遲：春日遲遲。《詩》〈豳風〉〈七月〉：「春日遲遲，采蘩祁祠。」遲遲，舒緩貌。

其四

煙紫莎青風力微，紅鐙水面酒船歸。
阿誰好唱〈伊涼曲〉？驚起鴛鴦相背飛。

注釋

1 阿誰：誰，何人。
2 〈伊涼曲〉:〈伊州曲〉及〈涼州詞〉。〈伊州曲〉，樂曲名，為商調大曲。唐玄宗年間西涼節度使蓋嘉運所作。〈涼州曲〉，樂曲名，開元間，西涼府都督郭知運作。

錢　泳

字立群，號梅溪。江蘇金匱人。諸生。著有《梅花溪詩鈔》、《蘭林集》。

〈獅林竹枝詞〉四首

其一

蘭雪堂前青草蕃，蔣家三徑亦荒園。
尋春聞說獅林好，借問誰家黃狀元？

注釋

1 獅林：園林名。獅子林。在江蘇省吳縣城內，中多奇石，以構造幽境著稱。為元時天如禪師倡道之處，倪雲林曾隱於此。
2 蘭雪堂：在獅子林之北，為王氏所有。
3 蕃：草木枝葉繁茂。
4 蔣家三徑：西漢末年兗州刺史蔣詡因王莽專政而隱居，家園中開三徑，與求仲、羊仲兩人交遊。此處指蔣氏之拙政園。
5 黃狀元：黃小華殿撰，居五松園，有合抱大松五株，故名。

其二

蚪鬚園子倚門邊，分得秋娘買粉錢。
入門疑到天臺路，且避前頭兩少年。

注釋

1 蚪鬚：捲曲如虯之一種鬍鬚。
2 秋娘：泛指美女，或泛指歌妓。
3 天臺：山名。在浙江省天臺縣北。古神話中有劉晨、阮肇入天臺，採藥遇仙之故事，相傳即此山。
4 前頭兩少年：即劉晨、阮肇。

其三

蒼苔新雨滑弓鞋，斜倚闌干問小娃。
曾記飛虹橋畔立，不知誰拾鳳頭釵？

注釋

1 弓鞋：古代婦女所穿之弓形鞋子。
2 飛虹橋：橋名。
3 鳳頭釵：形狀如鳳頭之婦女髮上飾物，由兩股合成。

其四

一雙繡鞋污泥濺，日暮歸來空自憐。
不是貪遊生小慣，明朝還上虎丘船。

注釋

1 濺：沾染。
2 生小：從小。

謝金鑾

字巨廷，一字退谷，晚改名灝。福建侯官人。清乾隆五十三年舉人。嘉慶九年（1804）任嘉義教諭。十二年，與鄭兼才合纂《臺灣縣志》，著有《噶瑪蘭紀略》、《二勿齋文集》等。

〈臺灣竹枝詞有引〉三十首選十五

五、七言詩，以典雅麗則為宗；惟〈竹枝〉雜道風土，雖方言里諺可以入則，猶〈國風〉之遺也。金鑾以甲子臘月司鐸武巒，乙丑供試事，僑居赤嵌，俯仰衍沃之邦，而感憤於人心風俗之所以弊，乃自《赤嵌筆談》、《東征記》諸書以外竊有論述焉。而其餘者，耳目所經，時亦形諸歌詠。偶有棖觸，輒成小詩。紙墨既多，遂無倫次，聊復書之，俟有續得，當備錄焉。

其一

興觀群怨總情移，〈溱洧〉淫哇亦繫思。

底事刪篇餘十五，蠻風曾不入聲詩。

注釋

1 武巒，地名。即今嘉義。

2 興觀群怨：《論語》〈陽貨第十七〉：「小子！何莫學夫詩？詩，可以興，可以觀，可以群，可以怨；邇之事父，遠之事君，多識於鳥、獸、草、木之名。」

3 〈溱洧〉：《詩》〈鄭風〉篇名。詩寫男女春遊之樂。舊注謂其「刺淫亂也」，後因以「溱洧」指淫亂。音ㄓㄣ ㄨㄟˇ。

4 淫哇：淫蕩不正之樂聲。哇，音ㄨㄚ。

5 縶思：維縶其心。掛心，掛念。

6 底事：何事。

7 餘十五：《詩經》經孔子刪篇後，共有三〇五篇，分為國風、小雅、大雅、頌四體。國風包括〈周南〉、〈王風〉、〈邶風〉、〈鄘風〉、〈衛風〉、〈王風〉、〈鄭風〉、〈齊風〉、〈魏風〉、〈唐風〉、〈秦風〉、〈陳風〉、〈檜風〉、〈曹風〉、〈豳風〉，共一百六十篇。

其二

輕颷二八水無波，南汕潮來北汕過。

攜酒安平呼晚渡，一桅斜日蜑船歌。

注釋

1 颷：風。

2 汕：魚在水中游行。

3 安平呼晚渡：安平晚渡。臺灣八景之一。

4 蜑船：蜑民之船。蜑民為水上居民，以船為家。蜑，音ㄉㄢˋ。

其三

水仙宮外近黃昏，迤北斜看第幾鯤。

潮信來特沙鹵白，亂呈漁火簇城門。

注釋

1 迤：斜行。音一ˇ。

2 第幾鯤：臺南市西南海中有古島嶼七鯤身，自南而北，綿延七島。十七世紀荷蘭人曾在此建熱蘭遮城。

3 沙鹵：含有鹽分之沙地。

4 簇：聚集。

其四

里差經緯問周髀，合朔哉生有異宜。
廿八宵中明月影，彎彎初二見蛾眉。
（注：臺灣初二夜即見月，至二十八日殘月尚高。凡二十八夜，皆見月也。）

注釋

1 里差：里數相差。
2 經緯：地理學上稱通過南北二極之假想直線為經線，與赤道平行之線為緯線。
3 周髀：古演算法之一種。古代說天體的有三家，即周髀、宣夜、渾天。周髀論天之說法，以為天似覆盆，中高而四邊低下。髀，音ㄅㄧˋ。
4 合朔：指日月交會之時，約在農曆每月初一前後。《後漢書》〈律曆志下〉：「日月相推，日舒月速，當其同，謂之合朔。」
5 哉生：哉生明。月始生光。指農曆每月初二、三，月亮漸生光明。哉，是初始之意。
6 蛾眉：比喻新月。

其五

封家來去總無因，五兩頻煩問水濱。
暑月看人帆勢好，西風吹上七鯤身。
（注：臺灣風信與內地迥殊，長夏五、六月最多西風，謂之「發海西」。）

注釋

1 封家：古時稱受有封邑之貴族之家。
2 五兩：古代測量風向之儀器。用雞毛五兩，結在高竿頂上，用來測風力、風向。

其六

馬跡牛窪轍路交，草場墟市數衡茅。
分明一帶邳州道，楊柳年來換竹苞。

（注：臺灣雖隸福建，而平原衍沃，大類北土。惟路旁多叢竹，不種楊柳耳。）

注釋

1 牛窪：牛蹄跡水。
2 轍：車輪輾過之痕跡。
3 墟市：鄉村中之市集。亦即臨時市場。
4 衡茅：隱士所居住之茅舍。
5 邳州：地名。在今江蘇省銅山縣東。邳，音ㄆㄟˊ。
6 竹苞：竹子。
7 衍沃：平坦肥美之土地。

其七

軋軋車聲攪夢殘，高城曉色迫人寒。
朦朧客枕曾驚記，五月呼驢出泰安。

注釋

1 朦朧：月色昏暗貌。模糊不清。
2 泰安：地名。在今山東省。

其八

泉漳一葦便行舟，客侶汀州及廣州。
聚水浮萍原是絮，浪花身世竟悠悠。

注釋

1 泉漳：福建泉州、漳州。
2 一葦：小舟。
3 客侶：客家人。
4 聚水浮萍原是絮：古人以為浮萍為楊花落水所化。
5 悠悠：悠長遙遠。

其九

指甲花香壓髻鬖，蠻娘情語夜喃喃。
泥人夢裡含雞舌，一椀檳榔出枕函。

（注：指甲花五、六月開，枝葉大類枸杞，纖瓣長穗，濃香襲人。婦人喜得之以插髻。其葉染指，功同鳳仙。）

注釋

1 髻鬖：散髮。音ㄐㄧˋ ㄙㄢ。
2 喃喃：細語聲。
3 泥：用軟語要求。音ㄋㄧˋ。
4 雞舌：雞舌香。即丁香。漢朝郎官每日上朝時，皆含雞舌香，乃欲其奏事對答時，口氣芬芳。
5 枕函：匣狀之枕頭。中間可用以放置物件。

其十

妹家門倚綠珊瑚，毒汁沾人合爛膚。
愁說郎來行徑熟，丫斜巷口月模糊。

（注：綠珊瑚有枝無葉，丫叉狀類珊瑚。其汁甚毒，沾人肌肉皆爛。臺人屋居前後遍樹之以為樊蔽。）

注釋

1 丫斜：分叉及歪斜。

其十一

紅燈罩壁掠宮鴉，一寸香藤浣齒牙。

簾影沈沈人未至，二更呼買市頭花。

（注：蔞藤一名扶留，臺灣人以此蘸灰夾檳榔食之。）。

注釋

1 掠：梳理。
2 宮鴉：宮中流行之鴉鬢。其色黑如鴉。

其十二

疊雪霏霏透體涼，輕衫團扇墜珠香。

兒家夫婿憐溫軟，亂剪春紗含袴襠。

注釋

1 墜珠：耳珠。
2 袴襠：兩條褲管相連在一起之地方。音ㄎㄨˋ ㄉㄤ。

其十三

木棉宜種海邊多，可奈纖纖玉手何！

姊妹頻年刀剪樣，教儂紅肉映輕羅。

（注：《齊民要術》謂：「木棉花最宜於海邊鹵地」，惜此地婦人不以女紅為事也。）

注釋

1 纖纖：細長。
2 輕羅：輕軟絲織品。

其十四

金錢花發為郎攀，落盡金錢郎未還。
不敢語郎鄉土事，瘴雲遮斷望夫山。

注釋

1 金錢花：花名。又名子午花、夜落金錢花、午時花。
2 瘴雲：含有瘴癘之雲氣。

其十五

猩紅苦李出林遲，釵朵盤兼小荔支。
番蒜摘殘龍眼熟，滿街斜日賣黃藜。

（注：樣子亦名番蒜，高樹多陰，實如豬腰，青皮黃肉，味甘如蜜；五、六月大盛。黃藜蠱蘆結實，皮多刺，如蒺藜，味甘可食。《廣韻》：「藜，蘆果也」。當從藜，俗謂梨者，非也。）

注釋

1 猩紅：像猩血般之紅色。
2 釵朵：花朵形狀之金釵。

永　福

字用五，一字蘊山。滿洲人。曾官湖州知府。

〈吳興竹枝〉二首

其一

香雪西崦處處栽，終朝結社賞梅來。
兒家門戶敲不得，留待月明人靜開。

注釋

1 吳興：地名。在浙江省嘉興縣西南。
2 香雪：地名。

其二

練裙如雪浣中單，二月風多草色寒。
片雨過窗紅日現，家家樓上曬衣竿。

注釋

1 練裙：熟帛的裙子。
2 浣：洗。
3 中單：內衣、汗衣。

李寧圃

官常州知府。

〈程江竹枝詞〉二首

其一

程江幾曲接韓江，水膩風微蕩小艭。
為恐晨曦驚曉夢，四圍黃篾悄無窗。

注釋

1 程江：江名，在廣東潮州。
2 韓江：江名。在廣東。以產鱷魚，故又稱鱷溪。韓江之名因韓愈而得。
3 膩：滑潤。
4 蕩小艭：搖小船。艭，小船。
5 晨曦：早晨之陽光。
6 篾：竹皮。音ㄇㄧㄝˋ。

其二

江上蕭蕭暮雨時，家家篷底理哀絲。
怪他楚調兼潮調，半唱消魂絕妙詞。

注釋

1 蕭蕭：風聲、雨聲，草木搖落聲。
2 楚調：楚地之曲調。
3 潮調：潮州調。
4 絕妙詞：絕妙好詞。絕好之文章。

〈竹枝詞〉四首

其一

金盡床頭眼尚青，天涯斷梗寄浮萍。
紅顏俠骨今誰是？好把黃金鑄阿星。

注釋

1 金盡床頭：比喻窮困。今每用為因狎妓而資財用盡之辭。

2 眼尚青：青眼。
3 斷梗：隨水漂流之殘梗。比喻飄浮不定之人生。
4 浮萍：隨水漂流之萍。
5 阿星：作者之幕客某，流落潮陽，魏阿星時邀至舟中，供給備至，五年不衰，病癒，復資之赴省。又十年，攜重貲復遊於潮陽，時阿星已色衰，載客他往。某居潮陽半載，俟阿星歸，酬以千金，為脫蜑籍。

其二

艷說金姑品絕倫，阿珠含笑復含嚬。
道儂也有冰霜志，要待蓬萊第二人。

注釋

1 艷說：艷羨地評說。
2 金姑、阿珠：金姑，稱狀元嫂。阿珠，亦一時尤物，有數貴官，亦艷稱「狀元嫂」，卓識堅操，人所不及。阿珠笑曰：「妾貌雖遜金姑，而志頗向之，惜未遇榜眼、探花耳。」
3 絕倫：無比。
4 含嚬：笑。
5 冰霜志：比喻操守堅貞純潔。
6 要待蓬萊第二人：要等待榜眼郎。

其三

日向船頭祝逆風，青溪三宿藥爐空。
星軺不許騎雙鳳，卻悔腰間綬帶紅。

注釋

1 青溪：水名。在今南京市東北，南接秦淮。今已湮沒。某學使惑於歌妓大鳳、小鳳，自潮州至青溪六百里，緩其程至十餘日，抵岸，大鳳又託病。在船三宿而後去。二鳳亦臥病經年。
2 藥爐空：爐中並無治病之藥。喻指人無病狀。
3 星軺：帝王使者所乘之車子。
4 雙鳳：大鳳、小鳳。
5 綬帶：繫印信用之佩帶。

其四

除卻蕭郎盡路人，寶兒憨態最情真。
新詩便是三生約，炯炯胸前月一輪。

注釋

1 蕭郎：女子稱其所愛戀之男子。
2 寶兒：潮州某與寶娘交好，特為鑄鏡一枚，鐫其定情詩於背，寶娘日夜佩之。
3 憨態：嬌癡天真之姿態。音ㄏㄢ ㄊㄞˋ。
4 三生：三世轉生。指人生有過去、現在和未來三世。
5 炯炯：光明，光亮。
6 月一輪：即一枚鑄鏡。

顧文鉷

江蘇長洲人。僑居任城河干之槐樹灣，花徑竹籬，位置都雅，精鑑賞。著有《雲林硯齋集》。

〈虎丘竹枝詞〉

苔痕新綠上階來，紅紫遍教隙地栽。
四面青山耕織少，一年衣食在花開。

注釋

1 虎丘：地名。在江蘇省吳縣西北。是吳中名勝。《元和縣志》云：「郡中人家欲栽種花果，編葺竹屏枳籬者，非虎丘人不工。」
2 紅紫：萬紫千紅。
3 隙地：空地，未耕種之田地。
4 一年衣食在花開：顧祿《桐橋倚棹錄》：「每晨曉鴉未啼，鄉間花農各以其所藝花果，肩挑筐負而出，坌集于場。先有販兒以及花樹店人擇其佳種，鬻之以求善價，餘則園子人自擔于城，半皆遺紅剩綠。」

史承楷

字景何。江蘇宜興人。著有《離墨山房稿》。

〈泉州竹枝詞〉

南郊雲水自參覃，沙際帆檣水影涵。
怪底郎行如畫舫，南風吹北北吹南。

（注：畫船浦在許家巷南，沙上有痕如船，帆檣畢具，掃平之，其跡復見。南風則帆檣北向，北風則帆檣南向。）

注釋

1 參覃：連續不斷貌。
2 帆檣：帆桅，船竿。
3 涵：浸泡。

徐達源

號山民，江蘇吳江人。

〈吳門竹枝詞〉

相傳百五禁廚煙，紅耦青糰各薦先。
熟食安能通氣臭，家家燒筍又烹鮮。

注釋

1 百五：春三月的寒食節，在冬至後一〇五日。
2 禁廚煙：寒食節有禁火之俗，只吃冷食，禁火三日。
3 紅耦青糰：顧祿《清嘉錄》:「市上賣青糰焐熟藕，為居人清明祀先之品。」
4 通氣臭：使臭氣流通。
5 薦：祭祀。
6 烹鮮：烹魚。

林則徐

福建侯官人。字少穆，一字元撫。嘉慶進士，道光時任兩廣總督，赴廣州查禁鴉片，於虎門查獲鴉片二百萬斤，全數焚毀，並嚴設海防。英國發動鴉片戰爭，林則徐屢挫入侵之英軍。後因琦善與英商勾結，被讒革職，遣戍伊犁。咸豐即位，因洪楊事起，授為欽差大臣，到潮州病卒。謚文忠。著有《政書》、《雲石山房詩集》。

〈回疆竹枝詞〉二十四首選二十一首

其一

別諳拔爾（注：回部第一世祖）教初開，曾向中華款塞來。

和卓運終三十世（注：至瑪哈墨特止），天朝闢地置輪臺。

注釋

1 回疆：清代對新疆天山南路之通稱。該地為維吾爾族所聚居，因清代對信仰伊斯蘭教之少數民族或地區多加稱為「回」，故名。

2 別諳拔爾：吐魯番人。為元太祖後裔。回部始祖。

3 款塞：敲邊塞之門。表示願意入關通好或內附。

4 回部：清代天山南路，指舊喀什噶爾汗國之地，又稱回疆。

5 和卓：吐魯番頭目名。

6 天朝：對朝廷之尊稱。外邦藩屬舊以中國為宗主國，也稱中國朝廷為天朝。

7 輪臺：地名。在新疆省庫車縣東。即今之迪化，或稱烏魯木齊。

8 瑪哈墨特：人名。唐朝以前回疆信奉佛教，明末回教始祖穆罕默德之後裔瑪哈墨特踰蔥嶺，東遷喀什噶爾，是為新疆有回族首領之始。

其二

欲祝阿林歲事豐，終年不雨卻宜風。

亂吹戈壁龍沙起，桃杏花開分外紅。

注釋

1 阿林：人名。

2 戈壁：蒙古稱沙漠為戈壁。地面主要由礫石構成。

3 龍沙：地區名。古時指中國西部、西北部邊遠山區和沙漠地區。

其三

不解芸鋤不糞田，一經撒種便由天。

幸多曠土憑人擇，歇兩年來種一年。

注釋

1 芸鋤：除草。芸通耘。

2 糞田：施肥於田。

3 撒種：播種。

4 曠土：廢置不耕之荒地。

其四

字名哈特勢橫斜，點畫雖成尚可加。

廿九字頭都解識，便矜文雅號毛喇（注：官文作莫洛，讀平聲。）。

注釋

1 哈特：維吾爾文字。

2 矜：自誇，自恃。

3 毛喇：譯言上人。

其五

歸化於今九十秋，憐他人紀未全修。
如何貴到阿奇木，猶有同宗阿葛抽（注：阿奇木之妻也）。

注釋

1 歸化：歸順，同化。
2 人紀：人立身處世之綱紀。
3 阿奇木：謂官。

其六

金穀都從地窖埋，空囊枵腹不輕開。
阿南普作巴郎普，積久難尋避債臺。
（注：借債者母錢謂之阿南普，子錢謂之巴郎普。）

注釋

1 空囊：錢袋空空。沒錢。
2 枵腹：空腹，空著肚子。指飢餓。音ㄒㄧㄠ ㄈㄨˋ。

其八

不從土偶折腰肢，長跽空中納禡茲。
何獨叩頭麻乍爾，長竿高掛馬牛氂。

注釋

1 土偶：用泥土塑成之偶像。
2 折腰肢：彎腰。鞠躬拜謁。
3 長跽：長跪。兩膝著地，上腿和上身挺直而跪。納禡茲，即天帝。跽，音ㄐㄧˋ。

4 鬣：長毛。音ㄌㄧㄝˋ。

其九

亢牛婁鬼四星期，城市喧闐八柵時。
五十二番成一歲，是何月日不曾知。

注釋

1 亢牛婁鬼：「中國」古天文學家，把繞天一周的黃道與赤道兩側範圍內的恆星，分為二十八星座，每星座皆以星官命名，作為觀測天象日月行星運轉位置的座標。一周天分四個方位，每個方位以四種動物相配，叫四象。每象各有七宿。二十八宿以北斗星斗柄弧線所指的角宿算起，由西向東依次排列。東方七宿像一條青龍，角是龍角，氐房是龍身，尾箕是龍尾，叫蒼龍，有角、亢、氐、房、心、尾、箕；北方叫玄武（黑龜、或指龜蛇），有斗、牛、女、虛、危、室、壁；西方叫白虎，有奎、婁、胃、昴、畢、觜、參；南方叫朱鳥（朱雀），有井、鬼、柳、星、張、翼、軫。

2 喧闐：聲音大而嘈雜。音ㄒㄩㄢ ㄊㄧㄢˊ。

3 八柵：八個營寨。《舊唐書》〈高崇文傳〉：「成都北一百五十里有鹿頭山，扼兩川之要，闢築城以守，又連八柵，張犄角之勢以拒王師。」

其十

城角高臺廣樂張，律諧夷則少宮商。
葦笳八孔胡琴四，節拍都隨擊鼓鏜。

注釋

1 樂張：設樂，演奏音樂。
2 律：音律。
3 夷則：古代樂律名。十二律之一。樂律陰陽各六，陽律第五為夷則。
4 宮商：皆為五音之一。古人通常以宮作為音階之第一級音。商之音清勁而淒厲。
5 葦笳：蘆笳。古代的一種管樂器。以蘆葉為管，管口有哨簧，管面有音孔，下端範銅為喇叭狀，吹時用指啟閉音孔，以調音節。葦，蘆葦。
6 鏜：鐘鼓聲。

其十一

廈屋雖成片瓦無，兩頭榱桷總平鋪。
天窗開處名通溜，穴洞偏工作壁廚。

注釋

1 榱桷：屋椽。音ㄘㄨㄟ ㄐㄩㄝˊ。

其十二

亦有高樓百尺誇，四圍都被白楊遮。
圓形愛學穹廬樣，石粉圍成滿壁花。

注釋

1 穹廬：用以居住之圓頂帳篷。又叫氈帳。即蒙古包。

其十三

準夷當日恣侵漁，騎馬人來直造廬。
窮戶僅開三尺竇，至今依舊小門閭。

注釋

1 準夷：準噶爾部。為衛特拉蒙古四部之一。原在天山北路一帶遊牧，後以伊犁為中心，勢力漸及天山南路。夷，古代對異族之泛稱。
2 恣：放縱，任憑。音ㄗˋ。
3 侵漁：掠奪別人之財物，如同漁夫捕魚。
4 造廬：造門，上門。到別人家。
5 竇：孔穴。
6 門閭：城門與里門。

其十四

村落齊開百子塘，泉清樹密好尋涼。
奈他頭上仍氈毳，一任淋漓汗似漿。

注釋

1 百子塘：百子池。古代宮中池名。《三輔黃圖》〈池沼〉：「七月七日（高祖）臨百子池，作于闐樂。」
2 毳：粗糙之毛織品。音ㄘㄨㄟˋ。
3 淋漓：沾濕。

其十五

豚彘由來不入筵，割牲須見血毛鮮。
稻粱蔬果成抓飯，和入羊脂味總羶。

注釋

1 豚彘由來不入筵：回族不食豬肉。豚，小豬，音ㄊㄨㄣˊ；彘，豬，音ㄓˋ。
2 抓飯：用手抓東西吃。
3 羶：羊的氣味。音ㄕㄢ。

其十六

桑葚纔肥杏又黃，甜瓜沙棗亦餱糧。
村村絕少炊煙起，冷餅盈懷喚作饢。

注釋

1 桑葚：桑樹結之果實。葚，音ㄕㄣˋ。
2 餱糧：乾糧。餱，音ㄏㄡˊ。
3 饢：麵包。本波斯語，清人譯作餑餑。音ㄋㄤˊ。

其十七

宗親多半結絲蘿，數尺紅絲散髮拖。
新帕蓋頭扶上馬，巴郎今夕捉秧歌。

注釋

1 絲蘿：菟絲、女蘿。結絲蘿，結婚姻。
2 蓋頭：古代婚禮用以蒙遮新娘頭臉之方巾。

其十八

河魚有疾問誰醫？掘地通泉作小池。
坦腹兒童教偃臥，臍中汩汩納流澌。

注釋

1 坦腹：裸露肚子。
2 偃臥：仰面臥著。偃，音一ㄢˇ。
3 汩汩：水急流聲。音ㄍㄨˇ ㄍㄨˇ。
4 流澌：河水解凍時流動的水。

其十九

赤腳經冬本耐寒，四時偏不脫皮冠。
更饒數丈纏頭布，留待纏尸不蓋棺。

注釋

1 脫皮冠：脫下皮帽。
2 纏尸：纏繞屍體。

其二十

樹窩隨處產胡桐，天與嚴寒作火烘。
務恰克中燒不盡，燎原野火入宵紅。

注釋

1 燎原：火燒原野。

其二十三

荒程迢遞阻沙灘，暑月征途欲息難。
卻賴回官安亮噶，華人錯喚作闌干。

注釋

1 征途：行程，旅途。
2 息：休息。
3 回官：回族官員。
4 安亮噶：回疆官員姓名。
5 華人：漢人。以別於藏族。

其二十四

關內惟聞說教門，如今回部歷輶軒。
八城外有回城處，哈密伊犁吐魯番。

注釋

1 說教：宗教信託宣傳教義。
2 門：宗教之派別。
3 回部：即回疆。
4 輶軒：古代天子之使臣所使用之輕便車子。音ㄧㄡˊ ㄒㄩㄢ。

鄭開禧

字迪卿，號雲麓，福建龍溪人。嘉慶十九年甲戌進士，官至廣東糧儲道。著有《知守齋集》。

〈鷺門竹枝詞〉

賠得妝奩費萬千，鄰家嫁女共喧傳。
誰知嬌婿回門後，已賣膏腴十頃田。

注釋

1 鷺門：地名。即廈門。
2 妝奩：女子出嫁時之陪嫁物品。音ㄓㄨㄤ ㄌㄧㄢˊ。《十二石山齋詩話》:「閩越嫁女，率多厚奩。」
3 回門：舊俗新婦於入夫家三日後，偕同夫婿回到娘家拜見父母，叫回門。

觀　瑞

字竹樓，滿洲正白旗人。舉人，累官江西糧道。著有《竹樓詩集》。

〈瓊州竹枝詞〉

四時皆夏雨連綿，落遍花紅是木棉。
樹底鵑聲啼徹夜，故教懶婦不成眠。

注釋

1 瓊州：海南島之別稱。
2 木棉：木棉花。
3 徹夜：整夜。
4 教：使。

袁　潔

號蠡莊，又號玉堂居士。江蘇桃源縣人。嘉慶六年辛酉拔貢，歷官金鄉知縣。著有《蠡莊詩話》、《出戍詩話》。

〈戈壁竹枝詞〉

袁潔《出戍詩話》:「過安西至哈密相去千餘里，並無城郭村市，惟住宿處所荒店數家而已。行客須帶米菜等物，藉以果腹，且有須帶水者。其沙蹟荒灘，水草不生，呼為戈壁，所謂苦八站是也。余戲成〈竹枝詞〉云云。」

其一

戈壁荒涼寸草無，從來八站苦征夫。
油鹽米菜須籌備，莫漫匆匆便戒途。

注釋

1 戈壁：蒙古稱沙漠為戈壁。地面主要由礫石構成。
2 漫：隨意，任意。
3 戒途：準備出發、上路。

其二

腰站無多住站遙，到來店舍太寥寥。
可憐漆黑煙薰屋，苦雨淒風度此宵。

注釋

1 腰站：中間之驛站。
2 住站：居住之驛站。
3 寥寥：稀疏。

其三

又無棹椅又無床，入戶尖風透骨涼。
枵腹更兼愁內冷，熬茶先要著生薑。

注釋

1 尖風：銳利的冷風。
2 枵腹：空腹，空著肚子。指飢餓。音ㄒㄧㄠ ㄈㄨˋ。

其四

塵沙填塞客腸枯，到處源泉問有無？
格子煙墩真沒水，囑君早早製葫蘆。

注釋

1 格子煙墩：地名。

陸 費

初名恩洪，字玉泉，號春飄。浙江桐鄉人。嘉慶十三年戊辰副貢，官湖南巡撫。著有《真息齋詩鈔》四卷。

〈湘江竹枝詞〉二首

其一

斑竹涓涓淚尚零，望湘亭上弔湘靈。
孤篷聽雨巴陵岸，一夜愁心滿洞庭。

注釋

1 斑竹：《廣群芳譜》〈竹譜〉〈斑竹〉：「斑竹即吳地稱湘妃竹者，其斑如淚痕。《續竹譜》云世傳二妃將沈湘水，望蒼梧而泣，灑淚染成斑。」
2 涓涓：細水漫流。

3 零：徐徐下降。
4 望湘亭：亭名。
5 湘靈：湘水之神。傳說即堯之二女，舜之二妃。
5 陵岸：登岸。

其二

三十六灣蘆荻秋，飛花如雪撲郎舟。
請看今夜灣灣月，雙宿鴛鴦已白頭。

注釋

1 蘆荻：蘆與荻。皆植物名。

邊士圻

字芸坪，直隸任邱人。官知縣。

〈竹枝詞〉

淺水盈盈漾綺紋，中間十里兩城分。
參天大樹千章合，一抹遙空拖綠雲。

注釋

1 盈盈：水清淺貌。
2 漾：水之波光搖盪。
3 綺紋：彩紋。色澤美麗之花紋。
4 兩城分：袁潔《出戍詩話》：「余於癸未冬杪抵烏魯本齊，即古之輪臺，今之迪化也。有滿、漢二城，滿城都統駐之，漢城提督駐之。二城相去十里，往來車馬絡繹，轂擊肩摩，居然都會。其中合抱之樹不可計數，俗呼為樹窩子。」

5 參天：高入天際。
6 章：大材。
7 一抹：塗抹一筆之意思。每用以比喻輕微之痕跡。
8 綠雲：比喻樹葉青綠茂盛。

王士桓

字公端，號毅庵。山西鳳臺人。道光六年丙戌進士，官河南確山縣縣令。著有《郎陵詩集》十二卷。

〈河工竹枝詞〉十首選六

其一

今歲河工異往年，章程雖定尚遷延。
運來料物都觀望，耽擱遲開數十天。

注釋

1 河工：治理河流之工事。包括修築河堤、疏浚河道等。也指黃河之防洪工程。
2 遷延：延後耽擱。拖延。

其二

巨萬朱提已發來，緣何購料尚徘徊？
從知利析秋毫計，誰念寒威日漸催。

注釋

1 朱提：銀之別名。因朱提產銀。
2 利析秋毫：理財精細明察。秋毫，比喻微細之事物。

3 寒威：冷冽之寒氣。

其三

安瀾節喜是重陽，派委人員督促忙。
十月已經看過半，動工日尚費商量。

注釋

1 安瀾：清代主管河工人員，每年秋泛後平安渡過而無潰決，則上報朝廷，稱之為安瀾奏報。

其四

調到南河數百兵，旁觀袖手論風生。
米薪坐耗多繁重，此項銷將何項名？

注釋

1 南河：黃河。
2 論風生：談笑風生。形容善於言談。

其五

小雪初交大雪飄，豐年表瑞入歌謠。
河干雲集人千萬，那得都將榾柮燒？

注釋

1 小雪：節候名。二十四節氣之一。在國曆十一月二十二或二十三日。
2 河干：河邊。
3 榾柮：斷木頭，樹疙瘩。可以代炭。音ㄍㄨˇ ㄉㄨㄛˋ。

其六

手足胼胝傭趁多，墮膚裂指奈寒何！
縱然官吏勤催督，日短工長任譴訶。

注釋

1 手足胼胝：胼手胝足。因勞動過度，手腳皮膚久受磨擦，生出厚繭，在手是胼，在腳是胝。形容不辭勞苦，努力工作。
2 傭趁：傭工，受雇用之工人。趁工，做臨時工。
3 譴訶：譴責申叱。音ㄑㄧㄢˇ ㄏㄜ。

〈新春河工竹枝詞〉四首選三

其一

甫入新春報合龍，緣何新埽又遭衝？
只因渠引未通暢，多少人漂大溜中！

注釋

1 合龍：疏通河道時修建堤岸，完成合口工程。
2 埽：古時治河工程中用來維護堤岸之草包。音ㄙㄠˋ。
3 渠引：河水導引。
4 溜：急流。

其二

東壩偏教埽走多，平時工作定如何？
暗藏火柱虛鑲埽，人說因由太刻苛。

注釋

1 走：走作，改變原樣。
2 暗藏火柱虛鑲埽：河工偷藏火柱焚燒洩忿。偽裝堤岸之草包。火柱，火把。

其四

土木天價任開銷，究竟窮民未裕饒。
惹得眾心齊抱恨，敢將秸料肆焚燒。

注釋

1 開銷：花費、支付。
2 裕饒：富裕。
3 秸料：禾莖、秫秸、柳枝等用來雜和泥土，作為築隄岸防洪之材料。肆焚燒，肆意放火洩恨。秸，音ㄐㄧㄝ。

無名氏

〈都門竹枝詞〉六首

其一〈時尚〉

多多益善是封條，拉扯官銜宋字描。
遠代旁枝搜括盡，直將原任溯前朝。

注釋

1 都門：京城。
2 封條：封閉房屋或器物上字條。通常在上面書寫封閉日期及政府機關名稱或個人姓名。
3 拉扯：牽引。
4 宋字：宋體字。
5 旁枝：旁系親屬。
6 搜括：搜索尋找；徵收，掠財物。

其二〈京官〉

轎破簾幃馬破鞍，熬來白髮亦誠難。
糞車當道從旁過，便是當朝一品官。

注釋

1 簾幃：竹簾和帷幔。

其三〈候選〉

昔年黃榜姓名聯，此日居然掌選銓。
堂上點名堂下應，教人不敢認同年。

注釋

1 候選：清制，京官自郎中以下，地方官自道員以下，凡初由考試或捐納入仕，以及原官因故開缺，依例起後，皆須赴吏部報到，聽候依法選用，稱為候選。
2 黃榜：金榜。即發布殿試成績之榜文。
3 選銓：考量入材，以選官、舉士。

其四〈考試〉

短袍長褂著鑲鞋，搖擺逢人便問街。
扇絡不知何處去，昂頭猶去看招牌。

注釋

1 鑲鞋：鑲銅木鞋。底部鑲銅片之高根木鞋。
2 銜：官階，官銜，頭銜。
3 扇絡：扇上纏絲飾物。
4 招牌：商店作為標誌之牌子。

其五〈教館〉

一月三金笑口開，擇期啟館託人催。
關書聘禮何曾見，自僱驢車搬進來。

注釋

1 關書：舊時聘請私塾教師之文書。

其六〈觀劇〉

坐時雙腳一齊盤，紅紙開來窄戲單。
左右並肩人似玉，滿園不向戲臺看。

注釋

1 戲單：開列戲名以及演員之姓名，事先備好單子，以供觀賞之人點唱。

薛　約

江蘇江陰人。清嘉慶年間人。

〈臺灣竹枝詞並序〉二十首選十五

乾隆丙午、丁未年間，臺灣林逆滋事。雖閱邸報傳聞異詞，覆檢《臺灣縣志》閱之，因得備稔其風土之異，遂作〈臺灣竹枝詞〉二十首。越二十年，而家雲廬出宰斯邑，續修《縣志》。《志》成，郵歸付梓，余得預校讐之役；因檢原稿，附入末卷。不揣固陋，用質纂輯諸公。

其一

海外偏隅竄奪頻，天教歸命版圖新。

澎湖一戰如神助，靖海軍威震海濱。

（注：靖海侯施琅進剿，海潮驟漲四尺，遂克澎湖。）

注釋

1 林逆：林爽文，臺灣人，居彰化。乾隆時組織天地會以反清復明。

2 邸報：朝廷之官報。

3 家：家族。

4 付梓：刻板印刷。梓，音ㄗˇ。

5 校讐：校勘。

6 質：就正，請人評量。

7 纂輯：編輯。纂，音ㄗㄨㄢˇ。

8 偏隅：偏遠地方。

9 竄奪：逃竄強奪。

10 歸命：歸順，順從。

11 版圖：指國家。

12 施琅：福建晉江人。康熙廿二年率軍攻克廈門，渡海在澎湖攻打，擊敗鄭氏。後主張將臺灣列入中國版圖，建制設防，鞏固海疆，封為靖海侯。

其三

番女妖嬈善雅音，私歡貓踏遞情深。
幽窗月色涼如水，每到更闌聽嘴琴。
（注：嘴琴長六、七寸不等，以絲及木皮之有音者為絃。）

注釋

1 妖嬈：妖艷嫵媚。音一ㄠ ㄖㄠˊ。
2 貓踏：又謂「貓達」，原住民語，意為未婚之男子。

其四

客室醇醪勸酌便，香罏作盞漫留連。
樹頭摘得檳榔獻，土物須知分外鮮。

注釋

1 醇醪：純厚之美酒。音ㄔㄨㄣˊ ㄌㄠˊ。
2 便：適宜。音ㄆㄧㄢˊ。

其七

親迎沿途鼓樂喧，采旛花轎檣盈門。
海疆風俗猶循禮，堪笑中華易結婚。
（注：臺俗婚娶行親迎禮。）

注釋

1 采旛：彩色之旗子。旛，音ㄈㄢ。
2 檣：帆。

其八

七日旋車謁婦翁，中堂開宴禮偏隆。
絕憐暨月供帷榻，款接兼旬不暨豐。
（注：新婦及婿七日後同謁岳父母，曰旋車。岳家款留至一、二月，曰暨月。）

注釋

1 中堂：堂中。即堂之正中央。
2 絕憐：極憐。
3 帷榻：設帷以障蔽之床。
4 暨豐：小豐。

其九

演劇迎神遠近譁，艷粧處處競登車。
阿郎推挽出門去，指點紅塵十里賒。

注釋

1 推挽：由後推進，由前牽引。
2 紅塵：飛揚塵埃。
3 賒：長。

其十

一種纖籐繞樹陰，柔條嫋嫋軟難任。
盤來纖手爭誇示，絕勝閨中纏臂金。
（注：金絲籐細而軟，番女盤於手以為飾。）

注釋

1 嫋嫋：柔弱纖細。音ㄋㄧㄠˇ ㄋㄧㄠˇ。
2 任：承當。音ㄖㄣˊ。
3 絕勝：絕對勝過。

其十一

積薪煨芋飽晨昏，人說山中傀儡番。
果腹不須分甲乙，淳風偏讓野人敦。

注釋

1 積薪：採集或堆積之木柴。
2 煨芋：置芋於炭中烤熟。煨，音ㄨㄟ。
3 淳風：淳樸之風俗。

其十二

見說果稱梨仔拔，一般滋味欲攢眉。
番人酷嗜甘如密，不數山中鮮荔支。
（注：番石榴一名梨仔拔。）

注釋

1 見說：聽說。
2 攢眉：心有不快，眉頭攢蹙而不舒展。音ㄘㄨㄢˊ ㄇㄟˊ。
3 酷嗜：非常喜愛。

其十三

清秋夜月皎如霜，蘆笛聲聲調遠颺。
一種淒涼吹徹曉，頓令客子斷離腸。

注釋

1 客子：寄居外地之人。
2 斷離腸：比喻離情極度高傷或思念。

其十四

纔過乞巧結緣天，好事頭家漫醵錢。
海口紅燈燃百盞，中元普渡又喧闐。

注釋

1 結緣：臺俗，七夕，家供織女，食螺螄，以為明目，煮豆拌裹洋糖，同龍眼、芋頭分餉，名曰結緣。
2 醵錢：斂集眾人之錢。即湊錢。醵，音ㄐㄩˋ。

其十五

山雲海氣夜霏微，侵曉猶看露未晞。
一任三春無雨澤，不嗷瓜果少生機。

注釋

1 霏微：迷濛貌。
2 侵曉：拂曉。
3 晞：乾。
4 三春：春天三月。
5 生機：生存之機能。

其十六

獨木為舟兩槳劃，水沙連裡水流斜。
山居饒有江湖樂，種得浮田好作家。

注釋

1 水沙連：地名。在南投縣魚池鄉日月潭附近。

其十七

潮生魚扈得魚多，生小江頭狎水波。
但願終年風信少，七鯤身裡掛魚簑。

注釋

1 魚扈：插在水裡，阻擋魚類，以便捕捉之竹柵欄。
2 狎：熟習。
3 風信：應季節而來之風。

其十八

一逕濃陰傍舍栽，亭亭森秀勝疏槐。
從渠酷暑清涼甚，好作羲皇海嶠來。
（注：屋前後多植檳榔木。）

注釋

1 逕：小路。
2 亭亭：聳立的樣子。
3 渠：彼，他。
4 羲皇：指伏羲氏。
5 海嶠：海濱多山之地方。嶠，音ㄐㄧㄠˋ。

劉家謀

字仲為，一字芑川。福建侯官人。清道光十二年（1832）中舉，道光二十六年（1846）以大挑初任寧德訓導。道光二十九年（1849）調臺灣府任訓導。咸豐三年（1853）卒。著有《外丁卯橋居士初稿》、《東洋小草》、《斫創詞》、《開天宮詞》、《操風瑣錄》、《鶴場漫志》、《海音詩》、《觀海集》。

〈臺海竹枝詞〉十首

其一

臺牛澎女總勞躬，八罩何須羨媽宮。
至竟好公誰嫁得？年年元夜學偷蔥。

（注：澎地一切種植俱男女並力，然女更勞於男，諺云：「澎湖女人臺灣牛」，言勞苦過甚也。八罩、媽宮，並澎湖地名，八罩人極貧，媽宮稍豪富，諺云：「命低嫁八罩，命好嫁媽宮」。元宵未字之女必偷人蔥菜，諺云：「偷得蔥嫁好公；偷得菜嫁好婿。」。）

其二

插簪纔定更添粧，阿已爭誇對媽良。
儂似紫姑長送嫁，教茶時節看人忙。

（注：昏禮無力者，止煩親屬，女眷送銀簪二，名曰插簪子。女家先期送及親友，親友為之添粧，曰粲粧。番語阿已，男子也。媽良，美婦也。紫姑，送嫁婦也，笄醮酒母命之，是日教以跪拜進退，獻於舅姑、尊長之禮，謂之「教茶」。）

其三

刺桐花下執長鞭，載得紅粧照眼鮮。

不為牆頭偷老古，春來麻達總成仙。

（注：番無年歲，不辭四時，以刺桐花開為一度。每當花紅草綠之時，整潔牛車，番女梳洗盛粧飾，登車往鄰社游觀，麻達執鞭為之前驅。澎俗元宵未配之男，竊取他家牆頭老古石，諺云：「偷老古，得好婦」。番語未娶者稱「麻達」，已娶者稱「老仙」。）

其四

夜深軋軋響牛車，盼斷東風消息花。

月影朦朧郎識得，綠珊瑚裡是儂家。

（注：牛車挽運百物，月夜不絕聲。「消息」即刺毬，色黃。綠珊瑚有枝無葉，丫叉狀類珊瑚，其汁甚毒，沾人肌肉皆爛，臺人屋居前後遍樹之，以為樊蔽。）

其五

襍貨來憑鼓報知，卻招賣肉角先吹。

錚錚聲向門前過，莫是貓鄰薩鼓宜。

（注：搖鼓丁東，俗呼賣襍貨，各村婦倍償其值，尺布寸絲，每延至收穫而還。賣肉者吹角。番未受室謂之「貓鄰」，又謂之「貓達」。專司舖遞、卓機輪、鈴鐸之屬，曰「薩鼓宜」，佩之行則有聲。）

注釋

1 受室：娶妻，成家。

其六

結好徒傾打喇酥，相思漫吸淡巴菰。

手牽手放尋常事，一口檳榔萬恨無。

（注：番語酒曰「打喇酥」，煙曰「淡巴菰」。娶妻曰「牽手」，去妻曰「放手」。閭里詬誶，輒易搆訟，親到其家送檳榔數口，即可消怨釋忿。）

其七

一封書去太匆匆，隔斷橫洋路不通。

郎似麥花儂似黍，爭教開並月明中。

（注：一封書，小船名。臺與廈隔七百里，號曰橫洋，中有黑水溝，色如墨，曰墨洋。南方麥花多開於夜，臺則如北地，然食多亦不覺熱。黍米夜間開花，居民多不食。）

其八

郎船可有風吹否？新婦啼時郎識無。

怕郎不見遍身苦，勸郎且作回頭烏。

（注：「風吹否」，魚名。「新婦啼」，魚名，狀本鮮肥，熟則拳縮，意取新婦未諳，恐被姑責也。「遍身苦」，魚名，身有花點。烏魚每冬至前去大海，散子後引子歸原港，曰「回頭烏」。）

其九

防半防初計較量，破帆屈鱟亙天長。

顛狂生怕麒麟颶，不使歸舟過墨洋。

（注：凡六、七月多生颱，海上人謂「六月防初，七月防半」。凡颶將至，則天邊斷虹，先見一片如船帆者，曰「破帆」，稍及半天如鱟尾者，曰「屈鱟」。狂飆怒號，轉覺灼體，風過後，木葉焦萎如爇，俗謂之「麒麟颶」。）

其十

椰樹檳榔共一邊，開花結子自年年。

鬧聽節裡池荷發，應使儂家早見蓮。

（注：檳榔不與椰樹並栽，則花而不實。元旦至元宵，好事少年裝束仙鶴獅馬之類，踵門呼舞，以博賞賚，金鼓喧天，謂之「鬧廳」。臺地氣暖，正月梅桃蓮菊有見齊開者。）

施瓊芳

清臺灣縣治（今臺南市）人。道光十七年拔貢。道光二十五年恩科進士，詮選六部主事，久滯京曹。嗣補江蘇知縣，未就職，乞養回臺。尋任海東書院山長。著《石蘭山館遺稿》。

〈盂蘭盆會竹枝詞〉四首

其一

大地風飈紙蝶灰，浮屠舊事目蓮開。
花瓜初罷穿針會，又見盂蘭薦福來。

注釋

1 盂蘭盆會：世俗在農曆七月十五日，請僧誦經施食，以百物供三寶，相傳可救七世父母。
2 浮屠：佛。
3 目蓮：釋迦牟尼佛弟子目蓮，為尋找母親青提夫人，遍歷地獄，經過千辛萬苦，終於依仗佛力救出母親。是流傳很廣之民間故事。
4 花果初罷穿針會：相傳每年七夕時，牛郎織女二星在天河相會，因織女工織衽，舊時婦女穿針設瓜果以祭拜，稱為乞巧。
5 薦福：祭神以求福。

其二

六道三魔孰見真？瑤壇不少拜經人。
倒懸無限人間苦，偏是冥曹解脫頻。

注釋

1 六道三魔：六道是佛教中所說之地獄道、餓鬼道、畜生道、修羅道、人道、天道。根據佛教輪迴之說法，凡有生命之眾生，都要隨他的業力在這六道內輪迴。三魔，即煩惱魔、天魔、死魔。
2 瑤壇：仙人之居處。
3 倒懸：盂蘭盆，佛家語，義譯為倒懸，比喻死者之苦。
4 冥曹：陰間官吏。地府陰間之官府。
5 解脫：佛家語。即脫離一切煩惱之束縛，此心自在之意。

其三

玉京花果記遺文，人海喧闐會若雲。
十萬河燈齊放夜，棠梨月冷鮑家墳。

注釋

1 玉京花果記遺文：道教於中元日作元都大齋，獻於玉京山，採諸花果異物、幡幢寶蓋，精膳飲食，獻諸聖眾。道士於其日夜，講誦《老子經》。十方大聖，高詠靈篇，囚徒惡鬼，一切飽滿，免於眾苦。
2 喧闐：聲音大而嘈雜。闐，音ㄊㄧㄢˊ。
3 棠梨：植物名。

其四

給孤園內靡金錢，懺遍空王願力堅。
祝與酆宮妖霧散，笙歌燈火太平年。

注釋

1 給孤：佛家語。「給孤獨」長者之略稱。義為善施。
2 靡：分散。
3 懺：梵語懺摩之省稱。自陳懊悔之意。音ㄔㄢˋ。
4 空王：佛之別名。
5 酆：酆都。相傳酆都大帝宮殿，即森羅殿。亦指酆城，即地獄。

黃　敬

字景寅。淡水關渡人。原籍福建同安。清咸豐四年（1854）歲貢。著有《易經義報存編》、《易義總編》、《古今占法》、《觀潮齋詩集》等。

〈基隆竹枝詞〉

萬頃波濤一葉舟，無牽無絆衹隨流。
須臾滿載鱸魚返，販伙爭估鬧渡頭。

注釋

1 一葉舟：比喻小船，輕舟。
2 販伙：賣貨商人。
3 沽：買。

黃逢昶

字曉墀。湖南湘陰人。清光緒八年奉委至宜蘭推放城捐事。著有《臺灣生熟番記事》。

〈臺灣竹枝詞〉六首

其一

鰲頭砥柱梗中流，千里臺疆水上浮。
滄海雲濤環四面，我來疑即是瀛洲。

注釋

1 鰲：海中大鰲。
2 砥柱梗中流：中流砥柱。
3 瀛洲：海上三神山之一。

其二

驅車走馬白雲灣，遊遍銀山又玉山。
造物不知何愛寶？教人莫掛杖頭還。

注釋

1 造物：造物者。創造萬物之主。
2 杖頭：杖端。《晉書》〈阮籍傳〉：「性簡任，不修人事，……常步行，以百錢挂杖頭，至酒店，便獨酣暢，晏如也。」

其三

忽訝空中振鐸聲，樵逢穀口問山名。
道儂且住聞天語，鐸子峰前鐸自鳴。
（注：鐸子山，臺北府屬，空中有聲如鐸，故名。）

注釋

1 振鐸：搖鈴。
2 天語：上天之詔諭。

其四

潛伏深淵不計年，魚頭仰臥正朝天。
化龍飛去知何日？得水從今躍海邊。
（注：魚頭山，臺北府屬，山似鯉魚朝天，故名。）

其五

孤山笑口為誰開？龜息千年欲出來。
漫道斧柯今莫假，蓬萊宮闕正需才。
（注：龜山，宜蘭縣屬，有老龜千數觔，嘗現身。）

注釋

1 孤山：指龜山島。
2 龜息：呼吸調息如龜。可以吸氣維生，不飲不食而長生。
3 斧柯：斧頭木柄。比喻政權。
4 蓬萊宮闕：蓬萊宮。唐代宮名。遺址在陝西省長安縣東。

其六

作霖有願代天工，欲雨何眠亂石中？
不信臥龍崗在上，請看燭照海門紅。

（注：《山海經》：「燭龍照天」。臺北有石燭炕，亂石參天，光如燭照。天將雨，即有聲如龍，又呼龍洞。）

注釋

1 霖：久雨。甘霖。
2 天工：天職。指天道當行之事情。
3 燭龍：鍾山神名。一名燭陰。為神話中之神獸，人面龍身，在西北無日之處，銜燭以照幽陰。《楚辭》〈屈原．天問〉：「日安不到，燭龍何照？」

陳肇興

字伯康，號陶村。彰化人，道光末年入白沙書院，咸豐八年（1858）舉於鄉。築所居古香樓，讀書歌詠以自娛。同治元年（1862），戴萬生變，先生慨然投筆從戎，彰化城陷，隻身冒險，逃入南投之集集，日則奮練悍民，支援官軍誅叛逆，夜則秉燭賦詩。事平，設教於鄉里。著有《陶村詩稿》、《咄咄吟》等書。

〈械鬥竹枝詞〉四首

其一

無人拓殖不居功，動輒刀槍奮起戎。
利益均霑天地義，強爭惡奪是歪風。

注釋

1 械鬥：聚集眾人，持武器毆鬥。明、清時，閩、粵一帶已極普遍，《泉州府志》〈風俗〉：「雍正十二年上諭：朕聞閩省漳、泉地方，民俗強悍，好勇鬥狠，而族大丁繁之家，往往恃其人力眾盛，欺壓卑寒，偶因雀角小故，動輒糾黨械鬥，釀成大案。」後來閩、粵人移居臺灣，因土地爭執，而產生大規模之械鬥，計清統治二六八年中，有二十八次大械鬥，雙方有一千人以上參與。此等械鬥包括閩人、粵人；閩人中又有泉州人、漳州人。泉州人復有晉江、惠安、南安三縣（頂郊）與同安縣（下郊）之「頂下郊拼」。尤其滿清利用地方矛盾，以鞏固統治，更助長械鬥之發生。如閩人朱一貴反清，清廷即利用屏東客家人來攻打朱一貴。

2 拓殖：闢地殖民。

3 利益均霑：創造利潤，同享利益。

其二

淡水環垣病最多，漳泉棍棒粵閩戈。
因牛為水芝麻釁，一鬥經年血漲河。

注釋

1 環垣：四面圍以土牆。

2 芝麻：芝麻小事。

3 釁：閒隙。可乘之機會。音ㄒㄧㄣˋ。

其三

災及後龍彰化間，禍延錫口至宜蘭。
羅東亦效相殘殺，人命如絲似草菅。

注釋

1 錫口：地名。即今臺北市松山。
2 人命如絲似草菅：草菅人命。視人命如茅草一般輕賤。喻不重視人命，輕易殺人。

其四

起爭紛爭數十年，時停時作互牽連。
腥汙血染開疆史，斲喪菁英笑失筌。

注釋

1 開疆：開拓疆土。
2 斲喪：傷耗，破壞。斲，音ㄓㄨㄛˊ。
3 腥汙血染：腥血污染。腥血，腥氣之生血。
4 失筌：得魚忘筌。筌，取魚竹器。《莊子》〈外物〉：「筌者所以在魚，得魚而忘筌。」

〈赤嵌竹枝詞〉十五首

其一

纔過羅山喜鵲呼，人家籬落綠珊瑚。
朱甍碧瓦連茅屋，合作丹青水墨圖。

注釋

1 羅山：地點。即今之嘉義。
2 綠珊瑚：植物名。一名綠玉，樹多亞枝，而無花葉，色綠可愛。沿海植以為籬。或雲種自呂宋。
3 甍：屋棟屋脊。音ㄇㄥˊ。

其二

春牛埔接鯽魚潭，綠竹蒼松翠色參。
萬頃良田環郡郭，勸農人在聚星庵。

注釋

1 春牛埔、鯽魚潭：皆地名。春牛埔在臺南大東門外。鯽魚潭在臺南小東門外，溉田甚多，望之若湖，故《縣志》有「鯽潭霽月」之景，潭魚極肥，鄭氏取以供膳。今淤。

其三

汐社當時萃列仙，《福臺新詠》幾流傳。
東山風月渾如昨，不見詩人二百年。

注釋

1 汐社：宋朝謝翱會友之所。
2 《福臺新詠》：為明末清初，沈光文及諸多詩人唱和之作。據連橫《臺灣詩乘》之記載：「清人得臺，遊宦漸集，斯庵亦老矣，猶出而結詩社，名曰：『東吟』，所稱《福臺新詠》者也。斯庵作序，載臺灣文存，是為詩社之始。序中所列十四人，曰無錫季蓉洲麒光、曰宛陵韓震西又琦、曰金陵趙蒼直龍旋、曰福州陳克瑄鴻猷、曰無錫鄭紫山廷桂、曰武林韋念南渡、曰福州翁輔生德昌、曰無錫華蒼崖衮、曰會稽陳易佩元圖、曰金陵林貞一起元、曰上虞屠仲美士彥、曰福州何明卿士鳳、曰泉州陳雲卿雄略、曰寧波沈斯庵光文。而張鷺洲《瀛壖百詠》末章云：「《福臺新詠》萃群英，調絕音希孰繼聲。」註謂《東寧詩》一名《福臺新詠》。四明沈光文、宛陵韓又琦、關中趙行可、會稽陳元圖、無錫華衮、鄭廷桂、榕城林弈、丹霞吳蕖、輪山楊宗城、螺陽王際慧，前後唱和之作。聞吳有《桴園詩集》，楊有《碧浪園詩》，按鷺洲所註之人，與〈東吟社序〉略有不同。東吟社中唯季蓉洲為諸羅知縣，著《海外集》一卷，林貞一為府經歷，餘皆流寓，無可考。《福臺新詠》亦久失傳。

其四

清華水木說澄臺，曾學劉郎去又來。
屈指斐亭雙鐵樹，十年兩度見花開。

注釋

1 清華水木：形容園林池沼清亮明麗。
2 澄臺：臺名。在臺南市斐亭之左，高四丈餘，東挹群山，西臨巨海，故《府誌》有「澄臺觀海」之景。臺為高拱乾建，乾隆間蔣允焄修之，光緒初，夏獻綸復建。今毀。
3 劉郎去又來：唐詩人劉禹錫有〈元和十一年自郎州召至京戲贈看花諸君子詩〉：「玄都觀裡桃千樹，盡是劉郎去後栽。」又作〈再遊玄都觀〉：「百畝庭中半是苔，桃花淨盡菜花開。種桃道士歸何處？前度劉郎今又來。」
4 斐亭：在臺南道署內，康熙三十二年，巡道高拱乾建，莊年修之。亭之左右多竹，風晨月夜，謖謖有聲，故有「聽濤」之景，光緒十四年，唐景崧出任臺灣巡撫，葺而修之，常邀僚屬為文酒之會，在亭內拈題選句，作擊缽詩。

其五

水淺蓬萊海又乾，安平晚渡踏成阡。
鴻泥回首滄桑改，只閱春光十二年。

注釋

1 水淺蓬萊海又乾：東漢時仙人王方平降蔡經家，召麻姑至。謂方平曰：「接侍以來，已見東海三為桑田，向到蓬萊，水又淺於往者，會時略半也，豈將復還為陵陸乎？」
2 安平晚渡：為臺灣八景之一。安平為臺南之外港。
3 鴻泥：雪泥鴻爪。雪地上偶然留下之鴻雁爪印。比喻往事遺留之痕跡。也指人生際遇不定，蹤跡無常。
4 滄桑：比喻時勢之變遷或人事之變化。為滄海變桑田之省稱。

其六

東溟西嶼海潮通，萬斛泉源一葉風。
日暮數聲欸乃起，水船都泊水仙宮。

注釋

1 東溟：東海。
2 西嶼：島名。在今澎湖縣西嶼鄉。
3 欸乃：形容行船搖櫓之聲音。一說船夫所唱之歌聲。音ㄞˇ ㄋㄞˇ。

其七

新妝幾隊綰雙鴉，小蓋相攜半面遮。
絕似芙容出水來，一枝葉護一枝花。

注釋

1 綰：束髮，結髮。
2 雙鴉：雙髻，女子年幼所梳之丫髻。
3 蓋：傘。

4 絕以：極似。
5 芙蓉出水：比喻清秀出塵。

其八

一曲紅綃不論錢，青樓幾處鬥嬋娟。
年來吃盡人間火，瘦骨輕鬆似劍仙。

注釋

1 紅綃：紅絲巾。白居易〈琵琶行〉：「五陵年少爭纏頭，一曲紅綃不知數。」
2 青樓：妓院。
3 嬋娟：形容美好貌。

其九

水仙宮外是儂家，來往估船慣吃茶。
笑指郎身似錢樹，好風吹到便開花。

注釋

1 估船：商船。
2 錢樹：妓女。舊時妓院中鴇母把妓女當作搖錢樹。

其十

銀絲鱠斫正頭烏，二八佳人捧玉壺。
但乞郎如魚有信，一年一度到東都。

注釋

1 銀絲：白色絲狀。

2 鱠斫：細切魚片。
3 東都：永曆十五年（1661）鄭成功攻克臺灣，改臺灣為東部。

其十一

龍船四月鼓鼕鼕，錦纜牙檣鬥晚風。
兩岸夕陽照金碧，紫標都插浪花中。

注釋

1 錦纜牙檣：錦色纜繩與象牙般的白色帆柱。
2 金碧：黃金碧玉之色。
3 紫標：紫色錦標。錦標，授給競賽優勝者之旗幟。白居易〈和春深詩〉：「齊橈爭渡處，一匹錦標斜。」

其十二

荷蘭城外一聲雷，鑼鼓喧闐幾處催。
儂向南鯤賽神去，郎從北港進香來。

注釋

1 荷蘭城：即赤嵌城。在今臺南市。荷蘭人所建。清初倒塌失修，今只留磚砌土臺和古炮（非原物），稱為安平古堡。
2 喧闐：聲音大而嘈雜。音ㄒㄩㄢ ㄊㄧㄢˊ。
3 南鯤：南鯤身。臺南市西南海中原有七鯤身嶼，自南而北，綿延七島，其最南端者稱為南鯤身。
4 賽神：祭祀以報答神明。
5 北港：地名。在雲林縣。

其十三

紅毛樓下草昏昏，訪古人爭說北園。
霸業銷沈歌舞歇，空留初地在沙門。

注釋

1 紅毛樓：赤嵌樓。在今臺南市。荷蘭人所建，鄭成功作為承天府辦事所，後經戰亂、地震，屋頂樓房都傾倒，今所存只樓牆是舊物。
2 北園：別墅名。在臺南北門外，鄭經所建，以奉董夫人（鄭經生母），康熙廿九年改為海會寺，即今開元寺。
3 沙門：依佛教戒律出家修道之人。

其十四

梅子黃時雨滿溪，纍纍佛果證菩提。
當壚十五丫頭女，手把鸞刀劈鳳梨。

注釋

1 佛果：佛教認為成佛是持久修行所得之果。
2 菩提：佛家語、是覺、或正覺、道的意思。
3 當壚：賣酒。

其十五

檳榔蔞葉逐時新，箇箇紅潮上絳唇。
寄語女兒貪黑齒，瓠犀曾及衛夫人。

注釋

1 蔓葉：苳藤葉。
2 紅潮：兩頰泛起之紅暈。
3 瓠犀：瓠瓜之子。因排列整齊，色澤潔白，故常用來比喻美人之牙齒。瓠，音ㄏㄨˊ或ㄏㄨˋ。
4 衛夫人：晉人。汝陰太守李矩之妻。工書法，尤擅長隸書，師學鍾繇。鍾公評其書法如碎玉壺之冰，爛瑤臺之月，婉若芳樹，穆若清風，王羲之曾從之學書。

〈南臺江竹枝詞〉二首

其一

南臺江下水湯湯，兩岸人家漲膩香。
日暮珠簾都捲起，一奩秋水照梳妝。

注釋

1 南臺江：江名，在福州城外，一名白龍江。
2 湯湯：大水急流、水勢盛大之樣子。
3 膩：滑潤。
4 奩：婦女梳妝用之鏡盒。音ㄌㄧㄢˊ。
5 秋水：比喻鏡子。

其二

石馬江連海水長，東西兩峽似瞿塘。
送郎不過磨心塔，郎自磨心妾斷腸。

注釋

1 石馬江：江名。
2 瞿塘：瞿塘峽。在四川省奉節縣東，為長江三峽之首。
3 磨心塔：塔名。

李逢時

字泰階，噶瑪蘭（今宜蘭）人。咸豐十一年（1861）辛酉科拔貢。少好遊歷。同治元年（1862）三月應臺灣道兼學政孔昭慈之聘為西賓。同治四年（1865）因噶瑪蘭陳、林、李三姓械鬥事件受牽累，避亂大湖莊，此後仕途不遂。

〈竹枝詞〉（郡寓作）四首

其一

客中多少是鄉紳，到郡通稱草地人。
娃館接來大嫖客，打恭卻道相公親。

注釋

1 郡寓：指噶瑪蘭（今宜蘭）之寄居地。
2 鄉紳：鄉里中之官吏或讀書人。
3 娃館：宮女之館舍。也用來作娼妓聚集之館舍。
4 打恭：打恭作揖。躬身長揖。
5 相公：舊時對富貴人家子弟或年少士人之尊稱。

其二

少婦新妝最艷穠，花間陌上恰相逢。
手搴珠箔輕輕下，不肯瞅人卻覷儂。

注釋

1 搴：拔取。音ㄑㄧㄢ。
2 珠箔：用珠子綴成之簾子。箔，音ㄅㄛˊ。
3 瞅：注視。音ㄑㄧㄠˋ。
4 覷：窺伺，看。音ㄑㄩˋ。

其三

笙歌簇擁秀才行，少婦爭看遍郡城。
兩鬢金花簪得好，舊生原不及新生。

注釋

1 金花：以金所作之花飾。
2 簪：插、戴。

其四

賣菜街頭喝「四紅」，兒曹據地鬥烏龍。
雄心不肯潰圍走，𧏙蟋算來還未慵。

注釋

1 四紅：猜拳用語之一。
2 烏龍：蟋蟀。
3 潰圍：衝出重圍。

4 戇：愚蠢剛直。
5 慵：懶惰。

查元鼎

字小白。浙江海寧人。出身書香門第，其祖為清初著名詩人查慎行。元鼎於道光末年來臺。同治元年（1862），戴萬生事起，查氏途中遇戴軍被擄，後蒙林占梅等人營救脫險，事平後，寓居竹塹（今新竹市），日以詩酒為樂。晚年益窮，而守益堅，著述不輟，每逢潛園文酒之會，輒被推為盟主。詩歌外，亦長於篆刻。

〈澎湖竹枝詞〉五首

其一

聞道珊瑚海底生，從茲石亦得「文」名。
寶光好遣蛟龍護，錯采渾疑鬼斧成。

注釋

1 珊瑚海底生：澎湖群島海岸多珊瑚礁。
2 石亦得文名：澎湖產文石。
3 寶光：道家稱天上之異光。
4 錯采：色彩錯雜。
5 鬼斧成：鬼斧神工。形容製作、技藝之精巧，非人工所能為。

其二

司更籠贈白斑鳩，服軛驅將烏牸牛。
島峙海中三十六，不生草木盡平頭。

注釋

1 司更：掌管報更。
2 軛：牛馬拉物件時駕在脖子上之器具。音ㄜˋ。
3 牸：母牛。音ㄗˋ。
4 島峙海中三十六，不生草木盡平頭：謂澎湖群島有卅六小島，草木不生。

其三

寒窗搖曳一燈青，捲地風聲徹夜聽。
百尺濤頭飛作雨，撲簾猶是帶龍腥。

注釋

1 一燈青：一青燈。
2 徹夜：通宵，整夜。
3 龍腥：龍之腥味。

其四

日日風號日日晴，打頭破屋讀書聲。
蔡家進士官江右，李孝廉崇太白名。

注釋

1 蔡家進士：指清朝澎湖唯一之進士蔡廷蘭，字香祖，號鬱園。道光二十四年（1844）進士。歷官峽江知縣、南昌水利同知、豐城知縣等。
2 孝廉：明、清稱舉人為孝廉。李孝廉，即李正青。

其五

玲瓏石築短迴牆，簷下窗開尺許長。
能避狂風能避暑，家家魚蟹作餱糧。

注釋

1 玲瓏：形容器物之精巧。
2 餱糧：乾糧。餱，音ㄏㄡˊ。

周長庚

字辛仲，亦作莘仲，又字味禪。福建侯官人。同治元年（1862）舉人，遷建陽教諭。光緒十年（1884）調署彰化縣學。

〈臺灣竹枝詞〉十三首選四

其二

早春籬落菊花叢，破臘圓荷小沼東。
最是麒麟中夜颶，滿天黃葉下南風。

注釋

1 籬落：籬笆。
2 破臘：殘臘，歲末。
3 中夜：半夜。
4 麒麟颶：颶風。颱之烈者，或曰火颱。

其六

紙馬聯韁絳蠟燒，登壇覡女綰雙髻。
角聲吹起天魔舞，一片蠻腔唱〈大招〉。

注釋

1 絳蠟：紅燭。
2 覡女：女巫。覡，音ㄒㄧˇ。
3 〈大招〉：舜樂名。

其八

重巒複嶂鎖瀛洲，地勢西趨下海陬。
百道溪湍漲秋色，世間無水更東流。

注釋

1 重巒複嶂：重巒疊嶂。形容山嶺重疊，極為高峻。
2 瀛洲：傳說中仙人所居之地。
3 海陬：海邊。陬，角落，音ㄗㄡ。

其九

岡山東下鬱層嵐，獨木舟來日月潭。
一槳練波風定後，荷花十頃月初三。

注釋

1 岡山：地名。在今高雄市。
2 鬱：繁盛。
3 嵐：山氣，山間之霧。
4 練波：形容潔白之波浪。練，潔白之熟絹。

羅大佑

號穀臣。江西德化（今九江縣）人。同治十年（1871）進士，以知縣錄用。曾先後任福建永安、晉江知縣。光緒十四年（1888）春，奉調至臺灣，委署臺南府篆，順道處理彰化、嘉義二縣清賦事。光緒十五年四月七日卒。

〈臺南竹枝詞〉六首

其一

鹿耳真天險，波濤無日無。
春殘風信轉，沙湧更何如？

注釋

1 鹿耳：鹿耳門。
2 天險：天然險要。
3 風信：應季節而來的風。因有準期，故稱為信。

其二

布穀催耕早，嘉禾熟麥秋。
入冬仍秀實，一歲而豐收。

注釋

1 布穀：鳥名。其鳴聲似布穀。播種時期常聞其鳴聲，古人以為勸耕之鳥。
2 嘉禾：穀粒又多又大之禾稻，古時以為吉祥之象徵。

3 麥秋：指農曆四月麥子成熟之時候。
4 秀實：禾穀開花結實。秀，禾開花；實，結實。

其三

城西歌舞場，當門皆艷妝。
何因矜黑齒，鎮日嚼檳榔。

注釋

1 矜：顧惜。
2 鎮日：整日。

其四

城啟牛車入，歸時趁晚霞。
衹防逢狹路，爭道互喧嘩。

注釋

1 喧嘩：鬧聲嘈雜。

其五

蜥蜴本無聲，遍緣四壁鳴。
宵深聞嘎嘎，翻訝鳥支更。

注釋

1 蜥蜴：爬蟲類。棲息於田野叢間，捕食小形動物。此處係詠與蜥蜴外形相似之壁虎。壁虎，即守宮。

其六

怪爾緡蠻鳥，籠來別有情。
畫眉眉不畫，無乃負虛名。

注釋

1 緡：昏昧。
2 畫眉：鳥名。眼上方有眉狀之白紋。食昆蟲及穀物。可供飼養。

吳德功

字汝龍，號立軒。彰化人。同治十三年（1874）中秀才。著有《戴案紀略》、《施案紀略》、《瑞桃齋詩稿》、《瑞桃齋文稿》等。

〈臺灣竹枝詞〉十一首

其一

荷蘭恃險據東瀛，鹿耳鯤身漲忽生。
戰退紅毛開赤嵌，至今尸祝鄭延平。

注釋

1 恃險：憑仗形勢之險要。
2 東瀛：喻指臺灣。
3 鹿耳：鹿耳門。島名。原在臺灣七鯤身嶼及北線尾嶼以北。一六六一年四月鄭成功率軍到臺灣最先登陸之地點。
4 鯤身：七鯤身。原為臺灣南市西南海中之古島嶼，自南而北，綿延七島。十七世紀荷蘭人曾在此建熱蘭遮城。鄭成功收復臺灣後，改城名為王城或安平城。俗稱赤嵌城。

5 紅毛：指荷蘭人。
6 赤嵌：赤嵌城。
7 尸祝：立尸而祝禱。引申為崇敬之意。
8 鄭延平：延平郡王鄭成功。

其二

乾坤東港水東流，世界婆娑萬派收。
見說臺山風景異，溪潮西去不回頭。

注釋

1 乾坤：日月。
2 東港：東方港口。
3 婆娑：舒展。
4 見說：聽說。
5 臺山：臺灣。

其三

數椽茅屋自成家，遍地叢生不識花。
守夜無煩刁斗警，村村都樹竹籬笆。

注釋

1 數椽：數間。椽，音ㄔㄨㄢˊ。
2 刁斗：古代軍中用具。銅質，有柄，能容一斗。白天用來炊飯，夜晚敲鳴，用來報更巡邏。

其四

縛籐編竹繫溪邊，敷遍塗泥作陌阡。
何必千年纔換劫，霎時滄海變桑田。

注釋

1 陌阡：田間小路。東西為陌；南北為阡。
2 換劫：古印度傳說世界歷經千萬年毀滅一次，重新再開始。
3 霎時：片刻。形容極短暫之時間。
4 滄海變桑田：比喻世事多變，人生無常。

其五

蓮開冬月菊迎年，風物云何此變遷？
可是東瀛天氣暖，唐花不及此娟娟。

注釋

1 唐花：培植於溫室之花。
2 娟娟：明媚。

其六

家中婦女坐蘭房，不識機絲報七襄。
少小嬌孃閒寂寞，戲將羅襪繡鴛鴦。

注釋

1 蘭房：美稱女子所居之室。
2 機絲：織機之絲。
3 七襄：織女織文之數。
4 羅襪：絲作的襪。

其七

春茶初熱采綿延，儂在山坡郎在巔。
香葉盈筐歸去晚，笑將玉臂倚郎肩。

注釋

1 盈筐：滿筐。筐為用竹編成之方形盛物器。

其八

檳榔佳種產臺灣，荖葉蠣灰和食般。

十五女郎欣咀嚼，紅潮上頰醉酡顏。

注釋

1 荖葉蠣灰和食般：荖葉和牡蠣殼燒成的灰並食。般，眾多。

2 紅潮：兩頰泛起之紅暈。

3 酡顏：因喝酒而臉紅。

其九

衣裳紅紫妙新裁，贅婿多年笑口開。

聞道夫回頻蹙頞，怕郎歸去不歸來。

注釋

1 蹙頞：皺眉。頞，音ㄜˋ。

其十

小西門外女當家，大西門外女賣花。

賣花笑煞當家苦，香味消時月影斜。

其十一

喜鵲紛紛繞樹棲，臺陽慣聽此禽啼。

而今地氣由南轉，逐隊飛鳴過虎溪。

注釋

1 臺陽：即臺灣。
2 虎溪：虎尾溪。

〈番社竹枝詞〉六首

其一

番社男女織耕勻，風俗無分富與貧。
今尚結繩追上古，無懷氏民葛天民。

注釋

1 番社：臺灣過去原住民居住之部落。
2 結繩：文字發明前一種幫助記事之方法，相傳大事打大結，小事打小結。生番凡與人約，結繩以記，日解其一，至期而畢，與人易物，亦用結繩，償之不爽。
3 無懷氏：上古地王之號。
4 葛天：葛天氏。傳說為上古時帝王。是遠古社會理想化之政治領袖人物。

其二

番女懷春笑口開，漢郎晤對喜天來。
相邀攜手同歸去，不用冰人只自媒。

注釋

1 冰人：舊稱媒人為冰人。

其三

社番鄰近慣相仇，畫界分疆自結儔。
偕老百年鸞鳳侶，不愁夫婿覓封侯。

注釋

1 畫界分疆：畫定界線，區分疆土。
2 結儔：結成朋友。儔，音ㄔㄡˊ。

其四

土番嗜鬥性難回，秋夏相交殺氣開。
可巧社商趨避熟，春來夏去不逢災。

注釋

1 趨避：急走避開。

其五

貨物偕來有易無，金錢珠玉本難輸。
社丁狡黠多謀利，壟斷居奇賤丈夫。

注釋

1 狡黠：詭詐。黠，音ㄒㄧㄚˊ。
2 壟斷：全盤控制及操縱，獨佔其利。
3 居奇：將貨物積存起來，以待貨少時高價出售而謀取暴利。

其六

和戎五利計謀深，其奈頑番類獸禽。
反覆難平鋒鏑事，要他不叛在攻心。

注釋

1 和戎：與番民言和。
2 鋒鏑：刀刃和箭頭。泛指武器。鏑，音ㄉㄧˊ。
3 攻心：利用心戰，使敵人順服。

傅于天

字子亦，彰化人。清同光年間生員。著有《肖岩草堂詩鈔》。

〈葫蘆墩竹枝詞〉三首

其一

頭纏紅錦耳垂璫，一髻新梳墮馬粧。
傳說歌聲雜閩粵，男爭倒篋女爭囊。

注釋

1 葫蘆墩：地名。即今臺中市豐原區。
2 璫：耳珠，耳環。音ㄉㄤ。
3 墮馬粧：墮馬髻。婦女髮髻名。為東漢梁冀妻孫壽所創之髮型，髮髻斜側在腦後。

其二

登場媚眼轉秋波，錯雜箏絃徹夜歌。
莫笑優人爭射利，好官不過得錢多。

注釋

1 媚眼：令人迷惑之眼神。

2 秋波：形容女子之眼睛如秋水般澄澈。
3 徹夜：整夜。
4 優人：優伶。演戲之人。

其三

三三兩兩候疏籬，相近相親話片時。
渠愛勾留儂愛去，儂愁阿母責歸遲。

注釋

1 渠：他。
2 勾留：逗留。
3 責：責備。

施士洁

名應嘉，字澐舫，號芸況，又號喆園，晚號耐公。臺南人，進士施瓊芳次子。光緒三年進士，點內閣中書。性放誕，不喜仕進，歸里掌教於白沙、崇文、海東等書院。後入唐景崧幕，與丘逢甲等人日夕酬唱。乙未割臺，攜眷內渡，寓居於福建省晉江西岑，時往來於廈門、福州間。和林爾嘉、鄭毓臣等臺灣內渡文士，詩酒流連。宣統三年任同安縣馬巷廳長。民國六年，應聘入閩修志局；既而寄居鼓浪嶼，鬱鬱而終。著《後蘇龕合集》。

〈臺江新竹枝詞〉三十首選十

其一

昌蒲綠酒正酣時，浪跡臺江譜〈竹枝〉。
一枕神雞遊子夢，定情誰是可人兒？

注釋

1 臺江：一說指福建之南臺江。閩江經南臺島稱南臺江，上有江南、萬壽兩石橋，頗著名。一名白龍江。《明一統志》：「南臺江，在福州府城十五里，江滸有越王釣臺。」一說臺江則指臺灣鹿耳門之內海。《重修臺灣縣志》：「鹿耳門嶼，距縣治西北二十五里，內為臺江；外為大海，水中浮沙突起，右為加老灣；左為北線嶼。形似鹿耳，鎖鑰全臺。」臺江之內海，為史載十七世紀臺灣南部之一座大潟湖，此湖位於臺南海峽邊，為臺南外海沙洲與海岸線中間所圍繞而成，長約數十公里。

其二

何處吹簫弄玉仙？年時十五月初圓。
情天欲證童真果，三宿空桑亦夙緣。

注釋

1 吹簫弄玉仙：秦穆公時蕭史善吹簫，穆公之女兒弄玉因此喜歡他，乃結為夫婦。
2 童真：指受過十戒之沙彌。
3 空桑：佛門。
4 夙緣：舊緣。

其三

半襉羅裳著意紅，小開卿莫罵東風。
個儂非想非非想，祇在花魂宕漾中。

注釋

1 襉：裙幅之褶子。音ㄐㄧㄢˋ或ㄐㄧㄢˇ。
2 羅裳：羅裙。
3 著意：留意。
4 小開卿莫罵春風：連橫〈臺南竹枝詞〉其十一，亦有此句，文字雷同，其典故不詳。
5 非非想：想入非非。
6 花魂：花之靈魂。花之精神。
7 宕漾：蕩漾。

其四

眼中紈袴少年場，刮膜如何向老傖。
蜂蝶相隨渾不管，此身懶作楚蓮香。

注釋

1 紈袴少年：出身富厚，不學無術之人。袴，音ㄎㄨˋ。
2 刮膜：中醫術名。指治療肓膜之病。肓膜在腹臟之間，藥力難及，治療不易。
3 老傖：輕視他人之詞。傖，音ㄘㄤ。
4 楚蓮香：唐名妓之名。《開元天寶遺事》：「都中名姬楚蓮香，國色無雙，出則蜂蝶相隨，蓋慕其香也。」

其五

合歡雙蠟照深更，暱枕羞聞喜鵲鳴。
驚起比鄰諸姊妹，悄開窗戶探春聲。

注釋

1 深更：半夜。
2 暱：親近。
3 比鄰：近鄰。

其六

濃熏未麗透羅幃，花露勻鋪上睡衣。
鼻觀真禪儂自領，鬢香幽絕汗香微。

注釋

1 羅幃：絲織之簾幕、帳幕。
2 花露：用花汁製成之香水。

其八

蒼霞洲畔短長橋，處處龍舟蕩畫橈。
羅襪淩波觀競渡，萬花影裡一垂髫。

注釋

1 蒼霞：蒼色雲。
2 蕩畫橈：搖船，划船。畫橈，船之美稱。
3 羅襪淩波：羅襪，絲製之襪。淩波，形容美人步履輕盈。
4 垂髫：古代男童腦門處留髮，其餘剃光，僅存腦門之頭髮下垂，後因稱兒童或童年為垂髫。

其九

曲中絃語訴喃喃，才上歌場已不凡。
綺歲便為商婦感，有人老大濕青衫。

注釋

1 喃喃：喃喃細語。多言。
2 綺歲：年少之時。
3 老大濕青衫：老大，年長。白居易〈琵琶行〉：「座中泣下誰最多？江州司馬青衫濕。」

其十

輕移綵鷁傍鷗鄉，坐愛明蟾臥愛涼。
人月雙圓如此夜，教郎水宿學鴛鴦。

注釋

1 綵鷁：飾以綵帶之舟。
2 鷗鄉：群鷗棲息之沙洲。
3 坐：因，緣，由於。
4 明蟾：月。

其十二

江樓上坐暑都忘，雪藕冰梅取次嘗。
別有文園消渴疾，丁香珠唾勝瓊漿。

注釋

1 雪藕：白色蓮藕。
2 取次：隨意，任意。
3 嘗：嚐。
4 文園消渴疾：文園，本是漢文帝之陵墓。司馬相如曾任孝文帝陵園令，後人於詩文中遂以文園作為司馬相如之代稱。司馬相如患有消渴症（糖尿病）。

5 丁香：比喻女子之舌頭。
6 瓊漿：玉漿。比喻美酒。

李振唐

江西南城人。清光緒十二年（1886）宦遊臺灣。著有《宜秋館詩詞》。

〈臺灣竹枝詞〉四首

其一

冬殘草尚綠成圍，廣漠風中試袷衣。
笑客莫驚春太早，秧針田內正初肥。

注釋

1 袷衣：無棉絮之雙層夾衣。袷，音ㄐㄧㄚˊ。
2 秧針：指水稻秧苗的葉尖如針。

其二

四時景物總芳菲，夾岸人家隱翠微。
赬色風帆青布襪，檳榔雨裡掉船歸。

注釋

1 四時景物總芳菲：四季如春。芳菲，花草。
2 夾岸：兩岸。
3 翠微：青山。
4 赬色：深紅色。赬，音ㄔㄥ。

其三

斑鳩聲裡叫春晴，綠水如環抱畫城。
閒步夕陽林上路，家家疊鼓賽延平。

注釋

1 抱：圍繞。
2 疊鼓：輕輕地連續擊鼓。
3 賽：祭祀以報答神明。
4 延平：延平郡王鄭成功。

其四

瓜皮艇子水如油，蜑婦山花插滿頭。
日日江邊嬉水罷，一生不識別離愁。

注釋

1 瓜皮艇子：瓜皮船。一種小船。
2 蜑：古代南方水上居民，以船為家。音ㄉㄢˋ。

康作銘

字子驥。清光緒年間廣東南澳人。

〈遊恆春竹枝詞〉十二首

其一

萬說山城僅一重，天開書案映臺峰。
山川自有文人趣，林下潭深故號龍。

注釋

1 書案：泛指官府處理公事或法庭審理刑獄之文書案件。

其二

宿雲籠樹萬峰平，纔聽樵聲忽鳥聲。
最愛山腰林密處，炊煙一縷晚來升。

注釋

1 山腰：半山處。
2 炊煙：用火煮飯之煙。

其三

海內名山二十餘，生成古跡作仙居。
瑯嶠竟有洞天在，可附上清補道書。

注釋

1 瑯嶠：恆春之舊名。
2 洞天：道家稱仙人所居之處。
3 上清：上清觀。道觀名。在江西省龍虎山上。相傳為漢朝張道陵修煉之地。
4 道書：道經。

其四

落山風信勢偏驕，萬竅怒號送海潮。
倡狂不管杜陵屋，輸與長亭酒幔飄。

注釋

1 落山風信：落山風。
2 竅：洞孔。音ㄑㄧㄠˋ。
3 杜陵屋：杜甫詩〈茅屋為秋風所破歌〉。
4 長亭：古代每十里置驛站，稱長亭。
5 酒幔：酒旗。

其五

泥因積雨漾成渠，平麓迷離怕秋餘。
過客欲行行不得，村南村北盡牛車。

注釋

1 漾：水流長遠。
2 麓：山林。
3 迷離：模糊不明。

其六

媒定紅絲禮不差，村莊自是古風家。
其間一語渾難解，何事翁姑叫按耶？

注釋

1 古風：古人之風尚。

其七

儘多健婦把春犁，頭戴壺餐走隴西。
稚子荷蓑郎荷笠，風光入畫好留題。

注釋

1 隴：田埂。音ㄌㄨㄥˇ。

其八

不學雲鬟淺淡妝，芳唇一點是檳榔。
逢儂亦要羞迴避，莫薄田家窈窕娘。

注釋

1 雲鬟：形容婦女之頭髮捲曲如雲。
2 薄：鄙視。

其九

眼見山番跳戲奇，婆娑謾舞作嬌癡。
排成雁陣頻招手，甜酒教儂飲一卮。

注釋

1 婆娑：舞蹈之樣子。
2 謾舞：曼舞。
3 嬌癡：嬌小天真而不解世故。
4 雁陣：群雁飛行時所排列之整齊隊形。
5 一卮：一杯。卮，音ㄓ。

其十

雉尾斜簪尺許高，圍裙一角氣麤豪。
腰間別有傷心物，不是鸞刀即雁刀。

注釋

1 雉尾斜簪：頭上斜插雉尾。雉，鳥名。
2 麤豪：粗豪。粗魯豪放。麤，音ㄔㄨ。
3 鸞刀：刀環上飾有金鈴之刀子。
4 雁刀：雁翎刀。刀名。因形狀似雁鳥之翎毛，故名。

其十一

不關茅屋與疏籬，箇裡清虛俗未知。
若遇騷人能點綴，春簷定有老梅枝。

注釋

1 箇裡：這裡。
2 清虛：清幽。
3 俗：俗人。
4 點綴：裝飾。襯托。

其十二

我今託跡恆之湄，課罷閒來寫〈竹枝〉。
寫得〈竹枝〉關底事，聊將俚語當新詩。

注釋

1 託跡：寄託形跡。
2 恆之湄：恆春海邊。
3 底事：何事。
4 俚語：粗俗之口語。常帶有方言性。俚，音ㄌㄧˇ。

胡　徵

字如澄，清光緒年間廣西桂林人。

〈恆春竹枝詞〉八首選六

其一

漫說恆春太寂寥，城中街市兩三條。
居民盡是他鄉客，一半漳泉一半潮。

注釋

1 漫說：莫說。
2 一半漳泉一半潮：一半漳州、泉州移民，一半是潮州移民。

其二

最怕秋冬兩季中，颱風去後落山風。
居民習慣渾閒事，反說無風瘴氣濛。

注釋

1 瘴氣：山林間腐敗物因濕熱氣蒸發鬱積而成之癘氣。人接觸或吸入即病。
2 濛：蒙。覆蓋。

其三

縣城西去是柴城，村婦番婆結伴行。
多少山花偏不戴，昂頭任重步輕盈。

注釋

1 柴城：即今屏東縣車城。
2 任重：負載重物。

其四

盤頭一辮好青絲，莫笑儂粧未合時。
（注：婦女挽髻者少，多係打辮盤頭。）
嚼得檳榔紅滿口，點唇不用買胭脂。

其五

頭上威風簪雉尾，腰間亮雪佩鸞刀。
（注：生番娶妻，頭插雉尾。平時即鳥翮雞羽，選其長者亦插之。）
相聞更有驚人處，酒漉頭顱飲倍豪。

其六

義塾番童四處收，蓬頭跣足語啁啾。
也知三五團圞坐，放學歸來又牧牛。

注釋

1 義塾：舊時免收學費之私塾。
2 蓬頭跣足：髮亂赤足。跣，音ㄒㄧㄢˇ。
3 啁啾：細碎之聲音。音ㄓㄠ ㄐㄧㄡ。
4 團圞坐：團聚。

屠繼善

浙江會稽人。清貢生。光緒間纂修《恆春縣志》。

〈恆春竹枝詞〉（乙未元旦作）十首選六

其一

多少嬰郎好拜年，各人笑給百文錢。
紅繩貫得琅琅響，爭買潮州要貨天。

注釋

1 嬰郎：小兒。

其二

相邀彳亍上三臺（注：縣城主山。），俯視城鄉在水隈。
莫道生番歸化久，山深防有野番來。

注釋

1 彳亍：小步地走，或欲行又止之樣子。音彳ˋ 彳ㄨˋ。
2 水隈：水邊。隈，音ㄨㄟ。
3 歸化：歸服而受教化。

其三

海外難逢家己郎（注：猶言一家人，見同姓者之稱。），一經見面送檳榔。
盍哉不重親親誼（注：如何也。）？族大才能冠一方。

其四

荒山處處是柴寮，淺目拖延番禍招。
奉告宰官先解此，番兇那得比民刁。

注釋

1 柴寮：儲存柴木之房屋。
2 淺目：山租。
3 宰官：指官員。

其五

落山風勢埒颱風，害否惟分晴雨中。
（注：重陽至清明，大風曰落山風，恆邑病農以此為最。）
一日無風悶不解，風來瘴去話從同。

注釋

1 埒：齊等，同等。音ㄌㄜˋ。

其六

唐山郎自客莊來，欲去番婆郎自媒。
學得番言三兩句，挂名通事好生財。

注釋

1 唐山郎：大陸移民來臺之漢人。
2 客莊：客家莊。
3 通事：能翻譯原住民語言之人員或官吏。

吳子光

原名儒，字士興。後因業師宋心珠（名其光）之觬，改今名。號芸閣，別署雲壑，晚年自號鐵梅老人或鐵梅道人。原籍廣東嘉應州白渡堡，嘉慶二十四年（1819）生，屢試不進，道光十七年（1837）渡臺，寄籍淡水，以課館為業。咸豐二年（1852）在竹塹（今新竹）、貓裏（今苗栗）設帳授徒。同治四年（1865）中舉。同治七年參與《淡水廳志》之修撰。光緒二年（1876）應聘主講文英書院。是年，彰化望族三角仔（在今臺中市神岡區）呂氏新構筱雲山莊，聘子光設教其中。丘逢甲寓居筱雲山莊，並受教於子光。著有《經餘襍談》、《芸閣山人集》、《小草拾遺》、《三長贅筆》、《一肚皮集》等。

〈滬尾竹枝詞〉五首

其一

滬尾南鄰竹塹疇，分疆界至土牛溝。
三貂一水成乖限，左擁崙山右嶺球。

注釋

1 滬尾：地名。淡水之舊名。
2 竹塹：地名。新竹之舊名。塹，音ㄑㄧㄢˋ。
3 疇：田地之分界。
4 土牛溝：地名。
5 三貂：三貂嶺。在今新北市東部。
6 乖限：界限。

7 崙山：龜崙山。其東麓即今桃園縣之鶯歌，南嶺即今桃園縣之龜山。
8 嶺球：獅球嶺。在基隆港南端，分隔基隆港與臺北盆地。地勢高，成為扼守基隆內港之重要據點，清朝於此築砲臺。清法戰爭時，林朝棟率清兵在此擊敗法軍，清法戰爭後，劉銘傳鑿通獅球嶺，建隧道，溝通基隆與臺北。
9 光緒元年（1875）至光緒十二年（1886）間，臺灣之行政區域分為臺南府及臺北府。臺北府轄新竹縣、淡水縣、基隆廳及宜蘭縣。淡水縣南鄰新竹縣，以頭重溪、土牛溝為界，東至三貂嶺，與太平洋交界，左擁崙山，右擁獅球嶺，與基隆廳交界。

其二

荊蓁瘴癘古荒區，謫放流民混宿逋。
（注：明鄭時，常徙罪人於此，使與逋逃者雜處。）
淡水溪寬航運利，商風人氣蕩煙蕪。

注釋

1 荊蓁：荊，灌木，叢生而無刺。蓁，密林。音ㄓㄣ。
2 瘴癘：南方暑熱地區流行之疾病。
3 謫：罰罪。
4 流民：難民，因災害或戰亂、貧困而流亡在外之人。
5 宿逋：積欠已久之賦稅。逋，音ㄅㄨ。

其三

林胡張郭共稱賢，築州攔溪遍灌田。
樹藝欣欣畦陌接，民番富庶競超前。
（注：林指林成祖；胡指胡焯猷；張指張必榮；郭指郭元汾；皆先後悉力興建水力者。）

注釋

1 樹藝：種植。指栽種果木、穀物、蔬菜等。
2 畦陌：田埂。

其四

建縣移時拭目觀，文風日啟海天寬。
番婆改習新歌舞，胥吏紛嫌苜蓿盤。
（注：淡水於光緒初設縣，治艋舺。）

注釋

1 拭目：擦拭眼睛，急於看見。表示有所期待。
2 胥吏：古代官署中掌理文書之小吏。音ㄒㄩ ㄌㄧˋ。
3 苜蓿盤：盛苜蓿之盤子。世俗用為嘲笑小官冷清貧苦之詞。也用以形容教師之清苦生活。

其五

猛晉狂奔大稻埕，後來居上更繁榮。
商家集結無旁顧，滬尾從茲失盛名。
（注：光緒十三年，臺灣建省，大稻埕取代艋舺為北部貿易中心，淡水縣旋亦廢。）

注釋

1 猛晉狂奔：突飛猛進。
2 大稻埕：地名。在今臺北市大同區。
3 滬尾：即今淡水。
4 從茲：從此。

丘逢甲

本姓丘，因雍正皇帝為避孔子諱，強令改姓為「邱」，辛亥革命後，恢復姓為丘。本籍廣東蕉嶺，先人遷居臺灣，同治甲子年（1864）生於銅鑼灣（即今苗栗銅鑼鄉）。字仙根，又字仲閼。號蟄仙、蟄庵。廿六歲中進士，任工部虞衡司主事，到署不久，即告假返臺，講學於臺南崇文書院、嘉義羅山書院、臺中衡文書院等。中日甲午戰爭後，助唐景崧組織臺灣民主國抗日，失敗後內渡，回廣東故鄉，從事教育工作，自署臺灣遺民。民國成立，改名滄海。曾代表廣東到南京參加組織臨時政府，辛勞病死。著有《柏莊詩草》、《嶺雲海日樓詩鈔》。

〈臺灣竹枝詞〉四十首

其一

唐山流寓話巢痕，潮惠漳泉齒最繁。
二百年來蕃衍後，寄生小草已深根。

注釋

1 〈臺灣竹枝詞〉：據丘菽園《倉海詩話》之記載：「記歲丁亥（光緒十三年，西元一八八七年），灌陽唐公薇卿以部郎請纓出關回，擢為臺澎道，下車觀風，題有〈臺灣竹枝詞〉。時南郡有妙妓四輩，同人約仙根能在三日內作〈竹枝詞〉百首無舊語，當遍招諸妓觴之。仙根笑諾。自甲夜至丙夜，已畢百首，詞皆新艷可喜，同人遂如約，仙根亦以此受知唐公。」丘念台之《嶺海微飆》一書則謂此詩係丘逢甲十四歲時應丁日昌之令而作。目前僅存四十首。

2 唐山：移民來臺人士稱其祖籍地為唐山。連橫《雅堂文集》：「臺灣固海上荒服，我民族入而拓之，以長育子孫，遙望故鄉，稱為唐山。」荒服為五服之一，指距離京城最遠的屬地。古時服事天子的邦國稱服，這些邦國，依距離天子京城的遠近而分為五等，稱為五服。

3 流寓：旅居他鄉。

4 巢痕：鳥窩的痕跡。喻指祖籍地、原居地或老家。蘇軾〈六年正月二十日復出東門仍用前韻〉：「五畝終成終老計，九重新掃舊巢痕。」

5 潮惠漳泉：指廣東省之潮州、惠州（今惠陽縣）及福建省之漳州、泉州。是早期移民來臺最多之地方。

6 齒最繁：人數最多。齒，數。

7 二百年來：指明清之際移民來臺定居已經超過兩百年。

8 蕃衍：繁盛眾多。

9 寄生小草已深根：喻由內陸來臺之移民已經紮根並定居臺灣。

其二

東寧西畔樹降旂，六月天興震疊師。
從此東周遺老盡，更無人賦〈采薇〉詩。

注釋

1 東寧：指明鄭時代的臺灣。鄭成功攻克臺灣，改臺灣為東都，永曆十八年（1664），鄭經又改稱為東寧。

2 降旂：降旗。

3 天興：鄭成功入臺之後，設一府二縣。府是承天府，二縣是天興縣及萬年縣。

4 震疊：震驚，恐懼。

5 東周：周自平王東遷迄赧王，均都雒邑，史稱東周。此處喻指明朝。
6 遺老：先帝時任用的舊臣。前朝的舊臣。指明朝舊臣。
7 采薇：周武王滅殷紂，伯夷、叔齊以為可恥，誓不食周粟，在首陽山歸隱，采薇而食，以至餓死。臨死作歌：「登彼西山兮，采其薇兮。」
8 此詩描繪明朝之亡歿。

其三

印收監國劇堪嗟，淚灑孤墳日已斜。
城北城西千萬樹，哀魂應化杜鵑花。

注釋

1 監國：太子未正式即位或君主因故不能親政，由近親代行職務，稱為監國。鄭經以長子克壓監國，號監國世孫。克壓監國時，上至董國太（鄭成功之夫人）、諸叔，下及兵民，都以禮法約束，結怨頗多，權臣馮錫範鼓勵董國太收監國相印。錫範說克壓為乳母所生，不宜繼承王位，並縊殺克壓，改由十二歲的克塽繼位。詳連橫《臺灣通史》〈建國紀〉。
2 劇：甚，極。
3 嗟：感歎。
4 孤墳：指監國世子鄭克壓之墳墓。

其四

北園荒草幾經春，監國不亡國豈淪？
若究禍端肇亡國，九原應怨董夫人。

注釋

1 北園：北園別墅。鄭經所建，以奉母。故址在今臺南開元寺。

2 淪：沈沒。淪亡。沈葆楨書監國墓云：「夫死婦從死，君亡明乃亡。」

3 禍端：禍根。

4 肇：招惹，引發。

5 九原：墓地的代稱。

6 董夫人：鄭成功之原配董氏。鄭成功之子鄭經，居廈門，與乳媼通，生子克壓，成功大怒，諭令鄭泰監殺經及董夫人，以教子不嚴。未果。時權臣馮錫範（克塽岳父）不喜克壓，鼓勵董夫人收克壓之監國相印，並縊殺克壓，由克塽繼位，實際大權由馮錫範掌握。董夫人聽說克壓是乳母所生，原只改變他的職位，但馮錫範卻殺克壓，以致對克壓之死，鬱積於懷而薨。一六八三年，清廷派施琅率水師攻澎湖，鄭軍潰敗，馮錫範等奉印至澎湖請降，克塽被送回福建南安故里，明朔亡。詳連橫《臺灣通史》〈建國紀〉。

其五

自設屏藩障海濱，荒陬從此沐皇恩。

將軍不死降王去，無復田橫五百人。

注釋

1 屏藩：屏障藩衛。屏、藩同義，都是障蔽之物。

2 障：防守。自設屏藩障海濱，謂鄭氏收復臺灣鞏固海防。

3 荒陬：荒郊。陬，角落，音ㄗㄡ。

4 沐：蒙受。

5 將軍不死降王去：施琅原為鄭芝龍部將，後降清，任水師提督。一六八三年，施琅率水師攻澎湖，鄭軍潰敗，鄭經次子克塽請降，克塽被送回福建南安故里。
6 田橫：秦末人。齊王田榮死後，弟田橫繼續統領眾人，自立為齊王。漢高祖統一全國，田橫率領徒眾五百人逃入海島，漢高祖派人招降，田橫羞為漢臣，遂自殺。

其六

師泉井上陣雲屯，夜半潮高鹿耳門。
如此江山偏捨去，年年荒草怨王孫。

注釋

1 師泉井：井名。誤傳在澎湖。傳說施琅駐兵澎湖時的汲水井，因施琅向神明祈求而井水立刻湧出，且日夜不斷因而得名。連橫《雅堂文集》：「施靖海（按即靖海侯施琅）〈師泉記〉，《臺灣府志》載於〈藝文〉，然師泉在平海澳，非在澎湖。後人遂以媽宮之井為師泉，亦附會也。」實為清康熙廿一年（壬戌，一六八二年）孟冬，施琅奉命統率舟師徂征臺灣，領兵三萬餘，駐集福建平海之澳，俟長風，破巨浪，以靖掃臺灣，是時天際暘亢，泉流殫竭。惟於天后宮廟之前，得一井，其味鹹苦。施琅乃祈求神明，不久泉流斯溢，味轉甘和，汲取以供兵眾之飲用。施琅引《易》〈師〉〈象〉：「地中有水，師。君子以容民畜眾。」之句，將泉命名為師泉，並鐫石紀異。詳施琅《靖海紀事》〈師泉井記〉。
2 陣雲：戰地氣氛，戰陣煙雲。
3 屯：聚集。
4 鹿耳門：島名。原在臺灣七鯤身嶼及北線尾嶼以北。鄭成功率軍到臺灣最先登陸的地點。後西海岸泥沙淤積，已與臺灣本島相連。約在今臺南市西北海邊魚塭地區。
5 如此江山偏捨去：謂鄭克塽降清。
6 王孫：帝王的子孫、後代。指鄭克塽。

其七

館娃遺址許禪棲，雲水僧歸日已西。
話到興亡同墜淚，可能諸佛盡眉低。

注釋

1 館娃：館娃宮。西施居住的宮殿。春秋吳王夫差所築。在今江蘇省吳縣西南。此處喻指北園別墅。為鄭經所建，以奉董夫人（鄭成功之原配），後改為海會寺，即今之開元寺。
2 禪棲：出家隱居。
3 雲水：指行腳僧或遊方道士。他們到處為家，行蹤不定，有如行雲流水。

其八

鼾睡他人未肯容，開山新議達宸衷。
荒山逐漸開磽确，草草何能便濬封。

注釋

1 鼾睡：熟睡而發出鼾聲。宋朝岳珂《程史》〈徐鉉入聘〉：「王師征包茅于煜，騎省復將命請緩師，其言累數千言，上諭之曰：『不須多言，江南亦何罪，但天下一家，臥榻之側，豈容他人鼾睡耶！』」鼾，音ㄏㄢ。
2 開山新議：指沈葆楨、劉銘傳等人之開山撫番、增置郡縣，移駐巡撫，整頓軍務，採掘煤礦、弛禁移民等。

3 宸衷：帝王的心意、關注。

4 磽确：土地貧瘠多砂石。音ㄑㄧㄠ ㄑㄩㄝˋ。

5 草草：匆忙。

6 濬封：流通水道及堵塞水患。

其九

教士都憑器識先，海東舊院暮雲連。
岱雲去作三山雨，燈火荒涼四十年。

注釋

1 教士：教師。

2 器識：器度和見識。

3 海東舊院：海東書院。在臺南市寧南門內。為兵備道課士之所，內置講堂，堂前有老榕。唐景崧因愛逢甲之才，邀至海東書院就讀。

4 岱：泰山的別名。

5 三山：古代神話傳說的三座神山，即方壺、蓬萊、瀛州。

其十

峰頭烈焰火光奇，南紀崗巒仰大維。
寄語沸泉休太熱，出山終有凍流時。

注釋

1 峰頭烈焰火光奇：臺南有關子嶺，嶺上有火從石罅冒出，而水自火中流，鄉人謂之「水火同源」。

2 南紀：南方。

3 維：維星。星宿名。

其十一

菊滿東籬荷滿地，「少寒多暖」鷺洲詩。
星軺止到雞籠島，寒徹羅衣總未知。

注釋

1 鷺洲：張湄，字鷺洲。浙江錢塘人。雍正十一年進士。於乾隆六年巡視臺灣，著《瀛壖百詠》。其詩：「少寒多燠不霜天，木葉長青花久妍。真個四時皆是夏，荷花度臘菊迎年。」
2 星軺：帝王使者所乘的車子。軺，音ㄧㄠˊ。
3 雞籠：地名：即今基隆。連横《雅堂文集》則謂雞籠嶼，澎湖群島之一。
4 羅衣：輕軟的絲織成的衣服。

其十二

浮槎真個到天邊，輕暖輕寒別有天。
樹是珊瑚花是玉，果然過海便神仙。

注釋

1 浮槎：傳說天河與大海相通，每年八月有木筏往來其間。
2 樹是珊瑚：樹名。即綠珊瑚。又名綠玉。樹多椏枝，而無花葉，色綠可愛。臺灣沿海植以為籬。或云種自呂宋。
3 花是玉：玉花。喻指玉蘭花。

其十三

水仙宮外水通潮，潮去潮來暮又朝。
幾陣好風吹得到，碧桃花下聽吹簫。

注釋

1 水仙：傳說中的水中仙人。
2 碧桃：複瓣的桃花。又名千葉桃。

其十四

竹邊竹接屋邊屋，花外花連樓外樓。
客燕不來泥滑滑，滿城風雨正騎秋。

注釋

1 客燕：外地飛來的燕子。
2 泥滑滑：鳥名。竹雞的別稱。南方人以其鳴聲泥滑滑，故稱。音ㄋㄧˊ ㄍㄨˇ ㄍㄨˇ。
3 騎秋：連橫《雅堂文集》：「臺灣降雨，南北不同。濁水以南，每當夏季，時有驟雨來自西北，謂之西北雨，滂沱而下，暑氣頓消，瞬息即霽。若至七、八月，雨淫浹長，謂之騎秋，中秋乃止。」

其十五

任他顏色照銀泥，一樣朱唇黑齒齊。
螓首蛾眉都易事，教人難覓是瓠犀。

注釋

1 銀泥：銀飾黏貼銀粉的衣裙。
2 朱唇：紅唇。朱唇黑齒，指臺人吃檳榔。
3 螓首蛾眉：額廣而眉彎。用以形容婦人容貌美麗。螓，音ㄑㄧㄣˊ。
4 瓠犀：瓠瓜的子因排列整齊，色澤潔白，所以常用來比喻美人的牙齒。瓠，音ㄏㄨˋ。

其十六

牛車轆轆走如雷，日日城東去復回。
紅豆滿車都載過，相思載不出城來。

注釋

1 轆轆：形容車行的聲音。
2 紅豆：相思子的異名。

其十七

番社曈曨曙色開，鎗雷箭雨打圍回。
黍罌酒熱朝餐早，手擘奇柑煮鹿胎。

注釋

1 番社：原住民的部落。
2 曈曨：光線由暗漸明的樣子。音ㄊㄨㄥˊ ㄌㄨㄥˊ。
3 曙色：黎明時的天色。
4 打圍：狩獵時合圍以捕禽獸，故稱狩獵為打圍。
5 罌：大腹小口的瓦器。音ㄧㄥ。
6 擘：剖分。音ㄅㄛˋ。

其十八

門欄慘綠蜃樓新，道左耶穌最誘民。
七十七堂宣詭拜，癡頑齊禮泰西人。

注釋

1 慘綠：淡綠色。

2 蜃樓：幻景。海市蜃樓。由蜃吐氣所形成的宮樓。指基督教之教堂。蜃，音ㄕㄣˋ。

3 道左：旁門邪道。

4 癡頑：愚昧頑固。

5 泰西：歐美各國。泰西人，指西洋之傳教士。

其十九

竹子高高百尺旛，盂蘭勝會話中元。

尋常一飯艱難甚，粱肉如山饗鬼門。

注釋

1 旛：幅長下垂的旗子。旛，音ㄈㄢ。

2 盂蘭：盂蘭盆。佛家弟子救渡亡魂的法會。佛教徒在每年七月十五日，設齋供養佛、菩薩及眾僧，祈求他們的法力能救先亡倒懸之苦。

3 中元：時節名。道教以農曆七月十五日為中元節。舊時道觀在此一天作齋醮，寺僧作盂蘭盆齋。

4 粱肉：飯粱食肉。指佳餚美食。

5 饗：祭獻。用酒食款待。

6 鬼門：眾鬼出入的門戶。

其二十

罌粟花開別樣鮮，阿芙蓉毒滿臺天。

可憐馹儈皆詩格，聳起一雙「山」字肩。

注釋

1 罌粟：二年生草本。果未熟時，採取乳狀白液可製鴉片。

2 阿芙蓉：鴉片的別稱。
3 駔儈：買賣牲畜的商人。駔，牡馬，公馬。音ㄗㄤˇ ㄎㄨㄞˋ。
4 詩格：詩的體式。詩的風格。
5 「山」字肩：兩肩聳起有如山字。形容人的瘦削。

其二十一

大東門接小東過，衾艷衣香羨此多。
聞說花田重徵稅，花排花串價增高。

注釋

1 大東門：門名。在臺南市。一名迎春門。在今東門路、勝利路口。
2 小東：小東門。
3 衾：大被。用以覆身。

其二十二

盤頂紅綢裹髻丫。細腰雛女學當家。
攜籃逐隊隨娘去，九十九峰採竹芽。

注釋

1 盤頂：盤在頭頂。
2 髻丫：盤在頭頂左右兩側的髮結。
3 雛女：幼女。
4 當家：主持家務。
5 九十九峰：連橫《連雅堂先生全集》〈臺灣史跡志〉〈火燄山〉：「火燄山在臺中之東，貓羅、貓霧兩山為之左右，危峰突兀，秀插雲霄，狀若火燄。……《府志》所謂『燄峰朝霞』，為彰化舊八景之一，而《諸羅志》所謂九十九峰者，則指此也。」一說九十九峰位在南投縣草屯鎮東北角，分跨平林、雙冬兩里，國姓鄉乾清村與台中縣霧峰鄉（今臺中市霧峰區）萬豐、峰穀村。

其二十三

相約明朝好進香，翻新花樣到衣裳。
低梳兩鬢花雙插，要鬥時新上海裝。

其二十四

唱罷迎神又送神，港南港北草如茵。
誰家馬上佳公子？不看神仙衹看人。

注釋

1 草如茵：綠草（地）平整如茵。

其二十五

一劍霜寒二十秋，大王風急送歸舟。
雄心尚有潭邊樹，夜夜龍光射斗牛。

注釋

1 潭：劍潭。在臺北。相傳荷人插劍於潭邊之大樹，故名。或謂成功投劍在此，風雨晦明，尚騰奇氣，故有「劍潭夜光」之景。
2 龍光：寶劍的光芒。
3 斗牛：斗宿和牛宿。

其二十六

鐵笛吹來竹外煙，梅花消息素懷牽。
瑤臺芳訊來何暮？惆悵溪橋欲雪天。

注釋

1 鐵笛：鐵作的笛子。
2 素懷：平素的抱負。本心。
3 瑤臺：古代神話中仙人所居之地。
4 芳訊：春暖花開的訊息。

其二十七

為憐歸燕一開門，斜日紅棉易斷魂。
燕子自雙人自獨，此情消得幾黃昏？

注釋

1 斷魂：魂銷神往。比喻情深或極度感傷。
2 消得：禁得起。
3 燕子自雙人自獨：晏幾道〈臨江仙〉：「去年春恨卻來時，落花人獨立，微雨燕雙飛。」

其二十八

好吟應是太癡生，筆墨因緣記不清。
誰把四弦彈夜月？新詞唱遍赤嵌城。

注釋

1 四弦：四弦琴。

其二十九

鯤身香雨竹溪弧，海氣籠沙罨畫圖。

襯出覺王金偈地，斑枝花蕊綠珊瑚。

注釋

1 鯤身：地名。即明、清時的七鯤身嶼。原為臺南市西南海中的古島嶼。自南而北，綿延七島。十七世紀時荷蘭人曾在此建熱蘭遮城。十八世紀後港灣逐漸淤淺，一八八二年在一次大洪水中，港灣填淤成平地，島嶼遂與臺南市西郊陸地相連接。身又作鯓。
2 竹溪：寺名。在臺南南門外。清溪一曲，修竹萬竿，可避塵囂。春秋佳日，都人士修禊於此。
3 罨畫：彩色的繪畫。罨，音一ㄢˇ。
4 覺王：佛家語。佛的別稱。
5 金偈：佛所說的韻語。偈，音ㄐ一ˋ。
6 斑枝：斑枝花。木棉的一種。又名攀枝花。樹身高大，花朵鮮紅。
7 綠珊瑚：樹名。一名綠玉。樹多椏枝，而無花葉，色綠可愛。臺灣沿海植以為籬。或云種自呂宋。

其三十

番様花開又一年，不寒不暖早春天。

開正復喜開春宴，贏得詩狂更酒顛。

注釋

1 番檨：土生芒果。產於熱帶地區，夏熟，形如鵝卵，皮青肉黃，味甘美。檨，音ㄕㄜ。

2 開正：正月初一。即元旦。正，音ㄓㄥ。

其三十一

新歲嘗新已薦瓜，春風消息到兒家。

綠磁正汲南壇水，一樹玫瑰夜點茶。

注釋

1 薦瓜：用瓜果獻祭。

2 磁：瓷的俗字。

3 汲：取水。

4 壇：土築的高臺。古時築壇祭神，而朝會、盟誓、封拜大將等事，也多設壇，以示鄭重。

其三十二

晚涼新曲按琵琶，茉莉花開日已斜。

一擔季風滿城送，深宵散作助情花。

注釋

1 按：彈奏。

其三十三

半種花園半種田，兒家生計總由天。

楝花風後黃梅雨，滿地珍珠不計錢。

注釋

1 生計：謀生的方法、能力。
2 楝花風：最後的花信風。江南自小寒至穀雨有八節氣二十四候，每五日一番風候，各以一花名其風，梅花最早，楝花風最後。
3 黃梅雨：中國南方暮春夏初所下的雨。因時值梅子正黃而得名。常連綿多日不晴。
4 珍珠：喻指落花。

其三十四

黑海驚濤大小洋，草雞親手闢洪荒。
一重苦霧一重瘴，人在腥風蜑雨鄉。

注釋

1 黑海：臺灣與廈門間隔岸七百里，號曰「橫洋」。中有黑水溝，色如墨，曰黑洋，驚濤鼎沸，險冠諸海。
2 草雞：鄭氏入臺時有「草雞」之讖。王漁洋《池北偶談》〈廈門塼刻〉：「明季崇禎庚辰歲，有閩僧貫一者，居鷺門（即今廈門）。夜坐，見籬外坡陀有光，連三夕。怪之，因掘地得古塼，背印兩圓花突起，面刻古隸四行，其文曰：『草雞夜鳴。長尾大耳，干頭銜鼠，拍水而起。殺人如痲，血成海水，起年滅年六甲更始，庚小熙皞，太平千紀。』凡四十字。閩縣陳衎盤生，明末著《槎上老舌》一書，備記其語，至今癸亥四十四年矣。讖者曰：雞，『酉』字也，加草頭大尾長耳，『鄭』字也，干頭，『甲』字，鼠，『子』字也。謂鄭芝龍以天啟甲子起海中為群盜也。明年甲子，距前甲子六十年矣。庚小熙皞，寓年號也。前年萬正色克復金門、廈門，今年施琅克澎湖，鄭克塽上表乞降，臺灣悉平。六十年海氛一朝盪滌，此固國家靈長之福，而天數已預定矣，異哉！」此處之草雞，指鄭成功父子。

3 洪荒：指太古未開化時混沌不分的狀態。
4 瘴：指中國南部、西南部一帶山水濕熱蒸鬱而成的氣。
5 腥風：帶有腥臭氣味的風。
6 蜑雨：蠻風蜑雨。形容偏遠地區荒涼的景象。蠻，蜑，均為古代南方種族名。蜑，音ㄉㄢˋ。

其三十五

風光絕勝說江城，樹裡湖容一片明。
擬刺朱家船子去，萬荷花裡讀書聲。

注釋

1 絕勝：最佳。
2 刺：刺船。撐船。

其三十六

紅羅檢點嫁衣裳，艷說糖團餽婿鄉。
十斛檳榔萬蕉果，高歌〈黃竹女兒箱〉。

注釋

1 羅：輕軟的絲織品。
2 檢點：查點。
3 艷說：艷羨地評說。
4 餽：贈送。
5 斛：量器名。十斗為斛。音ㄏㄨˊ。
6 〈黃竹女兒箱〉：古樂府〈黃竹子歌〉：「江干黃竹子，堪作女兒箱。一船使兩槳，得娘還故鄉。」

其三十七

賀酒新婚社宴羅，雙攜雀嫂與沙哥。
鼻簫吹裂前峰月，齊叩銅鐶起跳歌。

注釋

1 社宴：社祭日所安排的宴會。
2 羅：排列。
3 雀嫂與沙哥：喻指新娘、新郎。
4 叩：打、擊、敲。
5 銅鐶：銅製的圓環。

其三十八

白露滿天蝙蝠飛，寒階枯坐水生衣。
竹絲聞續燒三丈，心燼待郎郎未歸。

注釋

1 枯坐：乾坐。無事而坐。呆坐。
2 水生衣：衣上沾濕露水。
3 燼：火燒後剩下的餘灰。

其三十九

生平未睹此中天，好向居人叩末顛。
遍地檳榔傳幾代？從頭乞為話便便。

注釋

1 中天：天運正中。古史皆稱堯舜之世為中天之世，後為頌揚盛世的辭語。

2 叩：探問，訊問。
3 末顛：顛末。本末，前後經過情形。
4 便便：形容善於辭令、口若懸河。音ㄆㄧㄢˊ ㄆㄧㄢˊ。

其四十

一年天氣晴和來，四序名花次第開。
手把酒杯酬徐福，如今我輩亦蓬萊。

注釋

1 晴和：晴朗和暖。
2 四序：春、夏、秋、冬四季。
3 次第：依次。
4 酬：答謝。
5 徐福：秦方士。齊人，曾上書始皇，言海上有蓬萊、方丈、瀛洲三仙山，始皇乃遣之率童男女數千人，入海求仙，而一去不返。
6 蓬萊：海上三仙山之一。

許南英

字子蘊，號蘊白（一作允白），署窺園主人、留髮頭陀、龍馬書生等。臺南人。光緒十六年恩科進士，授兵部車駕清吏司主事，不就。歸臺後，究心墾土化番之務；嗣應聘協修通志。乙未之後，籌辦臺南團練局，任統領，屯兵番界，以備一戰。日軍入臺南，懸像索之，乃內渡。旋遊南洋；返國後歷任知縣、同知。武昌革命起義，投袂從之，被推為閩南革命政府民事局長，攝龍溪縣事。民國五年赴蘇門答臘棉蘭。翌年卒。著《窺園留草》。

〈臺灣竹枝詞〉十首

其一

年年春色到瀛東，爆竹如雷貫耳中。
鎮日消寒惟有賭，一聲「恭喜」萬人同。

注釋

1 瀛東：指臺灣。
2 鎮日：整日。
3 消寒：消寒會。入冬至後，聯集朋儕，更番醵飲。

其二

大南門外路三叉，二月遊春笑語譁。
桂子山頭無數塚，紙錢飛上棠梨花。

注釋

1 大南門：臺南城門名。
2 桂子山：臺南市山名。

其三

春晚羅衫適體輕，買舟廿日渡安平。
旌旗簇擁天妃過，茶果香花夾道迎。

注釋

1 天妃：天上聖母，媽祖。

其四

佛頭港裡鬥龍舟，擠擁行人到岸頭。

曾記昔年逢驟雨，倉皇紅粉跌中流。

注釋

1 佛頭港：臺南早期五條運河之一。並有王公港、媽祖港、關帝港三條支港。附近是清代初期貿易樞紐及貿易轉運集散地。至清末、日據時代，逐漸淤塞而消失。在今臺南市景福祠附近。

2 倉皇：匆促。

3 紅粉：指美女。

4 中流：河川之中段。

其五

鯤鯓五入小西門，一月香煙不斷溫。

回駕遍遊城內外，下船時節已黃昏。

注釋

1 鯤鯓王：南鯤身代天府拜祀之五府千歲。鯤鯓，亦作鯤身。

2 小西門：臺南城門名。

其六

盂蘭大會最聞名，雞鴨豚魚飯菜羹。

一棒鑼聲初入耳，有人奮勇上孤棚。

注釋

1 盂蘭大會：盂蘭盆會。世俗在農曆七月十五日，請僧誦經施食，以物供三寶，相傳可救七世父母。

2 孤棚：搶孤棚。舊時中元節供祭鬼魂後之菜餚，由遊民爭搶取食之習俗，通常在寺廟廣場，以竹竿搭起二、三丈高之孤棚，掛上祭後之雞、鴨、魚肉，傍晚時由道士敲鑼，遊民、乞丐爭相取食。

其七

佳節曲指到秋中，月餅團圓百印紅。
兒女鳩錢買瓜果，七層塔子火玲瓏。

注釋

1 百印紅：月餅上蓋紅印。
2 鳩錢：聚錢。
3 玲瓏：空明貌。

其八

秋風策馬出南郊，帶得新詩馬上敲。
小住竹溪蕭寺好，淋漓佳句壁中鈔。

注釋

1 策馬：鞭馬向前。
2 敲：推敲。
3 竹溪蕭寺：竹溪寺。在臺南南門外，康熙卅年建，清溪一曲，修竹萬竿，可避塵囂。春秋佳日當地人士修禊於此，壁上題詩甚多，但已被僧人抹去。蕭寺，即佛寺。
4 淋漓：形容充盛、酣暢貌。

其九

冬至家家作粉彈，兒童不睡到更闌。
巧將糯米為龍鳳，明日鄰家共借看。

注釋

1 粉彈：湯圓。
2 更闌：更漏已殘。指夜已深。
3 龍鳳：龍與鳳。

其十

本來國寶自流通，每到年終妙手空。
海外無臺堪避債，大家看劇水仙宮。

注釋

1 國寶：國之可珍貴者。
2 妙手空：妙手空空、貧無資用。
3 無臺堪避債：無避債臺。避債臺，即誃臺。周赧王逃此以避債，故名。

鄭鵬雲

字毓臣，新竹縣人。清光緒年間生員。曾與陳朝龍編著《新竹縣志初稿》、《新竹鄭氏族譜》、《師友風義錄》等。

〈新竹竹枝詞〉四首

其一

循例家家拜玉皇，半求名利半安康。
不知案上司香吏，曾否分明達上蒼。
（注：正月初九日，俗傳為玉皇聖誕，家家均備酒告虔。）

注釋

1 循例：隨例。順應過去之慣例。
2 案：几桌。
3 司香吏：明朝內侍官。多由宦官擔任，負責燒香事宜。
4 上蒼：上天。

其二

端陽佳節約同遊，角黍堆盤自應酬。
況是今年風景好，大家海口看龍舟。
（注：舊曆五月五日為端陽節，舊港例有鬥龍舟。）

注釋

1 角黍：古用蘆葦葉或竹葉裹黍成尖角形煮食之，故稱角黍。今俗多改用糯米。即粽子。

其三

盂蘭勝會鬥繁華，女伴娉婷傘半遮。
絕似芙蓉初出水，一枝葉護一枝花。
（注：臺俗：七月普施孤魂，結彩張燈，爭相炫耀，婦女來觀者絡繹不絕。）

注釋

1 娉婷：姿態美好貌。音ㄆㄧㄥ ㄊㄧㄥˊ。
2 絕似：極似。
3 芙蓉初出水：比喻清秀出塵。
4 一枝葉護一枝花：一枝傘伴一美女。

其四

搓丸風俗紀閩南，淨手焚香祝再三。
新婦背人拈一顆，當壚私自卜宜男。
（注：冬至日，各家搓丸。孕婦親拈一顆，付之灶火，可占生男、生女之驗。）

注釋

1 祝再三：祝多福、多壽、多男子。
2 當壚：面對爐火。
3 宜男：祝頌婦人多子之詞。

徐莘田

號東海，又號擷館主。廣東澳門人。清光緒二十四年（1898）秋來臺，寓居基隆。

〈基隆竹枝詞並序〉三十二首

日烘獅嶺，射璀璨之文光；春藹黨江，繪昇平之景色。水晶簾外，醉墜珊鞭；雲母屏前，狂飛玉盞。念浮生之若夢，對酒當歌；喜勝友之如雲，揮毫落紙。撫二月煙花之景，寫「美人香草」之詩，此〈基隆竹枝詞〉所由作也。

僕十年作客，逐微末於錐刀；千里依人，嘆飄零於書劍。旅篋別無長物，奚囊剩有新詩。每當剪燭西窗，亦復尋香北里。念彼魂迷鴉片，說來濕透青衫；爭似痕染燕支。歸來醉扶紅袖。因乘吟興，歷溯遊蹤。挹買女之麝蘭，溫香撲鼻；感故人之雞黍，雅意殷拳。自從問柳於章臺，無異司花於閬苑。是以人呼「浪子」，眾笑風魔。戀彼美之柔情，樂不思蜀；搜此邦之實事，語豈荒唐！爰重葑菲，欲災梨棗。嘔此數升心血，敢希聲價於雞林；憐余七尺鬚眉，未盡功名於麟閣！身如萍梗，浪跡堪悲；詞唱〈竹枝〉，風流自賞。總以經營阿堵，硯田幾致荒蕪；更教墜落情天，香國遂傳名字。能使左環右燕，短箋求彩筆之揮；更教西子、南威，高燭喜紅粧之照。安得金鈴十萬，遍護繫香；愧無錦繡千重，難償奢願！恨歡愉之草草，當局多迷；嘆世界之花花，散場甚易！憶桃花於人面，崔護重檢；悟柳絮於前身，秋娘老去！管絃銷歇，已非昔日繁榮；脂粉飄零，無後舊時丰韻！然而秦淮商女，猶唱〈後庭〉；天寶宮人，亦談前事。當勞燕東西之日，正戎馬倥傯之時。黯黯白雲，洞絕劉晨之蹟；蕭蕭紅葉，溝無顧況之詩。想風景於當年，亦復誰能遣此；惜韶光之此日，不禁感慨繫之！

今者玉山之吟社重開，環海之名流沓至。吐漫天之珠唾，光炫陸離；聽擲地之金聲，才超七步。以騷壇之宿彥，寫本地之風光；必能鉅細無遺、雅俗共賞者矣！僕適因公暇，憶前時裙屐之遊；□□□□，備他日輶軒之采。竊擬「春秋」之筆，寓褒貶於廿八字中；妄將月旦之評，括風俗於卅二首裡。敬求斧削，諸君勿惜墨如金；倘荷琢磨，小子再拋磚引玉！伏祈哂政，勿誚小巫；謹撰駢詞，以呈大雅。

注釋

1 獅嶺：基隆之獅球嶺。

2 鱟江：基隆之舊稱。

3 僕：自稱之謙辭。

4 錐刀：用以雕刻之錐形小刀。比喻微小。

5 長物：多餘之東西。音ㄓㄤˋ ㄨˋ。

6 奚囊：詩囊。

7 剪燭西窗：和友人相會夜話。

8 北里：唐朝長安之平康里，因在城北，故稱北里。又其地為妓院所在，故後稱妓院所在地為北里。

9 青衫：青色之衣服。古代低階官員穿著藍色長衫，便服也稱青衫。

10 爭似：怎似。

11 燕支：胭脂。

12 紅袖：指美女。

13 挹：牽引。

14 賈女：晉朝司空賈充之女。賈充有御賜之名香，為西域所貢，有奇香之氣，一著人衣，則歷月不歇。賈女私悅韓壽（容貌甚佳），盜充之名香遺壽，後私與壽通，壽之衣著此奇香，致為充偵悉，恐醜聞傳出，遂以女妻壽。

15 麝蘭：麝香與蘭香。

16 雞黍：殺雞作菜，以黍作飯。後以雞黍表示招待朋友情意真率。

17 殷拳：殷殷拳拳。殷殷，誠摯懇切貌。拳拳，忠勤、懇切貌。

18 樂不思蜀：三國蜀亡，後主劉禪被迫遷居洛陽，司馬昭宴劉禪，故意安排蜀伎作樂，因問劉禪是否思蜀，而劉禪答以此語。本謂樂而忘本，後比喻人沈迷於安樂，而不思振作。

19 葑菲：二菜名。指蔓菁與葍之類蔬菜。一說指蘿蔔與地瓜。

20 災梨棗：禍棗災梨。古代刻書多用棗木、梨木，取其質堅，不易損壞。若刊刻無用之書，徒使棗、梨受禍災，以譏人濫刻無用之書。後也用為作者自謙之詞。

21 聲價：名譽和身分地位。

22 雞林：古國名。即新羅。在今韓國境內。唐白居易工詩，其詩為當時士人爭傳。雞林商人，以白居易詩一篇易一金售與相國，後遂以比喻詩名極盛。

23 麟閣：麒麟閣。漢代閣名。漢宣帝甘露三年畫功臣霍光等十一人圖像於其上。

24 身如萍梗：比喻行蹤如浮萍與斷梗一般，飄泊不定。

25 阿堵：阿堵物。即錢。

26 硯田：指硯。以硯為田。即筆耕。文人靠筆墨以維持生計，故以田喻硯。

27 香國：花國。舊指妓女行中。

28 左環右燕：指沈迷於眾多姬妾之中。環，指楊玉環，燕指趙飛燕。

29 西子：古代越國美女西施。

30 南威：春秋時美人名。即南之威。

31 金鈴：護花鈴。用來保護花朵嚇阻鳥鵲傷害之金鈴。

32 草草：匆忙。苟且。

33 崔護：唐朝博陵人。有膾炙人口之〈題都城南莊詩〉：「去年今日此門中，人面桃花相映紅。人面祇今何處去？桃花依舊笑春風。」

34 秋娘：泛指歌妓。

35 秦淮商女：秦淮河一帶之歌女。

36 〈後庭〉：〈玉樹後庭花〉。樂府吳聲歌曲名。為陳後主所作。內容讚美其妃嬪之美色。詞采綺艷。

37 天寶宮人：天寶為唐玄宗年號，為唐極盛時期，其後指追憶往昔盛事，多用白頭宮女閒話天寶當年為典故。

38 勞燕東西：勞燕分飛。比喻人生不能常相聚，各自東西奔走。

39 戎馬倥傯：因軍事而到處奔走忙碌。

40 劉晨：剡人。永平中與阮肇入天臺山採藥，見二女，容顏妙絕，因相款待，行酒作樂，被留半年，求歸，至家，子孫已七世矣。

41 紅葉：借紅葉題詩以傳情，因而結為良緣之故事。有一、唐玄宗時，奉恩院王才人養女鳳兒，曾以紅葉題詩，其詩云：「一入深宮裡，無由得見春。題詩紅葉上，寄與接流人。」置御溝中流出，為進士賈全虛所得。全虛觀詩而為之悲淒流淚，徘徊溝上，為街吏所獲，金吾奏其事，帝聞之，乃授全虛金吾衛兵曹，妻以鳳兒。二、唐玄宗時韓渥應舉偶臨御溝，得一紅葉，上題詩云：「流水河太急？深宮盡日閒。殷勤謝紅葉，好去到人間。」乃藏於笥。後帝出宮人，許與百官，渥所得恰為題葉之人。偓得韓氏，睹紅葉，吁嗟久之，曰：「當時偶題，不謂郎君得之。」三、唐僖宗時，于佑於御講中拾一紅葉，上題詩句，文字同上。佑乃復題一葉，投溝中，望其流入宮中。後帝出宮女三千人，佑得韓氏。既成禮，二人各於笥中取紅葉相示，始知紅葉為媒。

42 顧況：唐朝詩人。字逋翁，號華陽真逸。蘇州海鹽人。至德進士，曾官著作郎。性詼諧，常以詩戲權貴，因而被貶為饒州司戶，後隱居茅山。天寶末年，洛苑宮娥題詩梧葉，詩云：「舊寵悲秋扇，新恩寄早春。聊題一片葉，將寄接流人。」隨御溝流出。顧況見之，亦題詩葉上，汎於波中。後十餘日，於葉上又得詩一首，後聞於朝，遂得遣出。

43 沓至：接連而來。

44 珠唾：比喻文句之美。

45 光炫陸離：比喻奇異之事情。陸離，參差錯雜。

46 擲地之金聲：擲地作金石聲。形容語言文字之美。

47 才超七步：魏國曹植奉命於行走七步內完成詩一首，植如限完成。後因稱才思敏捷為七步成詩或才超七步。

48 裙屐：裙屐少年。指衣著華美，但知修飾而無實學，不能擔當政事之貴族少年。

49 輶軒：古代天子之使臣所乘用之輕便車子。音ㄧㄡˊ ㄒㄩㄢ。

50 「春秋」之筆：孔子刪訂《春秋》，寄寓嚴厲之褒貶精神。孔子以周初禮法為依據，重新修改《春秋》，凡合禮之人、事加以褒揚，違禮之人、事加以貶斥。

51 月旦之評：品評人物。《後漢書》〈許劭傳〉：「初，劭與靖俱有高名，好共覈論鄉黨人物，每月輒更其品題，故汝南俗有月旦評焉。」

52 斧削：以斧砍物，斧正。請人指正文字之謙辭。

53 哂政：微笑指正。哂，微笑。政，指正，通正。

54 誚：責備。音ㄑㄧㄠˋ。

55 小巫：小巫的法術不如大巫。

56 駢詞：駢文。駢體文。

57 大雅：文人相稱之敬辭。

其一

除夕張筵獸炭煨，金錢準備繞爐來。
顧郎得似雙方箸，暮暮朝朝湊一堆。

（注：臺俗：妓院於除夕作圍爐之會，熾炭筵上，遍招所歡。來者必以金錢繞爐，始許入席；爭多較勝，以博朱顏一笑。其意蓋明示「有錢則親熱」也。）

注釋

1 張筵：擺設酒席。

2 獸炭：碾炭為屑，和水製成獸形。多用來溫酒。

3 煨：將食物置容器中，放在火上溫熱或慢火煮熟。音ㄨㄟ。

4 顧郎：眼看著郎君。

5 方箸：四方形筷子。

其二

兩扇朱門八字開，濃妝深坐復徘徊。
忽驚廳署三聲礮，爭看迎春太守來。

注釋

1 廳署：光緒元年至十二年，臺灣行政區域分為臺南府及臺北府。臺北府轄新竹縣、淡水縣、基隆廳及宜蘭縣。署，官府，官衙。

其三

元宵徹夜月華澄，聞說金獅此地經。
喚起鄰家諸姊妹，倚門排坐看龍燈。

注釋

1 月華：月光，月色。

其四

鄰家人散寂無譁，福德街前月已斜。
夜靜怕逢羅漢腳（注：臺人呼無賴之徒曰：「羅漢腳」。），與郎攜手緩歸家。

注釋

1 寂無譁：寂靜無聲。

其五

鴉片迷魂倍可憐，繩床竹枕日長眠。
年來痼癖深如許，費盡紅閨買笑錢。

注釋

1 繩床：一種可折疊且有靠背之輕便坐具。
2 痼癖：極深之嗜好，很難改變。
3 紅閨：少女之臥房。紅樓。
4 買笑：花錢買樂。即狎妓。

其六

情郎病骨日懨懨，藥石無靈勢倍添。
急倩師公解符法，典釵深夜檢粧奩。

（注：昔臺地邪法盛行，生死之權操於師公。凡與人有怨者，以重利啖師公；則所怨者病死，其後身上必現符。符作蝌蚪形，或紅或黑，其符有鎖喉、穿心、截腦、閉口等名。惟以厚利求師公解之，多獲再生。師公多僧道之流，臺人亦有習其術者。昔年基隆分府方太尊祖蔭曾示禁查辦，其風稍息矣。）

注釋

1 懨懨：精神不振貌。音ㄧㄢ ㄧㄢ。
2 藥石：治病的藥物和砭石。泛指藥劑。
3 師公：替人作法之道士。
4 典釵：以釵抵押借錢。
5 粧奩：女子出嫁時之陪嫁物品，即嫁妝。音ㄓㄨㄤ ㄌㄧㄢˊ。

其七

跳童袒臥鐵釘床，斫腦穿腮血滿腔。
金鼓喧闐人逐隊，神輿顛倒戲街坊。

（注：臺俗：遊神賽會，必有跳童相隨，刀斫錐刺，略無痛苦。神座以四人舁之，或二人舁之；右推左扶，東倒西歪；云是神力所為，雖壯夫莫禦。閩人信神，一何可笑！。）

注釋

1 跳童：乩童。
2 袒：解開上衣，露出左邊臂背。音ㄅㄢˋ，今讀ㄊㄢˇ。
3 金鼓：金鉦和鼓。鼓用以進眾，金用以止眾。二者都是節制軍旅進止之用器。
4 喧闐：聲音大而嘈雜。音ㄒㄩㄢ ㄊㄧㄢˊ。
5 舁：扛，共同抬舉。音ㄩˇ。

其八

城隍娶婦事真奇，彼妄言之此聽之。
安得西門豹重出，嚴懲巫覡破群疑。

注釋

1 城隍：城隍爺。
2 西門豹：戰國時魏國人。文侯時，為鄴縣縣令，曾破除當地河伯娶婦之陋俗。
3 巫覡：男巫和女巫。音ㄨˊ ㄒㄧˇ。

其九

海濱新泊聖王船，約伴燒金一念虔。
未識喃喃訴何事，桃花泛出粉腮邊。

（注：聖王船甚小，自來自去，能越重洋；閩人奉之彌謹。臺人拜神曰「燒金」。）

注釋

1 虔：誠敬。音ㄑㄧㄢˊ。
2 喃喃：細語聲。
3 桃花：桃花粉。胭脂。

其十

點點啼紅染絳綃，中元普渡把魂招。

後哥那解咱心事，濁酒三杯帶淚澆。

（注：中元一屆，熱鬧異常，殺牲不可以數計。習俗相沿，牢不可破。婦因夫死再贅，則呼夫為「後哥」；咱，即「我們」二字。）

注釋

1 啼紅：啼紅妝。白居易〈琵琶行〉：「夜深忽夢少年事，夢啼妝淚紅闌干。」
2 絳綃：深紅色之生絲織成之薄絹、薄紗。音ㄐㄧㄤˋ ㄒㄧㄠ。

其十一

貪眠慵起理粧殘，一任春湯冷玉盤。

幾度推衾呼不醒，故裝濃睡待郎看。

注釋

1 慵：懶惰。
2 衾：大被。

其十二

入門便把藁碪輕，不戀親夫戀契兄（注：臺妓呼所歡曰「契兄」。）。

莫怪紅顏多薄倖，楊花水性本生成。

注釋

1 藁碪：「夫」之隱語。音ㄍㄠˇ ㄓㄣ。

2 楊花水性：如水之流動，楊花之飄蕩。比喻輕薄之婦女，用情不專。

其十三

但求生女莫生兒，生女可為錢樹枝。
歌舞教成能接客，全家活計靠蛾眉。

注釋

1 錢樹：妓女。鴇母恃之以得錢，故云。
2 活計：謀生之方法。
3 蛾眉：美人之秀眉，也形容女子之美貌。喻指美女。

其十四

情郎夜出打茶圍，腳曳拖鞋膊搭衣。
無奈睡魔迷倦眼，雙門虛掩待他歸。

注釋

1 打茶圍：入妓院品茗取樂。
2 膊：胳膊。身體上肢近肩之處。
3 睡魔：人在疲乏時，會昏昏欲睡，似受魔力催促所致，故稱為睡魔。
4 虛掩：閉門而不上鎖。

其十五

夫婿偏將野鶩憐，閨中少婦等匏懸。
青春那肯甘岑寂，又抱琵琶過別船。

注釋

1 野鶩：野鴨。喻指情婦。
2 匏懸：有柄之匏瓜。《古今注》〈草木〉：「匏，瓠也，壺蘆瓠之無柄者也。瓠有柄者懸匏，可以為笙，曲沃者尤善。」匏，音ㄆㄠˊ。
3 岑寂：僻靜，寂寞。
4 又抱琵琶過別船：喻婦女再嫁。今也指妻子、女友另結新歡。

其十六

聖王廟口敞壇場，鐃鈸聲喧夜度亡。
香火恩情如紙薄，空燒楮鏹付冥鄉。

注釋

1 壇場：行祭禮拜之地方。
2 鐃鈸：樂器名。銅作，形似缽，兩手各持一面，相擊以和聲。音ㄋㄠˊ ㄅㄚˊ。
3 度亡：超渡亡魂。
4 楮鏹：楮錢。冥鏹。音ㄔㄨˇ ㄑㄧㄤˇ。
5 冥鄉：鬼魂所在之地方。即閻羅府。

其十七

仙洞幽深別有天，崎嶇一徑入螺旋。
遊人多少留題詠，百尺蒼崖姓字鐫。
（注：洞在基隆海口，深數百步，中多蝙蝠。）

注釋

1 徑：步行小路。

2 螺旋：曲折盤旋。

3 鐫：鑿刻。音ㄐㄩㄢ。

其十八

巍然拳石矗江隈，曾否仙人踐足來？

試上層臺窺海跡，一泓碧水僅浮杯。

（注：石上有仙人足跡足跟，有水尺許，作碧色，隆冬不涸。）

注釋

1 巍然：高大。

2 拳石：如拳大小之石頭。

3 江隈：江邊。

4 踐足：腳登上。

其十九

義重橋下放蘭橈，相約燒香到社寮。

分付船家休緩槳，癡郎獃望已終朝。

（注：社寮，村名，在基隆海口，有聖廟。）

注釋

1 義重橋：橋名。

2 蘭橈：木蘭舟。橈，音ㄖㄠˊ。

其二十

臨流日日浣郎衣，貪看鴛鴦不忍歸。

安得君心如此鳥，百年交頸莫分飛。

注釋

1 臨流：靠近水邊。
2 浣：洗。
3 交頸：兩頸相靠，表示親密。

其二十一

媽祖宮前夕照黃，閒從渡口數帆檣。
欲知放港船多少？遠看桅燈幾點光。

注釋

1 帆檣：帆柱。
2 桅：船上檣杆，舟上懸帆之木杆。

其二十二

芙蓉臉暈睡容新，自把牙梳掠綠雲。
可愛情郎能解意，隔簾喚駐賣花人。

注釋

1 芙蓉：荷花。
2 臉暈：臉上紅暈。
3 牙梳：象牙梳。
4 綠雲：形容女子髮多如雲而黑。
5 駐：停留，止住。

其二十三

雲鬟亂繞插紅花，侵曉提筐去採茶。
郎欲問咱何處在，金包里內是兒家。

注釋

1 雲鬟：形容婦女之頭髮捲曲如雲。
2 侵曉：拂曉。
3 金包里：地名。平埔族語。即今新北市金山區。

其二十四

繞膝無兒莫怨嗟，買來苗媳貌如花。
他年嫁得陽城賈，三斛明珠換一娃。

（注：土俗：撫養女嬰，呼為「苗媳」。未及笄，迫作皮肉生涯。迨慾壑盈時，秋娘老去，始令招贅富婿。衣缽相傳，此生財之大道也；其如風俗何！。）

注釋

1 陽城賈：陽城商人。陽城，地名。春秋時楚地。
2 斛：十斗。
3 皮肉生涯：娼妓營業。

其二十五

雙槳停橈漾碧流，蓼花紅處網初收。
儂家也去投香餌，儘有魚兒上釣鉤。

注釋

1 橈：船槳，音ㄖㄠˊ。
2 漾：水之波光搖盪。
3 蓼花：植物名。一年生草本，生白色小花，穗端下垂，宿存萼微帶紅色。
4 香餌：魚餌。

其二十六

統領揚兵夜渡河，大嵙崁內逞干戈。

教郎莫去收樟腦，聞說生番出草多。

（注：生番殺人，呼為「出草」。）

注釋

1 大嵙崁：溪名。即今大漢溪。

2 干戈：兵器之通稱。比喻戰爭。

其二十七

獅球嶺上氣蒨蔥，欲庇郎身孝地公。

石磴縈迴初遇雨，春泥濕透繡鞋紅。

（注：臺人呼拜土地神為「孝地公」。嶺腰一穴深三百八十餘步，火車出入，鐵路在焉。上有土地神，頗著靈感。）

注釋

1 蒨蔥：草茂盛貌。音ㄑㄧㄢˋ ㄘㄨㄥ。

2 庇：庇護。保護。

3 石磴：登山之石級。

4 縈迴：迴旋環繞。

5 繡鞋紅：紅繡鞋。

其二十八

傍山臨冰敞洋樓，漠漠平沙水國秋。

為愛夕陽天氣好，數聲漁唱哨船頭。

（注：哨船頭，地名，即小基隆。）

注釋

1 漠漠：密佈樣。
2 水國：江河密佈之地方。

其二十九

「出海」腰纏格外豐，船來一度一情融。
生疏試較初相識，兩樣溫存各不同。
（注：臺人呼船上總理為「出海」。）

注釋

1 溫存：和順溫柔。

其三十

上元佳節鬧奇觀，趙帥迴鑾闔境觀。
爆竹堆中同踴躍，人叢幻出石玄壇。
（注：正月十五日，各無賴奉趙元帥神像巡遊街市。所在商店，皆備爆竹數箱，紛擲神座，聲如雷動，煙焰迷天。各無賴跳舞於火光中，遍身如漆，否則，眾揶揄之。蓋以是卜此店之盛衰興替也。）

1 趙帥：道教拜禮趙玄壇。姓趙，名公明，俗稱趙西元帥。相傳在秦時入終南山修道，道成封正一玄壇元帥，即今民俗所奉手執鞭騎黑虎之財神。
2 迴鑾：神明繞境車駕返回原處。
3 闔境：全境。
4 幻出：變幻而出。
5 石玄壇：壇名。

其三十一

錫口初來新婦鞋，芳心解愛少人家。
背人暗說藏春處，門對青山多種茶。

注釋

1 錫口：地名。即今臺北市松山區。

其三十二

枕邊終日語鉤輈，說盡離情百種愁。
明日探親臺北去，煩郎送到火車頭。

注釋

1 鉤輈：象聲詞。鳥鳴聲。此處作人語解。音ㄍㄡ ㄓㄡ。
2 火車頭：火車站。

梁啟超

近代政治家、文學家。字卓如，號任公，別署飲冰室主人。廣東新會人。曾參與康有為等之戊戌變法，人稱康梁。在清末，曾主辦《時務報》、《清議報》、《新民叢報》等報刊，大力宣傳改革主義。又鼓吹詩界革命及小說界革命，力圖使文學適合維新政治之要求。所作散文，流利暢達，情感豐富，自成一體。著有《飲冰室全集》。

梁啟超曾於辛亥年（1911）應林獻堂之邀請來臺，與臺灣詩人唱酬，並居霧峰萊園，與櫟社詩人雅集，在臺期間所作詩詞頗多。中有〈臺灣竹枝詞〉十首。

梁啟超之〈竹枝詞〉乃臺灣之〈相褒歌〉點竄成章者，此種歌詞在當時風靡全島，尤以茶山為盛。

〈臺灣竹枝詞〉十首

晚涼步墟落，輒聞男女相從而歌，譯其辭意，惻惻然若不勝〈谷風〉、〈小弁〉之怨者，乃掇拾成什，為遺黎寫哀云爾。

其一

郎家住在三重浦，妾家住在白石湖。
路頭相望無幾步，郎試回頭見妾無？
（注：首兩句直用原文。）

注釋

1 墟落：村落。墟，音ㄒㄩ。
2 惻惻：悲痛貌。
3 〈谷風〉：《詩》〈小雅〉篇名。谷風，東風之別名。即春風。同谷風。〈詩序〉：「〈谷風〉，刺幽王也。天下俗薄，朋友道絕焉。」
4 〈小弁〉：《詩》〈小雅〉〈節南山〉之什篇名。〈詩序〉曰：「〈小弁，刺幽王也，太子之傅作焉。」
5 什：《詩》、〈雅〉、〈頌〉以十篇為什。後轉為詩篇之代稱。
6 遺黎：亡國或改朝換代後不仕新朝之人民。
7 云爾：語氣詞。用於句末，有如此而已之意思。

其二

韭菜花開心一枝，花正黃時葉正肥。
願郎摘花連葉摘，到死心頭不肯離。
（注：首句直用原文。）

其三

相思樹底說相思，思郎恨郎郎不知。
樹頭結得相思子，可是郎行思妾時？

（注：全島所至植相思樹。）

其四

手握柴刀入柴山，柴心未斷做柴攀。
郎自薄情出手易，柴枝離樹何時還？

（注：首二句直用原文。）

其五

郎搥大鼓妾打鑼，稽首天西媽祖婆。
今生夠受相思苦，乞取他生無折磨。

（注：臺人最迷信，所謂天上聖母者，亦稱為媽祖婆，謂其神來自福建，每歲三月迎賽若狂。）

注釋

1 稽首：古時九拜中最恭敬之行禮法。

其六

綠陰陰處打檳榔，蘸得蒟醬待勸郎。
願郎到口莫嫌澀，箇中甘苦郎細嘗。

注釋

1 蘸：以液體沾染他物或用物沾取液體。音ㄓㄢˋ。
2 蒟醬：植物名。《本草綱目》〈草部〉〈蒟醬〉：「時珍曰：『蒟醬，……其苗謂之蔞，葉蔓生，依樹，根大如筋，彼人食檳榔者，以此葉及蚌灰少許同嚼食之，云辟瘴癘，去胸中惡氣。』」

其七

芋芒花開直勝筆，梧桐揃尾西照日。
郎如霧裡向陽花，妾似風前出頭葉。
（注：首二句直用原文。）

注釋

1 揃：剪下。通剪。
2 向陽花：向日葵。

其八

教郎早來郎恰晚，教郎大步郎寬寬。
滿擬待郎十年好，五年未滿愁心肝。
（注：全首皆用原文點竄數字。）

其九

蕉葉長大難遮陽，蔗花雖好不禁霜。
蕉肥蔗老有人食，欲寄郎行愁路長。
（注：首句用原文。）

其十

郎行贈妾猩猩木，妾贈郎行蝴蝶蘭。
猩紅血淚有時盡，蝶翅低垂那得乾。

注釋

1 猩猩木：即一品紅，又名聖誕紅。觀賞植物名。枝頭花開。入冬，花序下之葉子轉為紅色，下部之葉子仍為綠色，頗美麗。

陳朝龍

字子潛。新竹人。清光緒間貢生。邑令葉志深聘修《縣志》兼主明志書院講習。乙未之役西渡，旋為安溪縣令劉威幕客。

〈竹塹竹枝詞〉二十二首選十三首

其九

歲時遺俗記元正，連日家家爆竹聲。

都為新年添采氣，呼么喝六滿春城。

（注：臺俗：元旦放紙炮，賭錢以添彩氣。）

注釋

1 竹塹：新竹古名。塹，音ㄑㄧㄢˋ。

2 元正：元旦。

3 呼么喝六：賭博時之呼聲。骰子有六面，一點為么，六點為六。

其十

鐙市煌煌一道開，遊人多處玉成堆。

就中無數嬌癡女，為祝添丁逐隊來。

（注：上元夜，婦女向神前求乞，香花燈果，以卜宜男。得如願者，來歲各如所乞加倍酬神。）

注釋

1 煌煌：明亮貌。

其十一

良辰傍晚辦新妝，鏡聽私拈一瓣香。
夜靜倚簾傾者耳，可曾去語願相償。

（注：臺俗：婦女倣「鏡聽」之例，上元夜拈香祈神，向比鄰傾聽耳語。）

其十二

燒佛鳴鉦事更奇，赤身禁冷耐支持。
火神到處光如晝，一路嫌人放炮遲。

（注：上元夜，縣署口有一班「羅漢腳」，例應抬火神出遊，到處齊發紙炮，其聲隆隆，名曰「燒佛」。）

注釋

1 鉦：古代樂器名。形如鈴，有柄可執。音ㄓㄥ。

其十三

姊妹招邀出郭門，清明上塚款溫存。
虎頭山下茸茸草，一半弓鞋印淚痕。

（注：虎頭山在南城外，清明日，婦女招魂掃墓者最多。）

注釋

1 款：意有所欲。
2 溫存：憐惜撫慰。
3 茸茸：柔密叢生貌。音ㄖㄨㄥˊ ㄖㄨㄥˊ。
4 弓鞋：古代婦女所穿的弓形鞋子。

其十四

蒲觴艾酒醉端陽，無數龍舟競渡忙。
爭看奪標人兩岸，浪花噴溼粉雙行。
（注：端午節海口鬥龍舟，婦女觀者如堵。）

注釋

1 蒲觴：盛菖蒲酒漿之酒器。
2 艾酒：浸泡艾草之酒。
3 奪標：奪取錦標。龍舟有奪標之戲。

其十五

七月蘭盆勝會興，修齋施食仗高僧。
招魂先把高旛豎，又向溪頭放水燈。
（注：臺俗：七月盂蘭盆會，於七月一日先豎燈竿，招魂至普渡之期，預先一夜燃放蓮燈，名曰「放水燈」。蓋以燈光放之水面也。）

注釋

1 修齋：指禮佛齋戒，以求福祉，或舉辦齋會以供養僧侶。
2 施食：指領養齋食給僧徒或施捨食物給餓鬼。
3 旛：幅長下垂之旗子。音ㄈㄢ。

其十六

聚肉為山飯作堆，人山人海鬨如雷。
莫言普渡渾閒事，也費官司彈壓來。
（注：七月十二日，新竹南城外南壇普渡最熱鬧，街莊人民均奉雞豚牲酒而至，人山人海，地方官恐有生端滋事，派營伍、差役為彈壓。）

注釋

1 鬨：喧嚷。音ㄏㄨㄥˋ。

其十七

滿街香案爇旃檀，報道爺來拱手看。

笑煞嬌柔好兒女，荷枷爭上賑孤壇。

（注：七月十五日城隍神繞境，街上均列香案，婦女有禱祈消災解厄者，均荷枷到北城外厲壇燒化。）

注釋

1 香案：放置香爐燭臺之長几案。
2 爇：焚燒。
3 旃檀：香木名。音ㄓㄢ ㄊㄢˊ。
4 枷：刑器名。木製。
5 賑：救濟。
6 孤壇：厲壇。公祭無親人祭祀之鬼神之壇臺。

其十八

九日風高放紙鳶，箏聲鼎沸夕陽天。

如何角勝爭雄處，大線猶放小線牽。

（注：臺俗：重九節放風箏，大小爭勝。）

注釋

1 九日：九月九日。重九。
2 紙鳶：風箏。用細竹為骨架，以紙或薄絹黏作鳶鳥形，其下引線，可隨風而在空中舞動如鳶飛，有以竹為笛，縛在鳶首，使風入笛，聲如箏鳴。

其十九

里社殘冬競賽神，王耶骨相儼如真。

刀輿油鑊甘心試，堪笑乩童不惜身。

（注：臺俗：里社迎神賽會，乩童以刀劍、油鑊遍試身體，以示神靈顯赫。此等頹風，不知何年得免。）

注釋

1 里社：古代里中祭拜土地神之處。
2 賽神：祭祀以報答神明。
3 刀輿：載刀之車子。
4 油鑊：油鍋。

其二十

梵刹風光數竹蓮，觀音生日集嬋娟。

瓣香爭向慈雲乞，一滴楊枝灑大千。

（注：九月十九日，亦觀世音誕辰，是日竹蓮寺拈香，婦女最盛。）

注釋

1 梵刹：佛寺。
2 嬋娟：美好的樣子。指美女。
3 慈雲：佛家語。比喻佛的慈心有如大雲覆蓋世界眾生。
4 楊枝：民間相傳觀世音菩薩手持楊枝、淨水，以救渡眾生。
5 大千：大千世界。指形形色色，無奇不有之大世界。

其二十一

雨漲龍王池作水，浣衣有如趁芳晨。

此中魚亦饒清福，消受朝朝看美人。

（注：龍王池在南城內。池水四時不竭，鄰女洗滌衣裳，群集於此。）

注釋

1 浣衣：洗衣服。浣，音ㄏㄨㄢˇ。

2 消受：享受。

李秉鈞

字子桂，號石樵。臺北艋舺人。同治十一年（1872）取進秀才。光緒十一年（1885），中法戰爭時，為暖暖街坐探委員，因戰功，補縣丞。光緒十八年（1892），參加會試，補貢生。日本治臺後，曾任臺北縣事務囑託、臺北縣參事、總督府國語學校教務囑託、《臺灣日日新報》編輯等職。著有《石樵集》。

〈淡北竹枝詞〉（辛未（1871）年作，時未分治）九首選六

其二

關門潮接滬門通，來往船如螻蟻同。

有客欲尋潮判處，張帆好慎落山風。

（注：關渡門風甚猛，舟行過此一有不慎舟遂覆。）

注釋

1 關門：關渡門。即今臺北市關渡。從淡水河口往上溯四公里即關渡。

2 滬門：即滬尾。即今新北市淡水區。

3 螻蟻：螻蛄與蚍蜉。比喻微小。

其五

滸池新漲碧於油，張設水嬉鬥綵舟。

（注：同治初，好事者於土治街北之滸池，張設水嬉。）

兩岸歌聲清不斷，玉簫吹上月如鉤。

注釋

1 滸池：水池。

2 綵舟：結綵或飾以五彩之船。

其六

天后宮前海市張，貼沙赤翅鯽方腸。

廚娘買得腥風去，鄉味時新取次嘗。

注釋

1 取次：隨便、任意。

2 貼沙、赤翅：皆鳥名。

3 鯽方腸：產自弓蕉嶺。

其七

龍山寺外百花香，妝派時新出畫堂。

頭插關刀簪一柄，怕郎歸去割郎腸。

注釋

1 關刀：長柄大刀。刀頭形如偃月，又稱偃月刀。

其八

春來日日是良辰，女伴招邀到劍津。
人自喜晴儂喜雨，怕儂撞見箇生人。

注釋

1 劍津：地名。即臺北市劍潭。

其九

舊港灣頭水一涯，蘆洲十里竹為家。
秋來更覺風光好，橙橘香時日正斜。

注釋

1 舊港：地名。本名「樓仔厝」，因為是舊河頭，故有「舊巷嘴」之俗名。靠近水邊，於是建築樓屋以防止浸水，名「樓仔厝」，以後變為地名。
2 蘆洲：地名。一名和尚洲。即今新北市蘆洲區。

民國期間

民國期間〈竹枝詞〉

莊及鋒

或稱及峰。宜蘭廳本城堡宜蘭街人。日治時期，垂帷授徒，明治三十年（1897）四月授佩紳章。長年參與仰山吟社活動。著有《仰山吟社詩草》。

〈除夕竹枝詞〉五首

其一

全家餐敘樂圍爐，芥韭蔥芹上等蔬。
飯碗必須留一半，錦鱗禁箸兆盈餘。

注釋

1 芥韭蔥芹：《本草綱目》〈菜部〉〈五辛菜〉：「元旦立春，以蔥、蒜、韭、蓼蒿、芥辛嫩之菜，雜和食之，取迎新之義，謂之五辛盤。」

其二

飯後均分壓歲錢，明朝各有新衣穿。
阿公阿媽紅包大，乾賺無賠不拜年。

其三

年糕疊籠有甜鹹，芋仔菜頭引口饞。
發粿麵龜油炸餅，各爭其味不平凡。

其四

戶外紅聯簇簇新，油缸米甕貼迎春。
冰糖蜜棗皆齊備，明早開門可敬賓。

注釋

1 簇簇新：極新。

其五

爆仗通宵響不停，紙灰硝氣滿中庭。
迎新去舊家家喜，更喜財神與壽星。

林百川

新竹人。光緒壬午（1882）秀才。祖籍廣東嘉應。自幼好學，受教於謝相義、梁國楨。後設帳於中港，從事訓蒙。明治三十年（1897）四月授佩紳章。

〈採茶竹枝詞〉四首

其一

一山婦女甚諠譁，聞道箇中是採茶。
如花女子爭茶色，茶香怎得勝香花。

其二

帶繫腰間一筥斜，摘來一手亂如麻。
聲聞瑟瑟如蠶食，卻比蠶聲較緊些。

注釋

1 筥：盛物竹器，形圓。音ㄐㄩˇ。

其三

手採歸來又足揉，馨香氣味遂悠悠。
旁人渴倒垂涎想，解得旁人渴想不？

注釋

1 不：通否。音ㄈㄡˇ。

其四

採一握茶泡一甌，最宜飲去潤歌喉。
哥哥唱得山歌好，又惹美人一段愁。

〈採茶戲竹枝詞〉二首

其一

俗人演唱採茶歌，惡者幾希好者多。
羞煞百般癡醜態，淫風此際奈如何。

注釋

1 幾希：不多，很少。

其二

若有聖人放鄭聲，樂非正樂毋容賡。
一身不為風邪惑，疾疫災祲何處生。

注釋

1 鄭聲：鄭國音樂。東周時鄭國商工發達，音樂淫靡，男女公開交往，情歌多而奔放，儒者以為是淫聲。後世遂稱淫蕩不雅之音樂為鄭聲。
2 賡：繼續，連續。唱和。
3 風邪：不良風氣。
4 祲：陰陽二氣相侵，形成不祥之妖氣。音ㄐㄧㄣˋ。

〈製樟腦竹枝詞〉三首

其一

百樣艱難百樣人，但為製腦最艱辛。
只貪利藪如山大，不怕生番不顧身。

注釋

1 藪：人物歸向、聚集之地方。音ㄙㄡˇ。

其二

可惜營財不顧家，偏將嫖賭債來賒。
朝朝力費千千萬，只博娛歡一夜花。

其三

人使腦丁敢使錢，都無長物在身邊。
若教為著身家計，意馬心猿亦可拴。

注釋

1 腦丁：製樟腦之人。
2 使錢：使鬼錢。比喻金錢萬能，可以役使鬼神。
3 長物：多餘的東西。音ㄓㄤˋ ㄨˋ。
4 意馬心猿：比喻心意不定，如奔馬躁猿一般難以控馭。
5 拴：縛結。音ㄑㄩㄢ或ㄕㄨㄢ。

蔡振豐

字啟運，號應時。苑裡人。清光緒十七年（1891）進新竹縣學第一名，官浙江巡檢。乙未後與許劍漁倡設鹿苑吟社，兼任櫟社社長。纂《苑裡志》。著有《啟運詩草》。

〈苑裡年節竹枝詞〉十二首

其一〈元旦〉

黎明爆竹換年光，共上大家歡喜場。
一禮親朋相問訊，春觴定作幾天忙。

注釋

1 苑裡：地名，即今苗栗縣苑裡鎮。

其二〈元宵〉

大開燈市月爭明，仕女如雲結隊行。
更有官民同樂意，管絃譜出太平聲。

其三〈二月二〉

紛紛牲醴鬧頭牙，膜拜香燒福德爺。
農祝豐年商利市，醉人扶過比鄰家。

注釋

1 牲醴：即三牲（雞、魚、豚）及甜酒。
2 福德爺：福德正神。

其四〈清明〉

鞭絲釵影夕陽村，祭掃歸來舊事論。
不踏青青原上草，壽公祠裡共招魂。

其五〈端午〉

米粽爭纏續命絲，鬥舟舊事憶潮兒。
人家邀福心偏勝，蒲艾青蒼插滿籬。

注釋

1 續命絲：古代民間風格，傳說在端午節用彩絲繫臂，可以避災並延年益壽，故稱續命絲。
2 潮兒：弄潮兒。
3 邀福：求福。
4 蒲艾：菖蒲、艾草。

其六〈七月三日普渡〉

廣設盂蘭好道場，慈和宮裡鬧蹌蹌。
闍梨化食渾閒事，大眾皈依拜鬼王。

注釋

1 道場：僧家誦經行道之場所。道教亦沿用。
2 蹌蹌：奔跑跳躍貌。
3 闍梨：阿闍梨之簡稱。義為正行軌範師。原本是印度古婆羅教老師在傳授《吠陀經》時，學生對老師之稱呼。後來佛教沿用。音ㄕㄜˊ ㄌㄧˊ。
4 皈依：歸信佛教。

其七〈七夕〉

香花酒果列多盤，高供巍巍七媽壇。
有巧似知人盡乞，小兒身上乞平安。

注釋

1 七媽：七娘媽。臺灣俗稱織女為七娘媽。

其八〈中秋〉

月到中秋分外殊，嘗新有餅美於酥。
良宵忙煞癡兒女，牧豕槽邊問椅姑。
（注：臺俗於是夜咒請椅姑神以問休咎。）

其九〈重陽〉

虎頭山畔聽潮前，此日風高又一年。
遍語插萸諸弟輩，題糕莫負菊花天。

注釋

1 題糕：唐朝劉禹錫（字夢得）重陽題詩不敢用「餻」字。宋邵博《聞見後錄》卷十九：「劉夢得作〈九日詩〉，欲用餻字，以《五經》中無之，輟不復為。宋子京以為不然。故子京〈九日食高餻〉有詠云：『飆館輕霜拂曉袍，糗餐花飲鬥分曹。劉郎不敢題餻字，虛負平生一世豪。』」後遂以「題餻」作為重陽題詩之典故。餻，即糕。

其十〈冬至〉

拌米為丸膩比脂，祀神祭祖兩相宜。
初來新婦宜男相，一粒投爐卜已知。
（注：節俗於是夜投一丸於爐以卜娠婦胎中男女。）

注釋

1 宜男：祝頌婦人多子之詞。

其十一〈尾牙〉

食福年終是尾牙，盛筵今日請頭家。
可憐索債從茲急，安得臺高好避他。
（注：俗例於是日請主為年終核算要完賬云。）

注釋

1 安得臺高好避他：怎得避債臺以避人索債。

其十二〈除夕〉

共雲今夕是辭年，兒女圍爐笑語傳。
我獨偷閒修酒脯，擘開囊錦祭詩篇。

注釋

1 偷閒：抽空。
2 脯：乾肉。

〈雲林竹枝詞〉六首

其一

濁水牛稠畫界區，雲林坪上長青蕪。
諸羅以北成新邑，綰領東西縱貫衢。

注釋

1 雲林：地名，即雲林縣。
2 濁水：濁水溪。其北方為彰化縣，南為雲林縣。
3 牛稠：即牛稠溪。往往寫成「牛朝溪」或「牛跳溪」。今寫為「樸仔腳溪」。從嘉義流經朴子之北部，由東石港注入臺灣海峽。
4 諸羅：地名。即今嘉義。
5 綰領：聯絡、貫通。
6 縱貫衢：縱貫公路。

其二

東西貫串立中程，堪詡前山第一城。
集集留供番互市，其餘峻嶺罕人行。

注釋

1 詡：誇耀，說大話。音ㄒㄩˇ。
2 集集：地名。在南投縣。
3 互市：互相往來貿易。

其三

財富蘊藏邃谷間，羽毛齒革遍群山。
森森藤蔓人稱美，箭竹馳名豈等閒。

注釋

1 邃谷：深谷。
2 箭竹：竹之一種。

其四

射鹿狙人時有聞，沿山瘴霧滿天雲。
民情固樸番情悍，化俗勸農實孔殷。

注釋

1 狙人：養猴的人。狙，音ㄑㄩ。
2 孔殷：極多。

其五

恩威並進亦依仁，闔邑欣榮日日新。
足食豐衣能俯仰，居然後世葛天民。

注釋

1 依仁：不違背仁。即依據仁德行事。
2 俯仰：周旋，應付。
3 葛天：傳說上古時帝王。是遠古社會理想化之政治領袖人物。陶潛〈五柳先生傳〉:「無懷之氏之民歟？葛天氏之民歟？」

其六

過客因聞唱採茶，尋知紅日已西斜。
〈竹枝〉回報殷勤意，四海三江是一家。

注釋

1 尋：隨即，緊接著。

趙元安

字文徽，號一山，又號益山、劍樓。擺接堡枋橋街（今新北市板橋區）人。祖籍漳州漳浦。三十歲中秀才，翌年鄉試不中，遂絕意仕途，潛心於岐黃之術，並設帳授學於家，曾應臺北華利洋行洪禮文之聘，以詩書教其子弟，亦曾前往桃園、基隆設學。明治四十四年（1911）移居臺北，設劍樓私塾，從遊弟子頗眾。大正十年（1921）創劍樓吟社，時臺灣詩壇有「劍樓詩派」之稱。著有《劍樓吟詩稿》（未付梓）。

〈貓裡竹枝詞〉五首

其一

群山起伏護荒原，大甲大安敞水門。
地瘠民貧勤稼穡，恬然生聚豈須論。

注釋

1 貓裡：地名。即今苗栗。

其二

貓裡之墟實若虛，番人或獵或耕畬。
粵人插足漳泉繼，歲月推移錯雜居。

注釋

1 墟：市集、廟會、夜市。音ㄒㄩ。
2 畬：已經開墾二、三年之田。音ㄩˊ。
3 粵人：指廣東客家人。
4 漳、泉：福建漳州、泉州。

其三

雙方避事漸相親，遇悍寧規不作鄰。
仇自有端冤有主，人番守界儼如賓。

注釋

1 雙方：閩南、客家。
2 規：畫分土地而佔有。

其四

撫墾由官助拓田，番循山麓向山邊。
人將坎坷夷平坦，闢圳開畦築陌阡。

注釋

1 坎坷：道路不平。音ㄎㄢˇ ㄎㄜˇ。
2 陌阡：田間小路，並為田地之界線。東西為阡，南北為陌；一說南北為阡，東西為陌。音ㄇㄡˋ ㄑㄧㄢ。

其五

居然新邑具新風，麥黍芃芃物用豐。
北顧南瞻無遜色，生居長此樂融融。

注釋

1 芃芃：草木貌美。音ㄆㄥˊ ㄆㄥˊ。

王　松

字友竹，號寄生，自署滄海遺民。新竹人。祖籍福建晉江。自少攻詩，弱冠入「北郭園吟社」，與鄉先賢唱和。乙未（1895）割臺，挈眷內渡。翌年返臺，蟄居「如此江山樓」，縱酒賦詩。畢生宏揚詩教，主北郭園騷壇垂卅年。著有《臺陽詩話》、《滄海遺民賸稿》、《友竹行窩遺稿》，民族意識強烈。

〈艋津竹枝〉五首

其一

聽曲看花處處留，艋津風景小揚州。
可憐不盡繁華感，街巷新添賣酒樓。

注釋

1 艋津：地名。即艋舺。即今臺北市萬華區。

其二

年少衣衫樂改裝，點燈呼友共尋芳。
龍山寺界慈悲地，轉作人間歡喜場。

注釋

1 歡喜場：尋歡作樂之場所。

其三

東瀛美女白如霜，羞學塗脂喜淡妝。
一種天真描不得，動人心目斷人腸。

注釋

1 東瀛：指日本。

其四

歌音輕脆口脂香，斜抱琵琶坐倚床。
笑煞癡娃驚剪辮，近來都不愛男妝。

其五

愁病交攻酒不辭，且欣醉到太平時。
冷煙斜月悲猿鳥，調苦聲遲唱〈竹枝〉。

陳錫金

字基六，號式金，又號鼇村，晚號鼇翁。臺中清水（今臺中市清水區）人。日治時期曾任高美區（今臺中市清水區高美）區長及臺灣新聞報記者。擅中醫，一九〇二年加入櫟社。著有《鐵崖詩鈔》、《鼇峰詩草》。

〈鰲峰竹枝詞〉七首

其一

鰲頭山下水成溪，依舊澄清不貯泥。
一自鐵欄杆布設，浣衣聲在畫橋西。

注釋

1 鰲峰：山名。在今臺中市清水區。

其二

五福橋頭劇寂寥，萬里橋邊又市囂。
爭若當門水如鏡，儂家愛住太平橋。

注釋

1 劇：甚，極。
2 爭：怎。

其三

鰲西社運未凌夷，又煥文明到女兒。
（注：鰲西社，近充作公學校女學生教室。）
學校養成新學問，漫雲巾幗遜鬚眉。

注釋

1 凌夷：漸次衰頹。
2 巾幗：女子之代稱。
3 鬚眉：古人對成年男子之通稱。

其四

元宵女伴互歡呼，清茗一杯香一爐。
花粉檳榔盡羅列，燈前準備問三姑。

其五

遊春人唱〈冶春詞〉，奼紫嫣紅繫綺思。
商略踏青何處好？萋萋花草虎頭崎。

注釋

1 商略：討論，籌畫。
2 虎頭崎：地名。

其六

年少嬉遊作狹斜，衣香人影日交加。
相逢伯仲樓前路，不唱山歌唱採茶。

注釋

1 狹斜：窄路曲巷，又指娼妓之居處。
2 伯仲：兄弟的行次。長稱伯，次稱仲。

其七

莽蒼蒼似武陵源，行過街頭別有村。
羞煞兒家少顏色，桃花紅出醉西園。
（注：醉西園，係楊若明所居園名。）

注釋

1 莽蒼：形容郊野景色蒼茫的樣子。
2 羞煞：羞甚，羞極。

吳望蘇

彰化人。自幼受業於宿儒吳德功，為吳氏之曾侄孫。二十六歲舉茂才。書法效法鍾繇、王羲之。詩作未付梓。一九三六年，崇文社發行《彰化崇文社貳拾週年紀念詩文集》，書末附有〈故茂才吳望蘇先生遺稿〉。

〈彰化八卦山竹枝詞〉

八卦營荒忽幾時，彭年戰死暗傷悲。
軍亭只有餘青草，綠映川宮北白碑。

注釋

1 彭年：即吳彭年（?-1895），字季籛。浙江餘姚人。年十八，為諸生。乙未年（1895）春，以縣丞需次臺北，劉永福聞其才，延為幕客。及臺北陷，永福慮臺中有失，議兵往，彭年慨然請行，率七星旗兵七百，副將李維義佐之，往駐大甲。苗栗破，彭年回彰化，中部戰役，彭年多張軍幄，於八卦山之役，中彈卒。彰化亦陷。臺南庠生陳鳳昌壯之，灑酒為詩以祭，越年為之負骨歸鄉。
2 川宮北：即北白川宮（1847-1895）。日本皇族，伏見宮第十九代邦彥親王之子，諱能久。生於京都。明治二年（1869）留學普魯士（德國），專習軍事。回日本後歷任軍職，晉升為中將，被封為親王。光緒二十年（1894）中日甲午戰爭時，由第四師團長轉任近衛師團長，出征華北。中日馬關條約議和，臺灣割讓日本，臺人宣告獨立以抗日，乃奉命自旅順轉征臺灣。該師團於一八九五年五月二十九日於澳底登陸，先佔基隆，挺進臺北，即率兵南下，十月二十一日攻陷臺南，劉永福已先期內渡，遂宣佈全島底定。二十九日能久忽然病死。其遺柩運回日本，葬於東京。臺灣民間對其死因有多種傳說，其一謂日軍於十月中旬佔領嘉義後，在曾文溪北岸林投樹中，被反抗軍以長柄割檳榔鐮刀勾頸墜馬，傷重而死。日方怕影響軍心，秘不發喪，至十一月五日始公佈佯裝染病導致肺炎，而死於瘴癘。日政府賞以勳章，敘功三等，晉升為大將。日本官方封為「臺灣鎮守之神」，於全島廣建神社，加予奉祀。

莊長命

字鶴如，又字爾受、嘯皐。新竹人。國語學校畢業，出為總督府學力課編修員，曾參與小川尚義編纂《臺日辭典》之對譯工作。瀛社社員。

〈臺北竹枝詞〉四首

其一

艋津煙景尚繁華，十二樓臺鶯燕家。
偶向歡慈市上過，三更猶聽弄琵琶。

注釋

1 艋津：艋舺。即今臺北市萬華區。
2 鶯燕：喻指妓女。

3 歡慈市：地名。一名蕃薯市。在艋舺。原為番社所在地，雍正期間，漢人在此建造數間茅屋，只販賣蕃薯，故名。後來由於市街開發，改用諧音「歡慈」稱呼，以致變成「歡慈市」。

其二

新妝時樣鬥風流，但解歡娛不解愁。
邀得二三嬌女伴，相攜街上作閒遊。

其三

如花雛妓尚嬌羞，度曲琵琶學女優。
夜夜笙歌春似海，繁華爭說小揚州。

注釋

1 度曲：製作樂曲。
2 女優：女性的俳優。即女性演員之舊稱。

其四

十年北部賞名花，春色宜人入眼賒。
萬紫千紅看不盡，思歸王粲懶還家。

注釋

1 賒：久。

傅錫祺

字復澄，號鶴亭、大樗。臺中市潭子區人。光緒十九年（1893）秀才，次年原擬赴福建應舉，因甲午戰爭而中止。曾任

《臺灣日日新報》、臺灣新聞記者。櫟社社長。撰有《櫟社沿革志略》、《增補櫟社沿革志略》、《鶴亭詩草》。

〈臺中竹枝詞〉十二首選十一

其一

黃竹叢生竹子坑，深山狼虎舊橫行。
至今人號無頭筍，風味貓兒一樣清。

注釋

1 竹子坑：地名。在今臺中市區。
2 貓：貓竹。竹之一種。

其二

香柑足慰望梅心，霜後郊園萬樹金。
博得停車爭問價，筠籠名產榜員林。

注釋

1 望梅心：望梅止渴。
2 筠籠：竹籃子。
3 榜：標榜。
4 員林：地名。在彰化縣。以產柑聞名。

其三

巧為蜜餞富春鄉，甘勝於飴白比霜。
款客新正和雀舌，天冬柑餅與明薑。

注釋

1 富春鄉：店鋪名。
2 新正：農曆新年正月。
3 雀舌：用茶之嫩葉所製成之上等茶葉。

其四

麝蘭臭味溢通衢，驛騎曾傳貢上都。
到處誇稱施錦玉，奇楠線外有香珠。

注釋

1 麝蘭：麝香和蘭香。
2 臭味：香氣與好之味道。音ㄒㄧㄡˋ ㄨㄟˋ。
3 通衢：四通八達之大道。
4 驛騎：乘驛馬傳遞文書之使者。
5 上都：京都，首都。
6 施錦玉：鹿港名香舖名。一九三三年因鹿港街道改建而被拆除。
7 香珠：以香泥或香木製成之珠子。彩絲貫串，有夏日佩帶可避暑穢之說。

其五

一座神輿十八莊，堂堂旗鼓頗相當。
由來好客鄉村習，換酒曾聞典鷫鸘。

注釋

1 神輿：神轎。
2 鷫鸘：鷫鸘裘用鷫鸘羽毛所製之裘衣。《西京雜記》（二）：「司馬相如初與卓文君還成都，居貧，愁懣，以所著鸘鷞裘就市人陽昌貰酒，與文君為懽。」音ㄙㄨㄟ ㄕㄨㄤ。

其六

蟻聚蜂屯半線間，結成北港進香班。
媚神俑是何人作？甘擲多金買野蠻。

注釋

1 蟻聚：如螞蟻聚集般。
2 蜂屯：如蜂群聚集。
3 半線：地名。即今彰化。
4 俑是何人作：何人是始作俑者。始作俑者，本指初造木偶殉葬之人。今泛指惡事之開端。

其七

寶炬森森古廟開，紅男綠女逐群來。
喃喃私向神前語，求得燈尪雀躍回。

注釋

1 寶炬：蠟燭之美稱。
2 森森：高聳之樣子。
3 尪：玩偶。閩南地區方言。音ㄨㄤ。
4 雀躍：如雀跳躍，比喻欣喜興奮到極點。

其九

百花叢裡織機聲，多少新絲脫手成。
自謂績麻傳妙法，天孫神技遜奴精。

注釋

1 天孫：織女星。

2 遜：不如。

其十

新翻花樣出春蔥，織席爭誇大甲工。

不讓短簷巴那馬，更編草帽逐歐風。

注釋

1 春蔥：喻女子之手指。

2 織席爭誇大甲工：指大甲草蓆。

3 巴那馬：巴拿馬帽。帽簷較短。產地為南美洲委內瑞拉，但由巴拿馬出口。原料稱Hon-panama，成品纖維細緻，編製費時，呈鵝黃色，是草帽中之極品，但忌潮濕。

其十一

赤腳行來粵女群，扁簪橫插綰烏雲。

劇憐玉腕如施梏，一對銀鐶過半斤。

注釋

1 簪：插定髮髻或冠之長針。

2 綰：盤繞，繫結。音ㄨㄢˇ。

3 烏雲：比喻婦女之黑髮。

4 劇憐：極憐，甚憐。

5 施梏：戴上手銬。梏，音ㄍㄨˋ。

其十二

有女葫蘆墩畔住，額前短髮覆修眉。
白頭尚作垂髫態，不作雲英未嫁時。

注釋

1 葫蘆墩：地名。即今臺中市豐原區。
2 垂髫：古代男童腦門處留髮，其餘剃光，僅存腦門的頭髮下垂，稱垂髮。
3 雲英：人名。唐朝鍾陵妓。羅隱〈偶題詩〉:「鍾陵醉別十年春，重見雲英掌上身。我未成名君未嫁，可能俱是不如人。」

林朝崧

字俊堂，號癡仙。臺中市霧峰區人。建威將軍林文明少主。光緒十四年（1888）入邑庠，十九年補廩生。乙未年（1895）割臺，避亂泉州。後返臺，與賴紹堯等人組織櫟社。旋移居詹厝園，築無悶草堂。著有《無悶草堂詩存》。

〈臺中竹枝詞〉六首

其一

連雲樓閣最稱佳，新盛街通富貴街。
人物申韓家獨夥，街頭一步一招牌。

注釋

1 新盛街、富貴街：以往臺中市街道名。

2 申韓：戰國時申不害和韓非二人之合稱。兩人均為法家。主刑名法術之學，後世遂以申韓代表法家，並稱學習刑名法術者為申韓之學。

3 夥：眾多。

其二

大墩墩下好婆娑，處處旗亭夜夜歌。
聞說風光非本地，佳人來自北方多。

注釋

1 大墩：臺中之舊稱。

2 婆娑：留戀。或放縱閒散而逸樂。

3 旗亭：市上小樓。或指酒樓。

其三

女兒生小富春鄉，倚市嫌羞刺繡忙。
近日別開新活計，夜深燈火績麻場。

注釋

1 績麻：把麻分開，搓接成線。

其四

余家食力靠鋤耘，郎罷於園囝蔗園。
卻喜深山虎狼少，桃花流水即仙源。

注釋

1 鋤耘：耕作園地。

2 囝蔗園：囝罷蔗園。囝，閩人稱呼小兒。音ㄐㄧㄢˇ。
3 仙源：仙人所住之地方。

其五

開荒築堰障狂瀾，港口西移水漸乾。
利比鹽田魚塭厚，桑田滄海眼前看。

注釋

1 堰：跨越河流所修建之障礙物。即擋水之低壩。
2 魚塭：在海邊平地，築岸作池，引水養魚，此種養魚池，稱作魚塭。
4 桑田滄海：滄海變桑田。

其六

南瑤宮畔去尋春，恰值天妃降誕辰。
燭影爐煙三裡霧，不知多少進香人？

注釋

1 南瑤宮：彰化市內之媽祖廟。
2 天妃：天上聖母。媽祖婆。
3 誕辰：農曆三月廿三日。

呂蘊白

即呂琯星，字蘊白。臺中神岡（今臺中市神岡區）三角仔人。櫟社社員。著有《蓉村詩草》。

〈竹枝詞〉

墩城風景類揚州，絲管紛紛奏不休。
到處酒旗歌板地，叢叢綠鬢坐樓頭。

注釋

1 墩城：大墩。臺中之舊稱。
2 歌板：歌唱時敲擊以為節奏。即拍板。
3 綠鬢：烏黑亮麗之鬢髮。指青春少女。

連　橫

字武公，號雅堂或雅棠，又號劍花。臺南人。連戰先生之祖父。曾任職《臺灣日報》、《臺南新報》漢文部，民國後入清史館、《臺灣詩薈月刊》編輯。著有《臺灣通史》、《臺灣語典》、《臺灣詩乘》、《劍花室詩集》、《文集》等。

〈臺南竹枝詞〉十九首

詠〈臺南竹枝〉者多矣，然皆數十百年之事，與今日風致大相懸殊。雨窗無事，撫景閒吟，其間半雜方言，僕雖略知一、二，而疏漏亦多，箇中情景，尤欲質之司空見慣者。

其一

歌舞樓臺斜道斜，鞭絲帽影鬥豪華。
明朝日曜相攜手，好向城西去看花。

（注：西門外南勢、南河等街，半為青樓之地，逢日曜日，遊人如織，競逐買春。日曜日，即西洋所謂禮拜日也。）

注釋

1 鞭絲帽影：鞭絲，鞭。帽影，帽也。陸游〈雪晴行益昌道中詩〉:「春迴柳眼梅鬚處，愁在鞭絲帽影中。」
2 日曜：星期日。
3 青樓：指妓院。
4 買春：買酒。唐代之酒名多有春字，如竹葉春、梨花春等，因此以春為酒之代稱。

其二

散步閒吟《萬葉》歌，翩翩裙屐任婆娑。
美人樓畔推窗看，拍手相呼喚「艷多」。

（注：《萬葉集》，古和歌名。臺語呼美少年曰「緣投」，一作黃脰，鳥也，性善鬥；艷多音相似。）

注釋

1 裙屐：裙屐少年。指衣著華美，但知修飾而無實學，不能擔當政事之貴族少年。
2 婆娑：放縱閒散而逸樂。
3 《萬葉集》：日本古老之歌集，成於奈良時代，凡二十集。

其三

橫匾明燈貸座敷，屏前團坐月明初。
桐家柳屋都看遍，別有高砂大女閭。

（注：貸座敷，即青樓也；桐家、柳屋，亦青樓之名也。高砂亭，係貸座敷組合之代表者。）

注釋

1 青樓：妓院。
2 女閭：在宮中別闢里巷，使婦女聚居，以便行商。後泛指娼妓聚居之地方。閭，里巷中之門。
3 組合：合作社。

其四

執杖揚揚眼飽看，買春相逐語翻讕。
今宵不惜纏頭錦，昨日新陞判任官。
（注：判任官，文官也，計有十等。）

注釋

1 揚揚：得意之樣子。
2 翻讕：翻，變成。讕，欺騙人之假話。
3 纏頭錦：古代藝人把布帛纏在頭上作裝飾。又因表演完畢時，觀眾常以羅錦相贈，故稱贈送給歌舞者之布帛，叫纏頭或纏頭錦。

其五

亦有江東意氣豪，無錢遊興兩三遭。
偶然痛欲街頭醉，打鴨驚鴛解佩刀。
（注：無錢遊興，法律中語，而新聞亦慣用之。）

注釋

1 無錢遊興：請人招待或服務但不付帳。即白吃白喝。
2 打鴨驚鴛：打架生事。

其六

手把三絃上綺樓，低聲小語謝纏頭。
一時姊妹皆微笑，擊鼓傳花疊唱酬。

（注：業歌舞者曰「藝妓」，受金時則小語，曰：「多謝」。三絃，樂器也，以牙板撥之；或時擊鼓，淵淵作金石聲。）

注釋

1 三絃：三絃琴。
2 綺樓：華麗之樓閣。
3 受金：收錢。

其七

花茵重疊席寬舒，長踞伸腰斂翠裙。
酩酒御茶親料理，為言貴下樂何如？

（注：坐皆席地，以足承尻後，禮也。酒曰「酩酒」，酩，名也。茶曰御茶，敬詞也。酒曰「料理店」。貴下猶言「貴君」也。）

注釋

1 花茵：有刺繡之襯墊。
2 踞：蹲。兩腳伸開彎著膝而坐。
3 尻：臀部。脊椎骨之末端。音ㄎㄠ。
4 貴下：日本對其他男仕之稱呼。亦即「您」。

其八

擊掌傳呼疊疊催，魚腥雞臠進前來。
軍中御用葡萄酒，一盞親斟說看杯。

（注：呼人以手不以口，則應者來。葡萄酒有軍中御用者，上品也。）

注釋

1 疊疊：再三。
2 臠：大塊切肉。音ㄌㄨㄢˇ。

其九

柳燧荷囊勝小壺，座中親餉淡巴菰。
一枝銅管刻三寸，吸取煙雲醉味腴。
（注：呼菸曰「淡巴菰」，《芝峰類說》謂出自日人，然西語亦如是稱，疑為小呂宋之語也。客至，出小筐置火爐於中及菰餉之。柳燧，自來火之別名也。）

注釋

1 柳燧：打火機或云打火石。
2 荷囊：荷包。隨身攜帶之小袋子。即煙袋。
3 小壺：煙壺。
4 餉：贈。
5 淡巴菰：煙草tobacco之音譯。明代西班牙語菸草之譯名。又名金絲薰。相傳明代萬曆年間從南洋移植於福建漳州、莆田等地。見王士禛《香祖筆記》（三）。《事物異名錄》〈飲食部〉〈菸〉：「《露書》：煙草名淡巴菰，又名金絲薰。」
6 銅管：吸煙管。
7 腴：美好。
8 《芝峰類說》：日本一六一三年出版之百科全書。
9 呂宋：古國名。即今菲律賓群島之第一大島呂宋島（Luzon）。

其十

湘裙六尺石榴紅，纖嫋腰肢對舞工。

偶覺中單花樣露，小開卿莫罵春風。

（注：女子不著袴，圍有紅裙，深藏不露，即禮所謂中單也。按《說文》；「袴，脛衣也。」實為今製。《古今注》曰：「袴，蓋古之裳。周武王以布為之，曰『褶』；敬王以繒為之，曰『袴』，俱不縫口；縫口之袴，始於漢代也。」）

注釋

1 湘裙：稱女子之裙。
2 石榴：石榴裙。大紅裙。因石榴花紅，故名。
3 纖嫋：纖長柔美貌。
4 中單：內衣，汗衫。
5 小開卿莫罵春風：施士浩之〈臺江新竹枝詞〉其三，亦有此句，文字雷同，其典故無從查考。
6 卿：朋友間之尊稱。
7 袴：褲子。

其十一

鐘聲十二鎖雲房，子夜清歌引鳳凰。
最是信州好蕎麥，情郎顏色恰相當。

（注：古曲中有「信州好蕎麥，情郎好顏色。不食麥猶可，遲郎愁故我。」之句，蓋男女贈答之詞也。信州產麵，色白。日語謂曰蕎麥。凡貸座敷入夜鐘鳴十二下，即閉門休息。）

注釋

1 雲房：婦女之居室。
2 子夜清歌：子夜歌。樂府吳聲歌曲名。相傳為晉代名叫子夜之女子所創制。內容都是愛情生活中之悲歡離合。
3 鳳凰：鳥名，雄曰鳳，雌曰凰。引申為男女。

4 信州：地名。在今日本長野縣。
5 蕎麥：植物名。為重要之糧食植物，也可供藥用。

其十二

琵琶偷抱到巫陽，十五羞為夜度娘。
白帽無端來剝啄，被他驚起兩鴛鴦。

（注：日法，女子年未十八者為藝妓，不得賣淫；其或男女好說而相親暱者，為員警所知，罰鍰罪之。白帽者，即員警所戴也。）

注釋

1 巫陽：傳說為古時善卜筮之人。
2 夜度娘：娼妓。
3 剝啄：叩門聲。音ㄅㄛ ㄓㄨㄛˊ。
4 兩鴛鴦：兩男女。

其十三

浴池五尺鬱迷離，絕好羅衫對解時。
一水盈盈遮不斷，春寒背面洗凝脂。

（注：男女同池而浴，相去僅咫尺，而習俗成風，渾無愧色；然端莊不狎，猶古風也。）

注釋

1 鬱：閉塞。
2 迷離：模糊不明。
3 絕好：極好。
4 盈盈：水清淺貌。
5 凝脂：形容皮膚光滑白潤。

其十四

輕攏寶髻重盤雲，尺五腰圍織錦紋。
素手親攜蝙蝠傘，艷陽天氣好遊春。

（注：婦女鬢分兩翼如鴉，髻如蜂腰，或作盤蛇。未及笄者，丫鬟雙垂，尤可人意。而耳不環，手不釧，髻不花，足不弓鞋，妙致天然。帶寬咫尺，圍腰兩三匝，倒捲而直垂之。衣袖尺許，襟廣微露，出則攜蝙蝠傘，舉止無羞澀之態。）

注釋

1 寶髻：古貴族婦女髮結之一種。
2 盤雲：盤旋如雲狀。
3 弓鞋：古代婦女所穿之弓形鞋子。

其十五

屧韻丁東響畫廊，淩波羅襪步生香。
翩翔盡有驚鴻態，裙底鴛鴦比翼藏。

（注：婦女皆著屧，其形如梁，作人字形，以布練或紈蒲繫於頭，兩指夾之而行，故亦分兩歧。《虛閣雜俎》載，楊太真作鴛鴦蓮蓬並頭蓮錦襪，又按古樂府有「黃桑柘屐蒲子履，中央有絲兩頭繫。」之句，則中國古制亦如是也。淩波羅襪勝於金蓮裹足多矣。）

注釋

1 屧：鞋子，木屐。音ㄒㄧㄝˋ。
2 丁東：木屐之聲響。
3 淩波羅襪：淩波，喻美人之步履輕逸有如淩波上行。曹植〈洛神賦〉：「淩波微步，羅襪生塵。」
4 驚鴻：驚飛之鴻鳥。喻美女體態輕盈。
5 比翼：並翅齊飛。

6 梁：橋。
7 紈蒲：紈，細白而有光滑之生絹。蒲，水草，葉可織席。紈，音ㄨㄢˊ。

其十六

娉婷鏡影艷留痕，底事桃花笑不言？
莫怪別離人不見，寫真相對亦消魂。

（注：寫真，即照相也。其法始於西人，以熱蘭炯薰玻璃面，用琉璜水涅之，對人而照，使其影透入境中，然後以銀硝紙承影，日光隙入，痕留淡墨，神態如生，凡男女相悅者，各以寫真贈答，示不忘也。）

注釋

1 娉婷：姿態美好貌。音ㄆㄧㄥ ㄊㄧㄥˊ。
2 底事：何事。
3 涅：染黑。音ㄋㄧㄝˋ。

其十七

燈光照射鼓聲嗔，翎箭親將控繡絃。
左右射來皆中的，歡呼笑拍子南肩。

（注：射所畫綵為鵠，雛姬環侍，中則鳴鼓報之，互拍其肩為樂。其場曰：「揚弓店」，或曰：「射的場」。）

注釋

1 嗔：盛大。音ㄊㄧㄢˊ。
2 翎箭：羽箭。
3 中的：打中目標。
4 子南：人名。即游楚，春秋時鄭大夫。字子南。徐吾犯之妹美，子南聘之，從兄子皙又使強委禽焉，後女適子南，子皙欲殺子南而奪其妻，為子南所傷，子產執子南數其罪，放之於吳。

5 射所：射箭場。

6 鵠：箭靶之中心。音ㄍㄨˇ。

其十八

鐵板敲殘錦幕開，一時歌舞上春臺。

偶然灑落癡情淚，為看芝居不忍回。

（注：芝居者，戲也，因舊演於興福寺生芝地，故名。每一齣止，則張幕護之，板亂敲，撤幕復出，亦演古來事，惟妙惟肖，觀者或為之淚下。）

注釋

1 敲殘：敲盡。

2 春臺：可以登眺美景之樓閣、高臺。

其十九

投票喧傳佳姓名，別翻花樣出嵌城。

袖中一卷《花千種》，李艷張嬌細品評。

（注：好事者，投票於新聞，品評妓女，以多點者為佳。又有刊《花千種》者，其書悉載臺南妓女姓名住所。）

注釋

1 嵌城：臺南市之赤嵌城。

莊　嵩

號太岳。彰化鹿港人。出身書香世家，父士哲為清之明經，叔士勳為舉人。日本據臺後入臺中師範，畢業後執教鄉校六年。迨林朝崧創櫟社，邀之為社友，並為霧峰林家西席；於霧峰創革新青年會及一新義塾，講授國學垂卅餘年。與施家本、丁寶濂於鹿港創設大冶吟社。著《太岳詩草》。

〈鹿江竹枝詞〉十二首

其一

烏魚大獲萬三三，典盡釵環為口饞。
本港從來魚子好，果然風味勝臺南。

注釋

1 鹿江：鹿港之舊稱。
2 典：以物質抵押錢財。
3 釵環：釵，婦女上之飾物，由兩股合成。環，泛指圓圈形器物，如指環、耳環、手環。
4 饞：貪吃。音ㄔㄢˊ。

其二

一年佳節屬端陽，時品爭誇錦玉香。
十八子兼烏五漢，人人胸際掛郎當。

注釋

1 錦玉香：鹿港著名之施錦玉，香舖。一九三三年因街道改建而被拆除。鹿港現存之著名香舖為施金玉及施美玉。
2 十八子兼烏五漢：十八子即龍山寺內之十八羅漢。烏五漢，即五尊烏面祖師（清水祖師）。民國七十七年龍山寺進行整修，烏五漢已被移去。
3 郎當：鈴鐺或指香囊。

其三

醒脾兩盒豬油荖，爽口三包鳳眼糕。
一樣玉珍新與舊，各將牌匾競爭高。

注釋

1 醒脾：開味。
2 豬油荖：一種品茶時用之點心。
3 鳳眼糕：鹿港著名之糕餅名。以其外觀形似美女鳳眼而得名。鳳眼糕可追溯至一八八七年，當時泉州糕點師傅鄭槌渡海來臺，與開設米店之玉珍齋合作。由玉珍齋提供米、糖等原料，鄭槌提供技術。隨後拆夥。玉珍齋保留店名。鄭槌則另創鄭玉珍新品牌，保留「玉珍」二字。
4 玉珍：玉珍齋在今中山路及民族路交叉口。鄭玉珍在今埔頭街二十三號。

其四

布價般般十倍騰，既兼且美澁烏稱。
為衫耐洗為裘暖，好染相傳是勝興。

注釋

1 澁：不光滑。
2 勝興：店名。

其五

幾處柴門半掩開，遊人陣陣此徘徊。
煙花三月後車路，新貨搬從草厝來。

注釋

1 煙花：妓女。
2 後車路：藝旦聚集之場所。
3 草厝：地名。

其六

中秋擲筊龍山寺，元夜抽籤舊祖宮。
手執辦香燈下竄，各將佳夢卜維熊。

注釋

1 筊：杯珓。一種卜具。通常用竹、木根等做成。形似蛤，有兩片。在廟宇中，信徒擲以問神，觀其俯仰，以定吉凶。
2 龍山寺：鹿港龍山寺創始明末永曆七年（1653），奉祀觀世音菩薩，目前為國家一級古蹟。
3 舊祖宮：鹿港天后宮創建於明末萬曆十九年（1591），奉祀天上聖母。清康熙二十二年（1683），施琅將軍平臺時，幕僚恭請湄州開基媽祖神像，護軍渡海，事平後班師回朝之際，其族侄施啟秉感念媽祖神靈顯赫，而留聖像於本宮奉祀。在嘉慶年間稱為「聖母宮」。乾隆五十二年（1787），大學士福康安以官帑於鹿港海墘另建媽祖廟，此乃清高宗乾隆皇帝所敕建之新祖宮，為清朝官方所祭之廟宇。為分辨兩座媽祖廟宇，前者，稱為「舊祖宮」；後者，稱為「新祖宮」。
4 燈下竄：善男信女在燈下走動。
5 卜維熊：夢熊。夢中見熊。古人以為生男孩之徵兆。《詩》〈小雅〉〈斯干〉：「吉夢為何？維熊維羆。」

其七

落壇準備祝千秋，乩鼓宵宵鬥不休。
四月清和好天氣，王爺宮口看抛毬。

注釋

1 千秋：祝人或神明壽誕之詞。
2 乩：卜以問疑。音ㄐㄧ。
3 王爺宮：廟名。在鹿港埔頭街。

其八

盂蘭盆會盛鄉閭，燄口宏施鬼一車。
使派爭誇街尾戲，排場還讓菜園豬。

注釋

1 盂蘭盆：佛家語。義譯倒懸。比喻死者之苦，有如倒懸。乃佛家弟子救渡亡魂之法會。佛教徒在每年農曆七月十五日，設齋供養佛、菩薩及眾僧，祈求他們的法力能救渡先亡親友倒懸之苦。
2 鄉閭：鄉里。
3 燄口：放燄口之簡稱。指僧徒設壇，向餓鬼施食，使得超渡。
4 排場：外表舖張，場面勝大。
5 菜園豬：在菜園一帶之豬販。

其九

宮後牛墟又菜園，況兼前港更難言。
誰知三姓施黃許，怙惡原無過隘門。

注釋

1 宮：鹿港舊媽祖宮。
2 牛墟：鄉村中牛隻集散買賣之市集。墟，音ㄒㄩ。
3 施黃許：鹿港三大姓。
4 怙惡：恃惡非為。怙，音ㄏㄨˋ。
5 隘門：用來封鎖街道兩頭之路門。古代市街居民為集體安全，在街道出口兩頭築設隘門，白天開著，晚上或緊急時則關閉，以防盜賊或敵人。

其十

舊宮聖母轎班團，新自湄洲謁祖還。
請得金身正二媽，角頭傳議祝平安。

注釋

1 舊宮：舊祖宮，見其六注。
2 轎班團：聖母轎進香團。
3 湄洲：地名。在福建省莆田縣東南海中，媽祖之發源地。
4 謁祖還：回鑾。
5 角頭：莊頭。

其十一

北頭一帶盡漁家，海上生涯在討鯊。
今歲漁冬偏不美，共來捕蟹掘沙蝦。

注釋

1 北頭：地名，為鹿港北方之漁村。
2 討鯊：捕捉鯊魚。

其十二

轉眼繁華等水泡，謾將前事語譊譊。
大街今日堪馳馬，盛概猶然話八郊。

注釋

1 等水泡：如同泡影。
2 謾：莫，休，不。
3 譊譊：爭辯的聲音。音ㄋㄠˊ ㄋㄠˊ。
4 八郊：八個郊商之公會組織。

〈臺中竹枝詞〉五首

其一

沖西港口信魚肥，鹿子江頭釣艇飛。
郎愛腹中魚子好，儂從身上脫寒衣。

注釋

1 沖西港：港名。在今鹿港鎮西郊。
2 鹿子江：江名。在今鹿港鎮。

其二

下山採茶日欲沈，上山伐木雲未深。
山歌一曲誰家女？半帶漳音半粵音。

注釋

1 漳音：福建漳州口音。

其三

八卦山前春日晴，滿城簫鼓鬧清明。
人間至竟多魑魅，馬面牛頭共奉迎。

注釋

1 魑魅：古代傳說中山澤之鬼怪。音ㄔ ㄇㄟˋ。
2 馬面牛頭：地獄之鬼卒。

其四

大墩墩上晚風清，大墩墩下春月明。
何處琵琶彈別調？常盤町裡夜三更。

注釋

1 大墩：臺中之舊稱。
2 常盤町：臺中舊時街名。

其五

求名求壽復求財，一路香燈滾滾來。
共說今朝天后誕，家家牲醴賽神回。

注釋

1 天后：天上聖母媽祖。
2 牲醴：供祭祀的家畜。
3 賽神：祭祀以報答神明。酬神。

李騰嶽

號鷺村，筆名夢癡、夢星，署木馬山人。新北市蘆洲區人，卜居臺北市。臺灣總督府醫學校畢業，開設宏仁小兒科醫院，其後又考入臺北醫學專門學校，獲醫學士學位，嗣又進入臺北帝國大學藥理學教室，從杜聰明博士研究，其後又獲日本京都帝國大學醫學博士學位。光復後，歷任省文獻委員會編纂、委員、副主委及主委等職。退休後，閒居士林九畝園專事吟詠。

騰嶽長期從趙益山（一山）學詩，曾與同門詩人組織星社；又與黃純青、林熊祥等人組織心社唱和。遺《李騰嶽鷺村翁詩存》。

〈乙亥蒲月臺北竹枝詞〉十選四

其一

建昌街廢南街微，代謝何曾有是非。
今日太平最殷盛，霓虹明滅耀珠璣。

注釋

1 乙亥：民國二十四年（1935）。
2 蒲月：農曆五月。
3 建昌街、南街：皆街道名。
4 代謝：新舊交替。
5 殷盛：殷實，繁盛，富足。
6 珠璣：珠玉珍寶。比喻耀眼。

其二

大通道路盡鋪裝，車馬如龍透里坊。
雨不濘泥晴更好，可知善政在康莊。

注釋

1 里坊：街里，市街。
2 濘泥：水土相和，黏爛而滑。
3 康莊：四通八達之大路。

其三

兒女紛紛向菊元，後來松井亦名喧。
內台經濟成優劣，似此前途不可言。

注釋

1 菊元：日本料理店名。在臺北市民生西路。
2 松井：松井日本料理。在臺北市農安街。

其四

摩天樓閣盛鋪張，舉世風行百貨商。
卻笑儂家非顧客，也隨人去坐流廊。

注釋

1 鋪張：頌揚渲染。
2 流廊：電梯。

賴惠川

本名尚益，以字行，號頤園，別署「悶紅老人」，嘉義人，是當地著名之漢語詩人。著有《悶紅墨屑》，收錄前後之〈竹枝詞〉共八四二首，「以憂愁怨亂之鳴，而鳴以鄙陋俚俗之〈竹枝〉。」是海峽兩岸以〈竹枝詞〉為題作詩最多之詩人。書末並收錄二十九位時人之評語，並附〈題襟亭賞百合花序〉、〈髮妻陳氏墓誌銘〉兩文，於民國四十六年（1957）出版（非賣品）。

〈竹枝詞〉八四二首選三十

其一

萬里霜風悲復悲，狂歌都在不聊時。
黃鐘大呂非今日，合與村童唱〈竹枝〉。

注釋

1 不聊：無聊。
2 黃鐘大呂：黃鐘大呂，皆古代樂律名，十二律之一。陰陽各六，六陽為律，第一為黃鐘。六陰為呂，陰律第四為大呂。相傳黃帝時，伶倫截竹為管，管長九寸，圓九分，所發之音為黃鐘，聲調最宏大響亮，是中國古樂之標準音。位於子，在十一月，辰在星紀，為律中最長之一種。大呂，依於丑，在十二月，辰在玄枵。

其二

安排破硯寫閒情，籬下喈喈叫幾聲。
久矣闍雞拖木屐，半飢半飽亦長鳴。

（注：術者，謂「閹雞拖木屐，罔討罔食。」或「閹雞不鳴」。此詩杜撰，然余畜兩羽，為余司晨，固善鳴，而童謠亦有「閹雞句句啼」之語，故用之不疑。）

注釋

1 喈喈：鳥鳴聲。喈，音ㄐㄧㄝ。
2 閹雞：被閹割去聲之雄雞。
3 杜撰：無事實依據而憑空捏造。
4 司晨：報曉。
5 句句：勾勾。雞啼聲。

其三

環蝕奇觀絕古今，臺灣恰好是中心。
一千二百年來事，付與吾人賞鑑深。

（注：新曆十二月十四日，古曆乙未十一月初一，日全蝕，中心在臺灣，聳動全球。天文學者專來測者甚眾，是日下午三時二十五分，由下虧起，至四時五十分，現一金環，光彩陸離，呈一大奇觀。此環開始於四時四十六分，終於五十三分。為時僅七分鐘耳。環之最圓時，在四時四十九分。若同一地點，重見一次，完全同一之蝕象者，為時需要一千二百年，方得一見。科學家說，地球上每隔三百六十年，方能看得全蝕一次，地點不定。）

注釋

1 賞鑑：鑑識。
2 乙未：民國四十四年（1955）。

其四

莜月立刻蝕日環，千觀千古在臺灣。
丙申望月月蝕既，日月全蝕朔望間。

（注：乙未年十一月一日，日環蝕，丙申年四月十五日，月蝕既。）

注釋

1 葭月：農曆十一月之別稱。
2 丙申：民國四十五年（1956）。
3 朔望：朔日與望日。即農曆每月的初一與十五日。
4 乙未年十一月一日：即一九五五年十二月十四日。
5 丙申年四月十五日：即一九五六年五月二十四日。

其七

漠漠烏雲海接空，往來船舶走匆匆。
一時發作狂飆起，便是人間鴟尾風。
（注：鴟尾，今名刺尾，又名龍柱。）

注釋

1 漠漠：密佈。
2 狂飆：狂風。

其八

三牲酒醴十分豐，大道公生拜祝同。
記取明朝三月半，須防媽祖請狂風。
（注：俗以三月半為大道公生日，媽祖必請狂風吹落其紗帽。）

注釋

1 三牲：牛、羊、豕。俗稱雞、魚、豕為三牲。
2 酒醴：甜酒。

其十一

風颱來自太平洋，萬竅悲號萬類傷。
辜負芳名稱小姐，淫威直欲破天荒。

（注：風之強烈者，乃稱小姐；弱者，不得此美號。黛納、鶯瑪、芙瑞達皆稱小姐，此三位小姐，丙申年光臨臺灣，家屋、人畜、橋樑被害者不少，而大小橫流，深者數丈，未曾有之災害。）

注釋

1 竅：洞孔。音ㄑㄧㄠˋ。
2 淫威：濫行權勢，暴虐人民。

其十二

三月年年二十三，淋漓大雨豈空談。
洗殘媽祖胭脂粉，大道爺公願始甘。

（注：俗謂三月二十三日，為媽祖生日，大道公必以大雨洗其脂粉，以報三月半之風。）

注釋

1 淋漓：形容充盛之樣子。

其三十七

粥粥群雌盡菜婆，曉鐘一杵念彌陀。
行人共說彌陀寺，寺外深潭水鬼多。

（注：彌陀曉鐘。喫菜婦人稱菜婆，又稱菜姑。）

注釋

1 粥粥群雌：雞相呼聲。
2 杵：敲木魚之棒槌。

其三十八

同來泛月是詩豪，恰好蘭潭水半篙。
當日紅毛應死盡，一陂依舊號紅毛。
（注：蘭潭泛月，今名紅毛陂。紅毛，蘭人之稱也。）

注釋

1 泛月：夜間泛舟。
2 篙：撐船之竹竿。音ㄍㄠ。
3 蘭人：荷蘭人。

其五十三

三五村夫聚草寮，留傳故事說囂囂。
民雄自古人煙少，打虎偏言是打貓。
（注：聞鄭氏，放兩小虎於臺灣，欲其傳種，一走高雄；一走民雄，該地之人，以為山貓野狗，皆被打死，故有打貓打狗之名，高雄稱打狗；民雄稱打貓。）

注釋

1 囂囂：眾多貌。
2 鄭氏：鄭成功。

其五十四

連人帶屋北移南，決岸崩堤草嶺潭。

聞道地牛毛一振，能令大地作搖籃。

（注：某年地大震，山中有一人家，連人帶屋順地皮滑走，移於數里之外，而無所傷。草嶺水庫岸崩，人畜村落沖失無數，大慘事也。昔人謂地震，乃地中有一巨大地牛，一毛稍動，大地皆搖。）

注釋

1 決岸：潰壞隄防。

其五十九

人海人山舊布街，幾家剩得半柴扉。

蕭條一廟開基古，神座空存福德牌。

（注：昔之布街，全城集中之地，寸地寸金，街有福神廟，為各廟第一開基古廟，今廢，街亦廢。）

注釋

1 福德：福德正神。

其六十

今時魍港古臺灣，煙櫓風帆日往還。

古是臺灣今魍港，澎湖唇齒一雄關。

（注：《海東札記》謂臺地多用宋錢，其質小薄，千文貫之，長不盈尺，其錢古色深翠，人謂以七寶銅鑄成，鎔為宣爐逸品也。俗名其錢，為薄痞錢。余藏之數十文，林荻洲先生所贈，餘不復見矣。笨港，即魍港，今名北港，在雲林縣西，昔為海舶往來出入口，宋時貿易於此，故以北港名臺灣。又《方輿紀略》謂澎湖為漳泉門戶，而北港，則澎湖唇齒。北港在澎湖東南，亦以北港為臺灣。三百年來，皆屬嘉義管轄，殷賑之地，棄諸雲林，地方得失，關於人才，惜哉。）

注釋

1 宣爐：明朝宣德中所鑄之銅香爐。
2 逸品：超越流俗之藝術品。其格調不凡，竟致超脫。
3 唇齒：唇齒相依。比喻相互依存，表裡相資，極為密切之關係。

其六十六

三條崙上正狂潮，高女先生是老妖。
不管掀天風浪惡，犧牲人命十三條。

（注：昭和十三年七月十三日，嘉義高女全校往三條崙海水浴，忽風浪大作，各級師長退避不遑，獨某強迫其受持一年生全級入海，可憐十三、四歲少女，素不諳水性，悉被狂潮捲去。結局十三人失蹤，死於非命，而某轉勤而已，日人之無道，此其一端也。）

注釋

1 三條崙：地名。在雲林縣四湖鄉西部，有海水浴場。
2 先生：老師。

其六十七

諸羅自古是豬羅，大半生蕃帶短刀。
今日人才皆輩出，鄉居吳鳳更稱家。

（注：嘉義名諸羅山，古名豬羅山，生蕃聚居處也，今尚有蕃社，各杉行營商地也。今之蕃人，居於吳鳳鄉。高某曾為鄉長，勢力龐大，放送機謂「人才輩出」為「人才輩出」。）

注釋

1 放送機：廣播電臺之播音機。

其七十一

烏令飄飄插頸斜，客婆頭上挺高杈。
鈴聲一路香鐙腳，北港燒金趕早車。

（注：客人，往北港進香者，名香鐙腳，頭插小黑旗，綴小鈴，名烏令。婦女簪皆六七寸，如篙杈。）

注釋

1 客人：進香客。
2 篙杈：分岔之竹竿。音ㄍㄠ ㄔㄚ。

其七十四

官田陂水去粼粼，業主當時淚滿巾。
今年三年輪作好，未聞苦痛念前人。

（注：官田圳經營之始，經費浩大，業主不能負擔者，賤售其土地，人猶避，不敢承受，或迫於無奈自殺者不少也。今則三年輪作一次，得其水利，海口方面，鹽鹵之地，皆變為水田。）

注釋

1 粼粼：形容水清澈閃爍貌。
2 鹽鹵：鹽地。含鹹性，不宜耕種之土地。鹵，音ㄌㄨˇ。

其七十七

樑間壁上守宮鳴，似共雞公報五更。
底事渡溪過虎尾，溪南唧唧北無聲。

（注：守宮過虎尾溪即不鳴。）

注釋

1 守宮：壁虎。
2 雞公：公雞。

其八十三

臺灣果子出無窮，黃樣居先論至公。
寵眷久誇麻豆柚，荔支名產讓臺中。

（注：麻豆某宅，老柚兩株，花之開落一一報告當局，結實時，個個蓋印，全部收為貢品。）

注釋

1 樣：土芒果。音ㄕㄜˊ。
2 論至公：言論極為公正。
3 寵眷：垂愛思慕。

其九十七

正月正頭正月正，門前錢樹響冬丁。
乞兒慣作鋪排語。「頭老錢銀滿大廳」。

（注：鋪排語，諛語也。正月初一、二日，乞子折一樹枝，結紅紗，串以錢，每到人家門前，手搖樹枝，口念吉語。）

注釋

1 乞兒：乞丐。
2 鋪排語：諂媚奉承之話。

其一〇二

獅陣排場氣象森，忽聞司阜駕光臨。
昂頭打個英雄結，辮子邪魔早戒心。

（注：邪魔，日語謂障礙也。武館中人，公開演習武術，名獅陣排場。凡武館必祀一獅頭，而獅有宋江獅、青頭獅之別。宋江獅，平時罕出，惟每年舊曆六月八日海口新港萬仙爺祭典，及學甲每年舊曆三月十五日保生大帝祭典，此二次，宋江獅最盛，獅之頭面皆扁，青頭獅，頭圓而肥，到處有之，拳種不同，弄法亦異。武館稱教師為司阜，殆師父之誤也。而司與獅音同，故祀獅乎？昔人有辮子，普通分髮三股，組為一辮子；少年氣盛時，分五股，為一辮子，名五股辮。垂辮子於背後者，惟學子，及富貴家有之，餘則環辮子於頭，名纏頭鬃，或打英雄結。英雄結名麵線紐，又名壽久螺。英雄結乃屈折辮子於腦後，如婦人螺髻，昔人相打時，最忌辮子被對方揪住。）

其一〇三

大紀奇冤世所知，功勞派與福康兒。
榮褒為愛私生子，贔屭何辜負石碑。

（注：古老云：「福康安，乾隆私生子也」。心忌柴大紀之功，因謂柴曰：「公馬甚肥」。意謂民困於賦，餓不得食，汝馬獨肥者，剝民也。乾隆是其讒，殺大紀，功歸福康安，而實臺灣不獻於賊者，大紀之功也。臺灣已平，康安方來，而謂康安平臺，到處立碑褒公者，乾隆必欲榮其私生子，進入王爵也。）

注釋

1 大紀：柴大紀。乾隆五十一年（1786），爆發林爽文事件，諸羅城被圍，時任總兵之柴大紀與民堅守，力保孤城。清廷並派福康安（滿洲鑲黃旗人，大學士傅恆之兒子）為大將軍，領侍衛內大臣海蘭察為參贊，率領軍隊、巴圖魯等一百二十人員來諸羅解圍。解圍後，柴大紀出迎福康安，自以「參贊伯爵」，不執櫜鞬之儀。福康安銜恨，劾其前後奏報不實，任內貪黷，鬧到北京，柴大紀因此遭到斬殺，時論冤之。福康安調閩越總督，後以功晉封貝子。嘉慶元年薨，晉封郡王。

2 贔屭：神話中之龜名。《升庵外集》〈動物〉〈龍生九子〉：「俗傳龍生九子，……曰贔屭，形似龜，好負重，今石碑下龜趺是也。」音ㄅㄧˋ ㄒㄧˋ。

其一〇四

今歲清明三月初，挑來墓粿肉和魚。
牧童整列松陰下，待向墦間乞祭餘。
（注：乞祭餘，俗名膣墓粿。）

注釋

1 墦間：墳場，塚墓。《孟子》〈離婁下〉：「卒之東郭墦間之祭者，乞其餘。」墦，音ㄈㄢˊ。

其一一八

晚冬割稻殺雞豚，十足豐收笑語喧。
是處人餐割稻飯，出名藝妲佐芳尊。
（注：割稻時，工人所食之飯，名「割稻仔飯」，頗盛設也。日本大正七、八年，景氣大好，農民割稻，招妓侑酒者，尋常事也。）

注釋

1 藝妲：藝姬。

其一三一

王爺廟外血留痕，莊氏家駒姓字芬。
鳥獸散餘清國老，時窮節見一中軍。

（注：日軍攻嘉義時，清國官員皆鳥獸散，惟中軍官莊家駒，孤身短刀接戰，殉國於南門王爺廟前。日人罵臺人為清國老，亦曰昌古老。）

其一三八

伯爵追封到廈門，犧牲一眼世間聞。
功勞讓與先鋒得，只為元戎死賊軍。

（注：李長庚為元帥，王得祿為先鋒，與海賊蔡牽戰，李戰死，王獨存，謂為坐視不救，論法當有疵議，人教以自毒一眼，以為苦戰負傷，不能出救，乃免。後死澎湖，追封伯爵，贈太子太保。）

注釋

1 王得祿：字百道，號玉峰。年十五入武庠。乾隆五十一年，林爽文起事，得祿募義勇，從福康安收復諸羅。是時，閩粵海上多盜，蔡牽、朱濆為首，劫船越貨，得祿從李長庚剿之，於澎湖、鹿耳門、雞籠、蘇澳等地擊敗盜賊。嘉慶十二年長庚追蔡牽於黑水外洋，中砲殞。十四年八月得祿與蔡牽戰於黑水洋，得祿傷右額，猝倒再起，蔡牽戰敗，自沈其舟。因功調浙江提督，以病乞回籍，寄居廈門。道光二十一年卒，追贈伯爵，加太子太師銜。諡果毅。

2 疵議：非議過失。疵，音ㄘˊ。

其一四二

得意春風有幾家？當年科舉貴聲華。

徐林進士榮歸日，鬨動全城喚部爺。

（注：徐德欽、林啟東中進士，人稱部爺。）

注釋

1 得意春風：在春風中舒暢得意之心情。指考進士。孟郊〈登科後詩〉:「春風得意馬蹄疾，一日看盡長安花。」

其一四八

大腳甚能將一方，高飄雉尾貌堂堂。

銅錢割後棕穿乳，元帥原來是野娼。

（注：戴萬生之婦，名大腳甚，野娼也。攻嘉義時，自稱元帥，插雉尾，穿戰甲，置元帥府於臺門坑廟，圍城三年民之慘毒不可言喻，後受淩遲，面不改色，乃以小棕穿其兩乳，始見眉頭一蹙，猶不出聲也。）

注釋

1 戴萬生：戴春潮（?-1863），字萬生。臺灣彰化四張犁人。兄萬桂為八卦會會員。咸豐十一年萬桂死，他擴大組織，會員增為數萬。同治元年三月，臺灣兵備道孔昭慈派兵搜捕屠殺會員，戴春潮乃糾集群眾起事，攻陷彰化城，下令蓄髮遵行明制，自稱元帥，並派兵攻打鹿港、大甲、斗六、嘉義等處，十二月福建水師提督吳鴻源率軍渡臺，潮春兵敗被捕遇害。

其一六〇

近來天氣熱騰騰，路上行人苦不勝。

聞道前村愛玉凍，清涼解渴勝調氷。

（注：愛玉父某，嘉義三角窗人，偶過一溪，見溪邊水結成凍，掬食之，甚佳，仰見樹上有籐下垂，結實纍纍，或浸溪邊，因採其食，懷歸，以苧布包好，搊於

水中，久之成凍，令其女愛玉加以角氷，賣於門前。人不知其名，因愛玉所賣之凍，遂名愛玉凍。）

附　錄

竹枝詞

小工調

唐朝・劉禹錫

散板　　李宏健譯自《碎金詞譜》

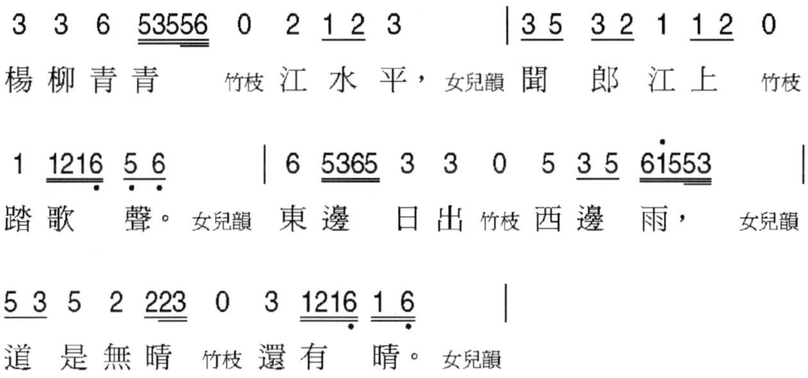

3 3 6 53556 0 2 1 2 3 | 3 5 3 2 1 1 2 0
楊柳青青 竹枝 江 水 平，女兒韻 聞 郎 江上 竹枝

1 1216 5 6 | 6 5365 3 3 0 5 3 5 61553 |
踏歌 聲。女兒韻 東邊 日出 竹枝 西邊 雨，女兒韻

5 3 5 2 223 0 3 1216 1 6 |
道 是無晴 竹枝 還有 晴。女兒韻

竹枝

小工調

五代・孫光憲

散板

李宏健譯自《碎金詞譜》

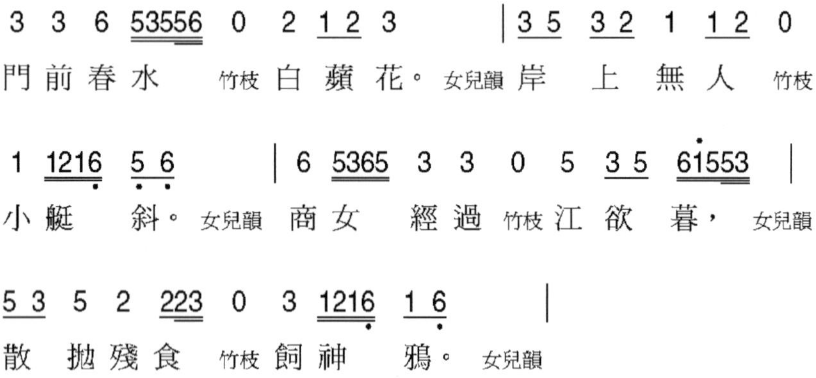

3 3 6 53556 0 2 1 2 3 | 3 5 3 2 1 1 2 0

門前春水 竹枝 白 蘋 花。女兒韻 岸 上 無 人 竹枝

1 1216 5 6 | 6 5365 3 3 0 5 3 5 61553 |

小 艇 斜。女兒韻 商 女 經 過 竹枝 江 欲 暮，女兒韻

5 3 5 2 223 0 3 1216 1 6 |

散 拋 殘 食 竹枝 飼 神 鴉。女兒韻

文學研究叢書·古典詩學叢刊 0804011

歷代竹枝詞選

編注者　李宏健
責任編輯　邱詩倫
特約校稿　林秋芬

發 行 人　陳滿銘
總 經 理　梁錦興
總 編 輯　陳滿銘
副總編輯　張晏瑞
編 輯 所　萬卷樓圖書股份有限公司
排　　版　林曉敏
印　　刷　晟齊實業有限公司
封面設計　斐類設計工作室

發　　行　萬卷樓圖書股份有限公司
臺北市羅斯福路二段 41 號 6 樓之 3
電話 (02)23216565
傳真 (02)23218698
電郵 SERVICE@WANJUAN.COM.TW
大陸經銷　廈門外圖臺灣書店有限公司
電郵 JKB188@188.COM

ISBN 978-957-739-932-8
2015 年 6 月初版
定價：新臺幣 660 元

如何購買本書：
1. 劃撥購書，請透過以下郵政劃撥帳號：
帳號：15624015
戶名：萬卷樓圖書股份有限公司
2. 轉帳購書，請透過以下帳戶
合作金庫銀行 古亭分行
戶名：萬卷樓圖書股份有限公司
帳號：0877717092596
3. 網路購書，請透過萬卷樓網站
網址 WWW.WANJUAN.COM.TW
大量購書，請直接聯繫我們，將有專人為您服務。客服：(02)23216565 分機 10

如有缺頁、破損或裝訂錯誤，請寄回更換

國家圖書館出版品預行編目資料

歷代竹枝詞選 / 李宏健編注.
-- 初版. -- 臺北市 : 萬卷樓, 2015.06
面 ;　公分. --
ISBN 978-957-739-932-8(平裝)

833　104004988